太阳照亮大凉山

谢成刚 / 著

北京日报出版社

图书在版编目（CIP）数据

太阳照亮大凉山 / 谢成刚著. --北京：北京日报出版社，2021.5
　　ISBN 978-7-5477-3929-7

Ⅰ.①太… Ⅱ.①谢… Ⅲ.①长篇小说-中国-当代 Ⅳ.①I247.5

中国版本图书馆 CIP 数据核字(2021)第 007980 号

太阳照亮大凉山

出版发行	北京日报出版社
地　　址	北京市东城区东单三条 8-16 号东方广场东配楼四层
邮　　编	100005
电　　话	发行部：（010）65255876
	总编室：（010）65252135
印　　刷	成都兴怡包装装潢有限公司
经　　销	各地新华书店
版　　次	2021 年 5 月第 1 版
印　　次	2021 年 5 月第 1 次印刷
开　　本	889 毫米×1194 毫米　1/32
印　　张	9.125
字　　数	210 千字
定　　价	59.00 元

版权所有，侵权必究，未经许可，不得转载

谨以此书献给

奋战在脱贫攻坚战线上新时代最可爱的英雄们!

在我国西南广袤的崇山峻岭中，世世代代聚居着一个古老而神秘的民族。他们有自己的语言、文字和太阳历法。唱着"我家的门前有条河，她的名字叫金沙江。我家的屋后有座山，她的名字叫大凉山"。他们以荞麦、土豆、玉米为主食。查尔瓦是他们独特的服饰。红、黑、黄是他们的主色调。他们崇尚太阳与火。他们认为，当人类死亡之后，火会照耀和引领他们的灵魂回到祖先来时的地方。传说与成都三星堆文化渊源极深……但他们又是一个长期被外世遗忘的民族，贫穷与落后像两把枷锁桎梏着他们。他们自称诺苏，就是彝族。

为了落实习近平总书记"全面建成小康社会，一个少数民族也不能少"的指示，让他们与全国人民同步进入小康社会，2018年6月，四川省委从全省各地市州县、各行各业抽调了5700名精干人员，加上前期已经战斗在凉山的全国、全省各地的对口帮扶人员，组成了一支浩浩荡荡的援彝队伍，充实到凉山州11个深度贫困县，他们根植于彝乡的村村寨寨，与当地干部群众一道，拉开了一幅在彝区轰轰烈烈的脱贫攻坚的壮阔画卷。

——题记

太阳照亮大凉山

1

当送走最后一个谈话者,折身回到局长李刚的办公室,看见他脸上的愁容比自己堆积得还厚,秦爱民也无可奈何地又从自己的烟盒里抽出两支烟,一人一支。整个下午抽了很多烟,房间内像刚点燃了一把新柴,雾气狼烟。但两个人还是心事重重地又把香烟点上了。

经过一段时间的沉默,还是李刚打破了沉闷:"怎么办?县委要求今天晚上十二点之前必须报人选名单。"语调低沉,满含焦虑与担忧。

作为分管组织人事的机关党委书记,秦爱民当然明白这件事情的重要性。从中央到省、市、县,脱贫攻坚是头等大事,任何人都不敢有丝毫马虎。按照上级要求,县林业局必须选派两名干部到凉山州帮助搞脱贫攻坚。从接到上级通知到人员出发只有不到一周时间！经过紧急动员，截至今天上午，全局上下只有一个人主动请缨。

但还差一个人！

早上一上班，局党组又召开了紧急会议，根据上级提出的条件，又确定了三个候选对象。

午饭一过，秦爱民和局长李刚找候选人谈话。主动报名的那个人根本没费什么口舌就敲定了。但是，下面的三个人就太困难了。挨个儿谈，不仅把这三个候选人弄得忐忑不安，也让经历了许多风浪的两位领导就像在考场里的考生一样紧张。因为大家都知道，这次到凉山去，不是一天两天，也不是一周两周，而是两年；不是在州里，也不是在县里，连乡都不是，而且吃住都要在村里，叫驻村工作队员。在千里之外两眼一抹黑的彝区，语言不通，风俗和生活习惯迥异，驻村，谁都无法预料将来会是怎样一种境况！

谁都怕！

两个人充分发挥做思想政治工作的特长，对候选人讲了一大通理由后，一个说自己子女太小，妻子还在哺乳期，一人在家，根本无法照顾；一个当着他们的面给父母打电话征求意见，父母听后态度坚决，说，我们就你这么一个独子，你走了，万一有个闪失，谁来照顾我们？这不是想让我们绝后吗？还有一个新婚不久的给妻子打电话，妻子听完后二话没说，只撂下一句话："等我们明天先把离婚证办了你再去。反正还没小孩。"然后就是一阵"嘟嘟"的忙音。

当送走最后一个人的时候，除了自己屋和局长办公室，走廊上的门都关了，深而长的走廊寂静得出奇。秦爱民看了下时间，快七点了。虽然是夏天，但外面的天色已渐次暗淡下来。

是啊，大家的理由都很充分！都难！

秦爱民瞥了一眼窗外，街道两旁的路灯已经亮了，发出微弱的光。稀稀落落的人们悠闲地在饭后散步了。

看着坐在对面的李刚无精打采的哀叹模样，秦爱民自顾自地点上一支烟，在快要抽完时，他把烟蒂往烟灰缸里使劲一按，道："我去！"

"啥?!"李刚根本不敢相信自己的耳朵，抬眼紧盯着秦爱民，嘴唇张得大大的，都有些合不拢了。

秦爱民又稳定了下自己的情绪，吐出一股长长的烟柱，神色坚决地再次重复道："我去！"他知道，这不是儿戏！

"不行！"李刚回过神来，连连摇头，手不由自主地抽出烟盒里的最后一支，犹豫了一下，并没有点燃，而是凝视着秦爱民，道："老秦，秦书记，你都五十了，怎么可能让你去呢？……我们还是继续做做其他人的思想工作……你走了，局里的这一摊子事情谁又来做？……我不同意，组织上也不会同意的。"在磕磕绊绊说完后，有些讨好地将手上仅有的一支烟递给秦爱民。

秦爱民没有伸手，沉默着摇摇头。

"你说你再年轻个十岁、五岁，哪怕三岁都可以……"

还没等李刚说完，秦爱民一把将桌子上的表格抓起，猛地站起，斩钉截铁地第三次重复道："我去！"然后转身就往外走。

看着秦爱民如此决绝，李刚立马追出门，大声提醒道："秦书记，你可要考虑好呀，这一去就是两年啊。而且上面对援彝的干部没有任何承诺。"声音伴随着秦爱民"噔噔"下楼梯的脚步声在偌大的办公楼里显得异常空旷。

望着秦爱民渐渐消失的背影,李刚心里有种说不出的滋味,但一种崇敬之情油然而生。

2

"你疯啦!"当到组织部交完报名表格,在夜色中回到家里,秦爱民将自己报名到凉山州援彝的事情告诉妻子时,正在悠闲地看着电视的妻子陡然转过脸,吃惊而愤怒地盯着他。

秦爱民低头吃着妻子准备好的饭菜,一言不发。

妻子很贤良,每当秦爱民回家晚了时,她都会把可口的饭菜准备好,端上桌。这是多年来的习惯。尤其是儿子读大学后,屋里冷清多了,她原来火爆的脾气也改了许多。但今晚听了秦爱民要去援彝,忍不住又发火了。

"是他们逼着你去的?"妻子欺身过来,缓和了语气,关心地追问道,目光里带着温柔。

秦爱民摇摇头。

"县委给你封官许愿了?给你们要发很多钱?"看着秦爱民这样的态度,妻子的语气又升高了些,明显带着些许的讥讽。一屁股又坐回原位。

秦爱民没有回答,还是低头吃饭。其实他根本没吃出菜的味道,只是机械地吃着。这么大的事情不与妻子商量就擅作主张,自己还是理亏。毕竟这是个家啊!

但是能说吗?说了,结局不言而喻。

"给你封官许愿也不准去!官又当不了一辈子。要那么多钱干什么?"妻子先是用近乎命令的口吻,继而又哀求道:"爱民,你都五十的人了,不是年轻小伙子。我们过点安安稳稳的日子好不好?不要去瞎折腾了。"

是啊,已经年过五十的人了,按照老话说,五十而知天命。当官,自己在基层工作了几十年,从企业到乡镇,到县级部门,兜兜转转当了个科级干部,已经很满足了,认为组织上没亏待自己。钱,自己平淡的几十年,只求踏踏实实干事,哪里还求大富大贵,平平安安才是人生的真谛。

但一股别样滋味还是涌上秦爱民的心头,是啊,儿子在外地读书,自己走后,就只剩下妻子一人在家,几十年相伴,彼此还从来没有分开过这么长时间。最多也就出差三五天。而这一走就是两年。两年,对于妻子来说是多么的漫长,每天形单影只地出去,归家后面对的是更加冷清的屋子。而且在大家都很陌生的千里之外的凉山……但是秦爱民知道,此时他不能说什么,否则自己都会动摇,甚至崩溃。只有用沉默来告诉妻子自己的决定!

夜很漫长,也很深沉。妻子反复在床上翻身让秦爱民也毫无睡意。他轻轻起身来到书房。他没有开灯,而是站在窗前,推开玻璃窗,点燃一支烟,望着外面空荡荡的街道。白天还是晴天,不知道什么时候下起了零星小雨。橘黄色的街灯将沥沥细雨映照得一颗颗清晰可见。街道湿漉漉的。

秦爱民吐出一股烟雾。四周的电梯公寓里没有任何灯光。他在回想今天自己报名援彝的举动给妻子带来的冲击。按道理说,自己应该征求她的意见,但他没有,而是先斩后奏。她生气了,失望了,这是应该的。但如果真那样,自己根本就迈不出这一步。

他没有后悔。看着事情那么紧急，每一个人都有不同的困难，与他们相比，自己的困难小得多，不过就是条件艰苦点，离家远点，而这些都是可以克服的，与过去的困难相比，这又算得了什么。

至于局长说的单位里的"一摊子事情"，有那么多人，他们一定能够干好。但是对于彝区的脱贫攻坚，或许更需要自己。

……

原定于七月二日出发，但还没等回过神来，秦爱民又接到县委组织部通知，提前四天，六月二十八日出发！太急了！组织部说，省委要求在六月底前全省所有的援彝干部必须到岗，给"七一"建党献礼。秦爱民也理解，要在二〇二〇年实现"一个都不能少"的脱贫目标，没有打一场艰苦战役的决心是不可能的。脱贫攻坚就是一场没有硝烟的战争。而二〇二一年又是建党一百周年，一个国家和民族的复兴急不得，更慢不得。原本想在走之前多陪陪妻子的想法又无法实现了。

亲爱的妻子，我欠你的！等脱贫攻坚结束后，我再回来好好陪你！那时，我们有的是时间！

六月二十八日，天刚蒙蒙亮，秦爱民悄悄地起床，提起妻子这两天早已收拾好的行李箱出门。妻子根本没有起床。他知道，告别会使人更加伤心。他也知道，妻子是醒着的。但他欣慰的是，妻子用行动在默默地支持自己。这已经足够了！

穿过两条路灯刚刚熄灭的整洁的街道，穿过四周绿树成荫、花香四溢的小公园，穿过修建得气势恢宏的一片单位办公楼区。这一路的景色早已融入他的生命里。过去熟视无睹，但今天在他的眼中，却变得那么亲切可爱，那么熟悉而又陌生。他深深地贪恋地呼吸着这甜甜的空气。

夏天的早晨亮得早，天边的晨曦染得云彩微红。

县政府旗杆处一辆小面包车已经等候在那里了，全县七名援彝干部也陆陆续续拉着行李箱风尘仆仆地赶到。

县委组织部蒋部长微笑着招呼他们一一上车。在临行前对大家说："我代表县里四大班子给你们壮行！你们可是全县选出来的精兵强将，代表我们县的啊，请大家在那边一定要踏踏实实地干好工作，干出我县干部的风采，帮助我们彝区早日摆脱贫困。有什么困难及时告诉组织，我们一定尽全力解决！"

这一席话，让大家的心里充满了温暖。

没有热闹的场面，没有拥挤的送行的人群，县政府坝子前甚至还显得有些冷清，但秦爱民深深地感受到，同行的几位内心都充满了豪情。

随着面包车渐渐驶离县城向绵阳城区进发，车上原本还热热闹闹的，但坐在后排年龄最小的朱淼突然哽咽道："我好想哭！"让车里的气氛陡然凝重起来，大家都沉默了。朱淼是县农业局的干部，上个月孩子刚刚出生。

坐在前排的秦爱民不愿让这种情绪蔓延，便豪迈地一拍前排座椅，转身笑道："嗨，不就是两年吗？就是一个春天加一个春天。"

与朱淼同排的刘光明是一个乡的党委副书记，三十五六岁，轻轻拍了下朱淼的肩，笑着高声提议道："我们来唱一首歌，今天高高兴兴去，等结束时我们欢欢喜喜回来。"

在一致的赞同声中，大家一起高声唱起了《我和我的祖国》。

"我和我的祖国，一刻也不能分隔，无论我走到哪里，都留

下一首赞歌……"

红彤彤的太阳从东方天际升了起来,阳光穿过车窗,洒在他们的脸上、身上,融进了他们的歌声和笑容里。

在绵阳又会合了全市其他几个县市区的援彝干部后,大家登上了三辆大巴,浩浩荡荡地开往凉山……

3

绵阳—成都—乐山—雅安,穿过平原就是高山。一进入雅安境内,山越来越高,山势亦愈发陡峭。隧道也越来越多,越来越长,一洞连着一洞,好像永远也穿不到尽头。

过了汉源后,已经昏睡的人们被一个小伙子的惊呼声唤醒。

"快看,这条高速路好壮观哟!"

大家纷纷睁开眼睛,重新打起精神,领略着我国最美丽壮观的"雅西高速公路"的景色。如在云端,也如在翠绿的森林中。

带队的是个中年男子,姓陈。两年前他就到彝区搞对口帮扶工作了,这次把这批驻村队员带进去后他就要撤回绵阳——这是他最后一次执行任务。当大家知道他已经在凉山搞了两年脱贫攻坚,目光中都充满了钦佩。

他介绍道:"这一路美景可多了。大家以后可以尽情地饱览大凉山的壮美山河。"

这时,车里的一个人呻吟着问道:"离凉山还有多远?哎哟,屁股都坐痛了。"有几个人也随声附和。

"快了,快了。"陈领队微笑着安慰大家。

几年前秦爱民曾经走过这条路,他知道现在最多只有一半的路程。

当到达西昌时,已是华灯初上。人们在疲惫中住进了宾馆。第二天一早又继续前行,往大凉山腹地、彝区核心地带——东五县进发!

驶出西昌城,大巴车沿着弯弯曲曲的唯一的一条公路往上爬行,陡峭且绵延不绝的群山如庞然大物般横亘在人们眼前。让人在惊叹大自然雄壮的同时,也增添了更多的敬畏。山下是高大的乔木,山顶覆盖的是低矮的灌木。到了山顶,原本还是艳阳高照的天气骤然间冷了起来。天空阴沉沉的。道路两边的一些堡坎上要么绘着一些少男俊女穿着五颜六色的彝族服饰载歌载舞的图画,要么是脱贫攻坚的宣传标语。

一股浓浓的彝族气息和脱贫攻坚的氛围扑面而来。

几经盘旋,汽车终于爬上了山顶,因为盘旋路太多,海拔不断升高,个别人出现了晕车现象。车窗外飘起了淅淅沥沥的小雨。

车子来到了一个场镇。满街都是披着查尔瓦的人们。秦爱民目光转向窗外,在霏霏细雨中,猛然看见一个身材魁梧、面色黝黑、高鼻深眼、戴着一顶大大的帽子的老人,一根长长的辫子从帽子里拖了出来,披着中长的蓝色查尔瓦,嘴上叼着一根烟杆,在人群中尤其显眼。这幅画面深深地刻在秦爱民脑海中,在以后的日子中他一直都没有忘记过。

大巴车在高山顶上蜿蜒行进了一个小时左右,在一个下坡的地方,突然有人激动地惊呼:

"大家快看,火普村。总书记来过的地方!"

一幅巨大的宣传画映入眼帘，总书记披着洁白的查尔瓦接见老百姓。伟岸的身躯，和蔼可亲的笑容。秦爱民望着巨幅画，一直到看不见为止，他在心里默想，在这两年中，一定要到这里来看看！对于彝区的脱贫攻坚，这可是圣地！

连续两天的舟车劳顿，让原本兴奋的人们都十分疲倦，一个个都眯着眼睛睡觉了。

秦爱民却没有了睡意。想起这次到彝区来，其实在他的心中有一段情怀。

自己是学林业的，二十世纪八十年代末林校毕业实习就是在凉山的会理县，虽然是在彝区，但在实习期间没有接触过一个彝族人，他深以为憾。

在后来的岁月里，听到很多关于凉山、关于彝族人的议论和传言，毁多誉少。听见的和在各种媒体上看见的大多是这里的贫穷与落后。三十年了，难道真的还那么穷吗？全国都在致富奔小康的时候，凉山为什么会这么穷？到底又穷到什么程度……太多的疑问一直在他的脑海中萦绕。

车子穿越无数的峡谷，最后在一个平坦的坝子上看见了县城的模样。穿过县城，往山边走了不多会儿，就到了一个楼房区，领队老陈突然大声喊道：

"到了，到了。指挥部到了。"

不啻一个春雷在平静的湖面炸开，车厢里瞬间热闹起来，人们纷纷起身取行李。

车门一打开，寒风中夹着小雨，所有的人都惊呼道，太冷了。但激昂的情绪反而更高。因为目的地到了。

在领队老陈的带领和指挥下，所有人都把行李放在了指挥部，每个人分了一架小床。

放好行李，还未来得及吃午饭，在细雨中，老陈又带大家到县政府开会。

在进会场前，领队老陈宣布了每个人分配到的具体的乡镇、村，"乡里都派了领导来接大家。进去后对号入座。"

当秦爱民找到写有"木各尔乡"的座牌时，一位皮肤微黑、近四十岁的中年妇女已经坐在了那里。刚一落座，她望了眼秦爱民，便热情而快乐地与他打招呼："我叫井子曲乌，是乡长。"

秦爱民没有听清楚名字，但"乡长"两字倒是听了出来，便微笑道："乡长好。"

看秦爱民有些迟疑，女乡长立马道："叫我井子好了。"说完后一阵哈哈哈地笑了。

当井子乡长起身时，秦爱民发现她挺着大肚子。井子乡长看出了秦爱民的疑惑，解释说，二胎，已是预产期，因为脱贫攻坚，走不了。"你们来了我就可以放心地去生娃儿了！"

井子乡长脸上笑出了一朵花。

会议很简短，指挥部领导和当地县委组织部领导分别讲话，不过是欢迎大家、强调纪律、注意安全之类的事项。

秦爱民对县委组织部马部长的一句话记忆深刻，马部长说，你们来彝区后，要有"四会"——学会走泥泞路、会喝彝族酸菜汤、会吃荞面馍、会彝语。

因为被分到不同的乡镇和村，散会后，秦爱民与刘光明、朱森等其他几个人分手道别，坐上了井子乡长叫来的一辆小面包车，又到县农业局和卫生局接了几个人就直奔木各尔乡。

雨似乎小了许多，四周的山脉干净清丽。

太阳照亮大凉山 / 011

"都是这次省里派来的……这下好了,有了你们,我们的脱贫攻坚就有了底气。"在一个下坡的地方,井子乡长坐在前排,扭过头说,满脸的快乐与这冷飕飕的小雨天气形成鲜明的对比。

4

阿惹在乡政府开完会已经是下午三点,连中午饭还没吃。走在坑坑洼洼的回家的山路上,阿惹的步伐却十分轻盈。午后的阳光从斜面照射过来,贴在她那嫩白而轮廓分明、线条清晰的脸上,细密的汗珠从额头、脸颊渗了出来,阳光穿过汗珠,闪着丝丝的莹莹光芒。

在乡政府召开的村干部会上,乡党委书记海来日则宣布了一条消息:为了帮助我们凉山的脱贫攻坚,省里将派五六千名干部组成工作队到凉山。我们木各尔乡也要来人。

阿惹记得全乡好像要来八个人,分别到两个省级贫困村。哦,我们木扎瓦扎村也要来四个,而且这两天就要到。阿惹心里又是一阵狂跳,她也不明白为什么今天会如此兴奋。在乡政府开会,听到海来书记在会上宣布这条消息时,自己心里也是这样兴奋。

但一股愁云又爬上了她的心头。自己的家乡太穷、太落后了,现在居然要国家来帮助。

走得有些热了,想坐坐。阿惹知道前面不远处山坡上的一棵核桃树下有一块比较干净的石头——村子里的人平常过路休息时都要在那歇一口气。她加快步伐,几步就登上了小山坡。石头上是空着的,她"哎呀"着一屁股坐了下去。好像一路爬山的疲劳在这一声中都消散殆尽了。

阿惹惬意地望了望四周。在外读大学和打工的几年,她感觉夏天还是家乡的气候最好。再大的太阳,只要一到阴凉处,哪怕躲在一片树叶下,立刻就凉快了许多。

老核桃树有十多米高,树干需两三人合抱,树皮呈灰黑色,巨大的树荫完全笼住了石头。

从记事起这里就有这棵树,据老一辈说,这棵树有一两百年了。每年这个季节,树上都结满了果实,大家路过时都会打几颗下来吃,"这棵树上的核桃是全村最香的",大家都这么说。所以石头四周到处散落着发黑的核桃壳。但今年这棵树上的核桃却无人问津,上面挂满了已经炸开的果子,绿皮里露出淡黄色的果子,像一个个孩子从绿叶中探出可爱的小脑袋。阿惹知道,现在家家户户都种了很多,但因价格太低,卖不掉、吃不完,所以根本不稀罕这棵树上的了。

虽然有树冠遮挡,但从这儿一眼望去,眼界却十分开阔。

对面是觉盯村,两山之间脚下的河谷是奔流的美姑河上游,这一段叫竹核河。往下走大约十多里就是美姑县边界了。

河道狭窄,水流湍急。坐在这儿,仿佛都能听见河水的流动混合着河谷里的山风发出的"嗝嗝嗝"的吼声。氤氲之气笼罩在半山腰,在阳光下,水雾慢慢升腾,云蒸霞蔚。

夏天了,整个群山之中,除了桦木、松树、青冈树和各种杂树林子外,就是已经开垦的山坡地,而这些被人类开垦出来的土地,对这儿的人来说是那么的金贵,所以都种上了玉米和荞麦,还有圆根——这可是彝族人消暑解渴还带充饥的水果呢。

这些农作物在太阳的照耀下，油油地泛着青亮的绿光。

大片大片的玉米从坡底扯到半山腰，很是壮观。玉米有一人高，杆上的玉米苞鼓鼓的，苞尖上长长的穗子被太阳晒干后变成了褐色。

山坡上，间杂着大块大块的荞麦地，荞麦开出淡黄色的嫩嫩的小花，在嫩绿色的叶子簇拥下，惹人疼爱，也点缀着这只有绿意的单调的山坡。

哦，还有零星种植的低矮的圆根地。杆红而叶绿的圆根也一个劲儿地往上长，根块却在地下吸吮着土壤的营养和甘甜的水分，像正在发育的姑娘。

在山顶的高山地带就是大片大片的灌木，主要是索玛花。美丽的索玛花，在每年的五六月份，繁茂似锦，白色的、红色的、粉色的花朵点缀着美丽的大凉山，就像彝族姑娘身上穿的百褶裙。只是现在已经过了花期。

阿惹看着眼前的一切，内心是那么的欢愉和舒畅。这就是自己可爱的家乡！

从山谷吹来一阵微风，树林发出微弱而低浅的声音，阿惹喜欢这微风轻抚身体的感觉。地里的玉米秆被吹弯了腰，欢笑着，发出"哗啦啦"的声响。

天空高远，洁净如洗，蓝得让人愉悦。仅有的几片薄薄的白云静静地待在天空中一动不动。

但是当目光移动到山坡上那些要么零零散散，要么成片分布的老百姓的房子时，阿惹的好心情一下子就低沉了下来，揪心般疼痛。

村子里除了近两年因扶贫修了少量的彝家新寨外，大多数还是泥坯房。条件稍好一点的人家房上盖有青瓦,但青瓦也已破破烂烂;还有些人家的房顶上还是用木板盖着,因为怕风吹雪打,只得用大大小小的石头压着。

还有,村子里从山下到山上只有一条窄窄的土路,一旦下雨,人们连门都不敢出,更别说车子进来了,所以很多人家里都饲养马匹,不是为了信马由缰,而是为了方便货物进出山里。

"唉!"阿惹叹息一声,感到身子有些发冷,于是抬头望了望头顶上那高悬的太阳。

"阿惹姐姐。"一个小孩的声音从不远处传来,她扭头循声望去,吃惊地问道:"子者,你怎么又没去上学?"

小孩约莫有一米三,黑黑瘦瘦,手里拿着根小木棍,正赶着一头水牛,向阿惹这边走来。听见阿惹问他,便停下脚步,胆怯地回答:"阿普(爷爷)让我在家放牛。"

看着从身边怯怯走过的子者,阿惹说:"今天晚上我去找你阿普。"

子者一边赶着一头大水牛往前走一边回头,小声应道:"嗯。"

5

大学毕业后,阿惹本来在成都应聘了一份工作,刚上了一年多的班,去年回家过彝族年后,正准备走,乡里的海来书记和井子乡长却找上门来,让她接手村里的事务,当村主任。

阿惹听说原先的村主任半年前因为酒后开车出车祸死了,一直没有找到合适的接班人。

一听说让自己当村主任，阿惹着实吓了一跳，连忙推说自己大学毕业不久，而且毫无农村工作经验，又是个女的。其实不仅是因为外面工资高、待遇好，最重要的是家乡的贫穷落后让她望而生畏，一旦回来，一辈子可能就要走父母他们那样的老路。要改变这里的面貌，谈何容易！

坐在火塘边的父母虽不好意思直接驳书记、乡长的面子，但也找各种借口帮着自己的女儿推脱。

后来禁不住海来书记、井子乡长找自己谈了几次，可以说是"三顾茅庐"，态度十分诚恳，既将村里现在面临的困难说了，也将党委政府希望她留下来带领村里的老百姓脱贫致富的愿望说了。

阿惹心动了！

"你是党员，现在家乡的老百姓很需要你。"看见阿惹一直犹豫不决，海来书记拿出了"杀手锏"，对阿惹说。

是啊，自己是全村学历最高的，是喝这里的水、吃这里的荞麦粑粑长大的呀。自己可以一转身走出这大山，远离这里的贫穷与落后，但是，还有那么多自己的同胞还在贫困线上挣扎。自己是不是太自私了？而且国家正在下大力气帮助家乡摆脱贫困，自己更应该成为建设家乡的参与者。

大学期间，为了加入光荣的中国共产党，阿惹写了四次入党申请书，临近毕业时才被吸收进去。在誓言上有一句"随时准备为党和人民牺牲一切"。现在就是党和人民需要自己的时候啊，能逃避吗？

头天晚上的雪下得很大，是彝族新年期间下得最大的一场雪。第二天，当阿惹还躺在床上，阿嬷（母亲）唠叨着不准她在家里待着,催促她早点回城里上班,并帮忙收拾东西的时候,海来书记和井子乡长又来了。

阿惹不好意思但兴奋地从床上跳了下来。应承了下来,说"试试看"。海来书记和井子乡长那天在她家喝了很多酒,都喝醉了,但脸上一直挂着欣慰的笑容。

不当家不知柴米贵。自打接手村主任快一年了,工作上虽然理出了一些头绪,但还是感到阻力重重,而且好像自己是在孤军作战。村支书子铁对村里的工作不闻不问,有什么事情他都说"找阿惹"。其他村社干部平常很难到村委会来一趟。破旧的村委会时常只有自己孤单的影子。

时间一天天流逝,阿惹感觉自己没做什么,这里贫穷依旧,落后依旧,面貌依旧。她渐渐有些后悔了。仅就子者读书这件事,自己找他阿普谈了几次,都是当面答应得好好的,但上几天学,又不让去了。而且全村没上学的小孩一抓一大把。

"什么时候我们彝族老百姓才能改变这些落后的观念哟!"阿惹暗自神伤,但又在心里感激父母让自己读了大学——在彝族的农村人当中少有让女孩读到大学的,最多读个小学就回家务农了。

唉,自打子者父母前几年患艾滋病相继去世,他就成了孤儿,现在跟着他阿玛(奶奶)阿普一起生活。而他阿玛阿普年岁都大了,家里没有劳动力,又让他们怎么办啊?想到这些,阿惹感到自己就像在大海中漂泊的一叶找不到方向的孤舟,那么无助。

哦,省里的工作队来我们村,吃住都要在村里,在哪里找地方呢?还是要给子铁书记汇报一下,看看他有什么安排。很多事

情还等着自己去做呢。阿惹从惆怅、纷乱的情绪中收回思绪，猛地站了起来，继续向山上爬去。

凭她的自觉，这次上面来这么多人，自己的家乡肯定会发生巨大变化！而且最近这两年来，国家对贫困地区的扶持力度在不断地加大。村里给一些贫困户修建了彝家新寨就是最好的例证！

走了一会儿，隐约看见了不远处子铁书记的家。今天开会的中途，子铁书记说有事先走了，后来也一直没有回去参加会议，不知道他现在在不在家，先去看看再说吧。

6

刚拐了个弯，阿惹就看见子铁书记和铺子里的几个男人蹲在他家旁边的一片老核桃树林里嘻嘻哈哈地抽烟吹牛纳凉，每个人身边还开着一瓶啤酒。阿惹心里有些责怪道："怎么没开完会就跑回来喝酒了呢？"

但转念一想，子铁书记是自己的领导，又是长辈，而且全乡所有的村社干部在乡政府开会经常半道上开小差，乡里都没办法，自己怎么敢管？算了。

循着脚步声，子铁和几个中年男子也都看见了阿惹，于是打着招呼，并将酒瓶往她面前一递，"阿惹主任，来，干酒。"

阿惹连忙摆手，微笑着走到他们面前。

"子铁书记，我跟您汇报个事。"阿惹凑进人堆。

子铁书记头上包着已经乌黑的白底红花的帕子，右手大拇指在烟斗上将兰花烟轻轻地往下按了按，咂巴几下，吐出几缕淡淡

的青烟,然后向旁边地上"啪"的一声吐出一口清口水,不紧不慢地道:

"有啥事?"

那几个人也都抬眼看着阿惹,将屁股下的查尔瓦挪了挪,让出一块地方。一股怪味混合着酒味在空气中弥漫,阿惹皱了皱鼻子,这是几个男人身上发出的长年不洗澡的味道。苍蝇在他们周围"嗡嗡"盘旋。子铁家的一头老母猪带着一群小猪在几米开外悠闲地觅食。

子铁指了指自己屁股下坐的那根长木头,示意她坐。一股浓烈的兰花烟味萦绕在这周围。因为阿达(父亲)也抽这种烟,所以阿惹从小就习惯了这种味道。阿惹多次让阿达不要抽,但每年开春,他都要在自家的地里种上十来株,说,这不花钱。

"省里要给我们村派一个工作队……"阿惹顺势坐在那根木头上。爬山走得有点急,气喘吁吁地,她用手做扇状,轻轻地在耳旁扇着,既是扇风,也是驱赶扑面而来的苍蝇。

在核桃树荫下,没有了刚才在裸露的阳光下将自己晒得生痛的感觉,丝丝凉意慢慢袭了上来。

子铁书记面无表情地继续呱摸着兰花烟,沉默着。其他几个男人用吃惊、好奇的眼神看着阿惹,七嘴八舌地议论。

"不可能吧?"

"省里当官的会到我们这么穷的地方来?"

"工作队?是不是土改时期那样的工作队?"

其中一个上了年纪的说:"过去上海知青、重庆知青也来过我们这里呢。吃的都没有。"语气中透着同情,还有一丝骄傲。

子铁书记呱完烟,对着烟斗"噗"的一声,烟渣如一个个黑

色的小精灵跳出烟斗，纷纷扬扬地撒向地面。然后他又习惯性地将烟斗在木头的一侧轻轻地敲打着抖出里面剩余的烟渣，慢条斯理地问："他们来做啥子？检查工作？"

阿惹连忙解释道："不是检查工作，是来帮助我们脱贫攻坚的。"

其他几个男人一听，都露出了笑容，又纷纷发表着自己的意见。

"噢哟，省里那些当官的要来帮我们了呢。"

"看来我们诺苏有希望了呢。"

"肯定要给我们发钱了。"

……

子铁书记"哦"了一声，毕竟是村书记，比这些人要沉稳得多，而且脱贫攻坚也搞了几年，就那么回事。看见几个人那副巴巴的样子，他有些不耐烦地说：

"有啥子帮的？我们有吃有穿。"继而又道："他们要待多久？"

然后拿起脚边的啤酒，"咕嘟"喝下一大口。黝黑的脸上泛着红晕。

"两三年呢。"阿惹回答道。

"啥？"子铁不相信自己的耳朵，猛地将脸转向阿惹，耳垂上的银质耳环在太阳光下闪过一丝光，嘴角流出一线啤酒，手不由自主地又拿出刚才已经装回衣服口袋里的兰花烟布袋。好不容易装好烟，点燃，才又恢复了平静："怎么来那么长时间？"

阿惹也不知道怎么向子铁书记解释，"这是海来书记今天在会上讲的，说是省里安排的统一大行动。"

其他人在旁齐齐地发出惊异的"阿啵"声。子铁书记咂摸了几口烟，茫然地看着前方。

阿惹像突然记起了什么似的，道："工作队吃住也要在村里。乡里让我们给找房子。"

子铁书记用怀疑的眼神看着阿惹。

"他们明天就要来。"在子铁书记面前，阿惹就像个小学生，声音有些低了。

子铁书记露出了不耐烦的神情，但看着阿惹一副认真的样子，想了想，淡淡地说："那你去落实一下。"

对于子铁书记这话，阿惹已习以为常，她点点头，正准备转身离开，子铁书记突然问道：

"来几个？"

"四个。"阿惹停住了脚步。

"几男几女？"子铁书记拿着手上的烟斗，凝滞不动，望着阿惹。

"说都是男的。"

子铁书记将烟斗在屁股下的木头上敲得当当响，烟渣散落在脚前，脸色也有些微微难看。

"我想他们就住村委会。"阿惹连忙用安慰的口吻将一路上已经考虑好的想法说了出来。她害怕看见子铁书记不高兴的样子，好像自己做错了什么。

"乡里说，县里组织部明天上午就把他们的床和铺盖、毯子、棉絮都拉来。"

其他几个男人也附和道："上面来的就是应该安排好。"

子铁像松了一口气，对阿惹道："那就好。你去准备下，我就不去了……哦，来了后，我们村里还是要给他们杀个小猪儿，

干坨坨肉,欢迎欢迎他们。让上面的领导知道我们彝族人是好客的。"然后一笑,又道:"这些上面来的人,住不了多久就会跑的。随便找个地方住就行了。"

一听说要杀小猪儿,旁边几个人都嘿嘿地笑了起来,用赞许的目光看着他们的子铁书记,仿佛已闻到了坨坨肉四溢的香味。

阿惹嘴唇翕动了下,本想说"村里哪来的钱买小猪儿",但转念一想,人家省里的工作队远道而来帮助我们脱贫,杀个小猪儿算什么,哪怕我阿惹把自己家的小猪儿拿来杀了也是应该的。于是快乐地答应了一声:"那我去把村委会的卫生打扫一下。"

太阳渐渐西沉,原先碧蓝如洗的天空慢慢阴沉了下来,大山中夜晚的凉意骤然四散在空气中。看着阿惹远去的背影,子铁书记缓缓地咂摸着兰花烟。这娃儿能干,但是……想到这儿,子铁书记被烟呛得剧烈地咳嗽了起来,然后说,"大家都回去吧"。便起身拿起屁股下的查尔瓦斜挂在左肩上就往屋里走。

7

木扎瓦扎村距离木各尔乡的场镇并不远,也就半个小时的脚程。午饭后,井子乡长将秦爱民他们拉往木扎瓦扎村的村委会。

虽然从坚定到凉山援彝到现在做好了最坏的心理准备,但当看见眼前的情形时,还是让秦爱民和其他三名来自不同地方的队员倒吸了一口凉气。

村委会坐落在半山腰,前面有一块约两三亩大的土坝子。

在坝子的靠山一面有一座泥坯瓦房,木门,涂抹有红、黄、黑三色相间的油漆，因常年日晒雨淋，油漆早已褪色，斑驳如穿了一件破烂且肮脏不堪的衣服。几只鸡在坝子的草丛中觅食，看见有人来了，惊叫着扑棱棱四散逃去。一头小牛犊正在坝子边缘啃草撒欢。沿坡不远处坐落着几户农家，在农舍旁的一棵树上拴着一头母牛，脚下堆积了厚厚的一层污泥，与牛粪、牛尿混合着四散流开，一阵微风过后，臭气四溢。

"不好意思，我们这里的条件太差了，让你们受苦了。"站在坝子上，井子乡长哈哈笑道。

其他几名队员都礼貌地微笑着不说话，秦爱民立马道："没关系，没关系。"

在村委会前有一条土路，两旁散落着一些民房。不时有穿着百褶裙的妇女经过，好奇而羞涩地看看他们，随即又低头快步走了。

不多时，从山坡上走下来一男一女。男人年龄约莫六十来岁，皮肤黝黑，身材高瘦，高鼻梁，脸型瘦削，手里拿着一副烟斗，左肩上随意挂着一件蓝色披风。女人很年轻，大学生模样。身材高挑，肌肤白净，鼻子高挺，脸型线条清晰流畅，上身是藕荷色短袖上衣，下身穿条长筒牛仔裤，脚上穿一双牛仔休闲鞋。清爽干净。

两个人来到井子乡长面前，他们用彝语交谈了一阵，井子乡长指着男人介绍道："这是我们的村支书，叫子铁尔合。你们叫他子铁书记好了。"

秦爱民上前一步，掏出香烟，发给子铁书记和其他的队员。秦爱民发觉，子铁书记身上的查尔瓦沾满了污渍和泥巴。

"这是我们的村主任阿惹。"井子乡长又指着子铁书记身后的年轻女子。

阿惹立马微笑道:"欢迎各位领导。"声音清脆甜美,透着干净利落。

"阿惹?"秦爱民脑子里不停地搜寻着这个让他似曾相识的名字,嘴上却说:"我们不是领导,是驻村队员,以后在你们的领导下开展工作。"

一旁的刘新龙主动上前,伸出双手,笑着自我介绍道:"我叫刘新龙,是从成都来的。这么年轻就当村主任了,以后还请多多关照。"

阿惹一脸惊喜而羡慕地看着刘新龙,道:"成都来的?哦,你们那里可是大城市呀,来我们这个穷乡僻壤,可要吃苦了。"

刘新龙连忙摆手道:"我们不怕吃苦。"

井子乡长骄傲地笑道:"阿惹可是大学生呢,又在成都当过白领,是我们乡里把她留下来建设家乡的。"

"你在成都工作过?那我们算老乡呢。"刘新龙诧异道。

阿惹有些害羞地看了眼井子乡长。

"你好白哟。"刘新龙更是直白地夸赞道。

本来就不好意思的阿惹脸"刷"地一下红到了耳根。

还没等其他人说话,阿惹立马岔开话题道:"走,去看看你们住的地方吧。"

虽然坝子外面乱糟糟的,但房间里面却打扫得干净整洁,每间房子里摆了两张床,也已经铺好。

刘新龙露出惊奇的神情,道:"阿惹,这是你帮我们做的呀?"刚一说完,马上补充道:"等我们自己来做就行了。"

在一旁的井子乡长笑着问道:"小刘,你有女朋友没有?如果没有,将来我给你介绍一个我们的彝族尼扎莫。"

刘新龙茫然地望着井子乡长，问道："啥子？"

井子乡长哈哈笑道："就是美女呢。"

众人都笑了，刘新龙也就跟着嘿嘿傻笑。

"只是现在还没有煮饭的地方。"阿惹转移话题，面露遗憾。

一听这话，井子乡长看着子铁书记。子铁书记跟在后面，只道："我们这里就是没有煮饭的地方。"

井子乡长看着阿惹，阿惹犹豫了一下，又看着子铁书记，道："要么……两个人到我们家里去吃饭，两个人到你家去吃饭？"

没等子铁书记表态，井子乡长便说："我看这办法行。"

安排好住处后，井子乡长说，从明天开始她就要休产假了。

送走井子乡长，阿惹和子铁去隔壁办公室商量事情。秦爱民先让其他三名队员挑选了房间和床铺，最后才把自己的行李箱放在剩下的那张床上。他与刘新龙同屋。

不一会儿，子铁书记和阿惹来到了秦爱民与刘新龙的房间。同来的另外两个队员也都过来了。

都是第一次谋面，秦爱民带头做了自我介绍，于是大家依次自报家门。

"我叫郑志，监狱系统的。"一身警服、身材魁梧的中年男子郑志站起来，干净利落地给大家行了个军礼。惹得一片鼓掌叫好。

"嘿嘿，大家都熟悉我了吧。"刘新龙撩了下头发，见大家都微笑着望着他，一笑，说："好吧，我还是再介绍一次……我叫刘新龙，是成都一家医院的医生，以后还请各位哥哥姐姐们多多关照。"

"那你以后可要喊我姐姐了。"阿惹讨便宜似的微笑道。

刘新龙不依："我这是习惯性用语。我肯定是你哥哥呢。"

说完后，拉了下旁边的一位男子："该你了。"

小个子、戴副眼镜、皮肤黝黑的男子低着头，想了一阵才为难道："我叫高清德，是绵阳市一个乡农业服务站的。"

之前大家在一起就交流过，所以彼此都有一些了解。"他可是一名农业专家。"刘新龙在一旁补充道。

"你长得可像我们彝族人呢。"阿惹看着高清德，亲切地说。

"难道我不像？"刘新龙有些不服气。

阿惹咯咯笑道："你那么白，不像。"

刘新龙争辩道："你不是也很白吗？难道你就不是彝族人了？"

阿惹不愿与刘新龙继续争辩，便将刚才她与子铁书记商量的情况告诉了大家：秦爱民和刘新龙以后就在她家里吃饭；郑志和高清德在子铁书记家里吃饭。"今天大家一起到我家去吃晚饭。按我们彝族家的规矩，给远道的客人杀了个小猪儿。"

大家是第一次到彝族家里去吃饭，充满了兴奋和好奇，期待着会是怎样的一顿晚餐。所以在摆谈了会儿龙门阵后，早早地就跟着阿惹到她家去了。

8

阿惹的家就在山上，距离村委会约莫走半个多小时。挨着阿惹家附近，分布着一些泥坯房人家，还有极个别盖着蓝色琉璃瓦的红砖农舍，而阿惹家的房子算是这里比较好的。

她家房子四周是一片核桃林。在几棵大核桃树的树枝上密实地悬挂着一种收割了的像萝卜的农作物，秦爱民好奇地问："那是什么?"阿惹看了一眼,道:"圆根。"刘新龙更好奇了,问高清德:"高工,圆根是做什么的?为什么要挂在树上?该不会是长在树上的吧?"

阿惹听后咯咯地笑了,高清德却一脸严肃认真地回答道:"圆根是被子植物门,双子叶植物纲,白花菜目,十字花科……"

刘新龙不耐烦地打断话头,抱怨道:"你怎么这么啰唆。像教小学生。"然后转过脸问:"阿惹,它到底是干什么用的?"

阿惹忍住笑,道:"就像萝卜。夏天晾晒后,冬天做牛和马的饲料。当然,你也可以吃。"大家都哈哈地笑了,高清德一本正经地道:"圆根是可以食用的。"

阿惹又微笑着解释道:"真的,我们有时候把它当水果吃,水分很足,甜。叶子我们做酸菜汤。今天晚上你们就会喝到。"

阿惹家外面有一院围墙。围墙的铁门虚掩着,阿惹直接推开,里面好一派繁忙景象。

……

子铁书记安排村里要给从省里来的工作队"杀个小猪儿"。阿惹懂得,按照传统习俗,来了尊贵的客人,彝族人都要杀猪、宰羊,在过去甚至要宰牛。这是彝族人的待客之道。只是她心里清楚,除了办公经费,村里连一分多余的钱都没有。但是自从得知省里要派工作队到村里来帮助脱贫攻坚,阿惹就急切地期盼着这一天早点到来。

在村里工作快一年了,她感觉自己还是太幼稚了。工作中的各种困难常常让她举步维艰。有好几次萌生了一走了之的念头,但又心有不甘。现在突然听说省里要派工作队到自己的村里来,而且是为了家乡人民脱贫。原本快要熄灭的希望和激情被这一消

息重新点燃。

"不要说一头小猪儿,就是我阿惹私人给他们宰一只羊、一头牛都愿意。"在那天告别了子铁书记和几个老乡回家的路上,阿惹心里暗想。

"啥,你要杀小猪儿给工作队的?"阿惹用火钳将火塘里的柴火规整了下,发出噼噼啪啪的声音,几粒火星跳跃出火塘,其中一颗直冲阿达而去,落在了阿达披在身上的查尔瓦上。阿达一边抽着兰花烟,一边随意地抖了抖跳到身上的火星,取出嘴里的烟斗,吃惊地望着女儿。

火苗更旺了,莹蓝色的火苗飘摇着,舔着巨大的锅底。吃完晚饭后,一家人坐在火塘边闲聊,阿惹说出了白天在路上想好的招待工作队的想法。

厨房里电灯的光线太暗。借助火塘里的光亮在忙着刺着彝绣的阿嬷只静静地听着,偶尔幸福地看一眼自己的家人。

在外打工回家不久的哥哥木加喝着啤酒,从旁边的框里捡起一块洋芋一掰两半往嘴里放,听了妹妹阿惹的话,露出比阿达还吃惊的神情看着阿惹,道:"凭什么我们私人给他们杀小猪儿?别人当官都是往家里拿钱,你却给公家贴钱,真是傻得可以。"

他把手上吃剩的洋芋顺手丢进正煮得"咕嘟咕嘟"的猪食的大锅里。

阿惹理解哥哥。这个家能够修起这一院新房全靠他这几年在外打工架设高压电线辛辛苦苦挣回来的钱。村子里跟他一同出去的人数他最节约。每个月领工资后,他都把钱寄回家,供自己读书,给家里攒钱修房子。

由于火势越来越旺,大铁锅里冒出腾腾的热气。水蒸气冲到吊在上面的电灯上,屋里的光线更暗了。

阿惹拿起身边的大铁勺子,起身将锅里的猪食舀进脚下的塑料盆里,端起来就往外走,说:"这个猪儿算我跟你们买的!"语气中透着毋庸置疑的倔强。

虽然去年修了新房子,有了专门的厨房,还买了桌子和凳子,但因为父母多年养成的习惯,一家人大多数时间还是在火塘边煮饭和吃饭。每到夜晚,气温低,太冷,坐在火塘边吃饭既热乎,一家人还能在一起拉家常,其乐融融。所以在厨房里还是挖了个火塘。虽不好看,还有点影响家里的卫生,但实用。因为从小在这样的环境中长大,阿惹也喜欢这种感觉。

一边喂猪,一边想起今天晚上到子者家里去给他阿玛阿普说让子者上学的事情也不顺利,阿惹生气地将大铁勺子在猪栏上用力地磕了几下,但看着圈里的几头猪充耳不闻,还欢快地吞食着槽里的饲料,她又稍事宽慰地一笑,暗道:"猪儿啊,猪儿,你可要给我争气呀。"

喂完猪,阿惹坐在屋檐边的台阶上。四周群山环抱,隐隐约约延向远方。气温骤降,寒意袭了上来,阿惹抱紧双臂遥望着夏日深邃的夜空,繁星点点。

9

走进阿惹的家,大家都是第一次到彝族人的家里做客,既有些拘束,但也好奇地东瞧瞧西望望。

整个院落干净整洁。正面有一排房子,右手边是偏房,有厨

房、猪圈和厕所。外面的墙角边整整齐齐地码着一些劈好的柴火。

阿惹给工作队员们大致介绍了一下房子的布局结构，又领着他们来到院坝里。

院坝一角，哥哥木加正带着两个男人在地上的簸箕里分割着一头小猪，将猪肉砍成小块小块的。看着哥哥忙碌的样子，阿惹心疼地帮他擦了擦额头的汗水。

因为杀猪将院坝一些地方弄得凌乱，但秦爱民发觉其他的地方倒十分整洁干净，不像一路上看见的老乡家周围那样肮脏。在房子的外墙上固定有几根木杆，上面晾晒着一排排玉米棒子，满满地挂了一整堵墙，在阳光照射下，闪耀着金子般的光芒。

秦爱民心想，这应该是个殷实之家。

刘新龙一直跟在阿惹后面问东问西，道：

"怎么这么大一股焦味？"

对于这个长得白净帅气的成都来的工作队员，阿惹心里还是挺喜欢的，而且他对自己过于热情的举动，让阿惹认为是外面的人对于彝族人的好奇，所以有问必答。

阿惹一指快要分割完的猪肉，道："烧猪毛的味道。"

"为什么不是用开水烫呢？"几个队员好奇地跟着阿惹一起过去。

阿惹指着墙角边的一堆灰，说："我们用一种特殊的植物烧出来的，所以肉香呀。"

"特殊的植物？"高清德心里嘀咕道，便走到火堆边，弯腰捡起一片，仔细看了看，低声道："是蕨苔类植物。"

看完稀奇，阿惹将队员们领进厨房的火塘边。看见客人们进来，坐在火塘边的阿惹的父亲立马起身，让出火塘边最上首的位置。

秦爱民和队员们第一次到彝族家里做客，只有客随主便。

子铁书记坐在火塘的下首，阿惹和她父亲挨着子铁坐下。刚一落座，阿惹的父亲便热情地拿起两个啤酒杯，逐一敬酒。

"我们彝族人是先喝酒，酒喝好了最后再吃菜和饭。今天晚上我给你们做一顿正宗彝族餐。"

阿惹一边解释一边往火塘上放置铁锅，舀水，又将火塘的柴添得旺旺的。哥哥木加和两个帮忙的男子将已切好洗净的坨坨肉端进来倒进锅里。

阿惹从旁边的橱柜里拿出一盆荞面粉，掺水搅拌好后，双手上下翻飞熟练地做起荞麦粑粑，并将它们一个个地放在锅里的竹篾芭芭上，再盖上锅盖。看着阿惹流畅地做着这一套流程，秦爱民心里十分佩服，暗叹道："这女孩真能干。"看得出来，队员们一个个也都流露出佩服的神情。

几个男子纷纷给工作队员们敬酒。阿惹介绍了哥哥木加。另外两个人是他们的邻居。

夜幕降临，虽然坐在屋子里的火塘边，秦爱民还是渐渐感觉到了寒气从四面袭来。喝了很多的啤酒，身子有点发冷。但是一看其他几个年轻队员，他们却喝得好不热闹。

阿惹看出秦爱民有些冷，便关心地问道："秦老师，你要披查尔瓦吗？"

秦爱民连连点头。当披上厚实的蓝色羊毛查尔瓦，一股温暖包围着他，身子也自由灵活多了。这时他突然想起为什么"阿惹"这个名字这样耳熟。在来之前，他到新华书店买了几本关于彝族方面的书，其中有一本的书名叫《阿莫尼惹》，女主人公就叫阿惹。前几天翻了翻，讲的就是主人公阿惹从出生到成长再到

订婚、出嫁的悲伤故事。这是一个爱情悲剧，但愿这样的故事不会在现代彝族女人的身上发生。

酒喝得差不多了，锅里的坨坨肉和荞麦粑粑也蒸熟了。阿惹拿出几个盆子将肉舀出来，把荞麦粑粑放在坨坨肉上。然后抓了几把干圆根叶子放进锅里，与肉汤一起煮，十来分钟后，又把汤舀在盆子里。

每三个人面前放一盆坨坨肉和荞麦粑粑、一盆圆根汤、一盆米饭、三个勺子。

"这就是我们彝族的酸菜汤。"阿惹介绍道。然后拿起勺子喝了一口汤，撕了一块荞麦粑粑吃了一小口，又选出一块小坨坨肉，对大家说："就这样吃。"

秦爱民喝了一口汤，感觉酸酸的、涩涩的。

从阿惹家吃完饭回村委会已是深夜。大家不习惯走崎岖的山路，刘新龙还滑了一跤，幸好坎不高，没有受伤，只是坐了一屁股的泥土。四个人一路为伴，唱着歌，乘着月色，倒自有一番热闹和情趣。

回来后洗漱完毕躺在床上，闻着房间里散发出泥土的味道，股股霉味钻进鼻腔，听着同屋刘新龙如音乐般高低起伏的鼾声，夹杂着墙外草丛中不知名昆虫的鸣叫，秦爱民怎么也睡不着。

回想起自参加工作以来的三十年，按正常的人生轨迹，自己现在正该享受前半生辛苦奋斗而来的工作和生活的丰硕成果。谁会想到已经五十的人，却在事业的尾声有了这番起伏？

要说奋斗，都五十的人了，在县这一级，有什么可奋斗的！两天前还睡在家里洁净而宽大的床上，现在却在千里之外的高原上躺在一间混合着各种气味的泥坯房里。

艰苦自不必说，周围的一切完全陌生，今天晚上在阿惹家里，吃着从来没有见过的坨坨肉，喝着彝族人独有的涩涩的酸菜汤，听着彝族人相互交谈的根本听不懂的彝语，那时心里感叹，这真是一个陌生的"国度"啊！连语言、风俗和生活习惯都充满了异域风情。

前面的路到底会怎样，犹如这伸手不见五指的房间。人生无常啊！

实在睡不着，秦爱民便轻手轻脚地起床，来到坝子上，坐在旁边的一块石头上。今天是农历十七，刚过了月半，一轮圆月皎洁如水，其光辉浩浩荡荡洒在绵延起伏的山脉上。两边的山谷亮着稀疏的灯光。远处传来零星的犬吠，在空谷中单调而清脆地回荡。多么寂静的夜晚啊！

点燃一支烟，秦爱民的思绪回到了几天前的情景。

10

接到县委组织部打来的电话时，秦爱民刚刚从县政府办完事走在回单位的路上。组织部通知，要求明天早上八点到县政府大楼前的旗杆边集合，与县里其他六名队员一起去往凉山。

虽然这几天身边的朋友、同事都好奇、关心地问自己到凉山援彝的原因，说自己都这么大年龄了，还是局里的领导干部，何必去受那份苦、遭那份罪。而且这几天从周围获取的信息来看，要去的地方，不仅仅贫穷落后，还有各种各样对于那里的人的负面评价。但他都笑而不答。

在等待出发的这几天,从某种角度来说,自己内心居然还有些暗自得意,偶尔还急迫地期盼着早一点出发。但现在这个电话却让秦爱民突然意识到,自己真的要走了,一走就是两年,去到一个完全陌生的环境里。

这时的秦爱民陡然升起一股莫名的惆怅与沉重。他慢慢地挪动着脚步,一点一点地凝望着四周熟悉的街道和高耸的楼房,好像要把这原来熟视无睹的一切,哪怕街边的一棵小树、楼上的一扇窗子、吹过的一缕风,还有街上过往的车流与人群都一一珍藏在心底,把这一切带到凉山去,好在以后两年的时光里,在想家的时候,拿出来细细品味。

这一段路不长,但秦爱民却走了很久。回到办公室,一个想法突然跳了出来,自己是不是太冲动了?按照组织原则,自己完全可以不去,也没有任何人强迫自己,而自己居然还是主动报名。

自己是不是太幼稚、太"冒险"了?这个问题不仅同事问过,妻子也问过,甚至还在读大学的儿子也打电话问过。当时都是搪塞而过。最后,看见自己如此执拗,家人都放弃了劝说,只有默默地支持。

而原因,已经身处大凉山深处的秦爱民长长地吐出一股烟雾,微微一笑。很多年前他就在凉山实习过,但那时对凉山的印象还是很好的。在后来的岁月中,不知怎么回事,现在的凉山竟然变成了贫穷与落后的代名词。这是让自己始料未及,也是萦绕在内心对凉山一直无法释怀的情结。还有就是党和国家提出了脱贫攻坚这项事业,总要有人去做。

还有一点秦爱民是清楚的,就是内心深处总有一个声音在呼唤着他,一种力量在鼓动着他。而这声音、这鼓动让他兴奋,甚至躁动不安。

所以,他毫不犹豫地报了名,而且生怕因为年龄原因组织上将自己拒之门外,还多次找了领导,表明了自己的雄心壮志。

激情与年龄无关!这是秦爱民给组织上说的最掷地有声的理由。

激情真的与年龄无关吗?秦爱民在心里重复着这句话。但从今天晚上喝酒就可以看出来,我这个年龄就喝不过那三个年轻人呢。

接下来该怎么办?干什么?不可能在浑浑噩噩中度过两年的时光吧?绝对不行!一股力量在秦爱民的胸中鼓荡。他甩掉手中的烟蒂,用脚踩熄,如一个即将冲锋陷阵的战士,浑身充满了力量……

其实躺在隔壁的高清德也睡不着,想起只有妻子一人在家照顾正在读小学的女儿和生病多年卧床不起的母亲,他对妻子的愧疚无以复加。

与妻子结婚多年,从来没红过脸,更没吵过架,但这一次到凉山援彝,妻子却坚决不同意。说他在本县的乡镇工作,至少每周还可以回家,照顾一下家里,但到了凉山,几个月都见不到人影。

"你一走,我连个帮手都没有,你想把我一个人累死啊!"妻子抱怨道。

高清德没有多余的话,只是埋着头无可奈何地说:"我也没办法呀,办公室就我一个人懂技术。"

"我明天就去找你们书记、镇长,凭什么派你去?我们家的

情况他们又不是不知道。"妻子因为生气而满脸涨得通红，眼眶满含眼泪。

高清德本就不善言语，看见妻子委屈的样子，心里虽然难受，但就是憋不出一个字来，只有闷头抽烟。

生气归生气，出发的那天，妻子还是带着还在读小学的女儿前来送行，没有眼泪，也没有抱怨，只有千万个叮嘱。

"老高，你放心地去，家里我会照顾好的。"这是登车前妻子的话。

最让高清德忘不掉的是在上车前女儿扑在自己怀里久久不愿松手，不断地重复："爸爸，您要早点回来呀！"

看着车子启动，父亲慢慢地远去，女儿最后终于忍不住"哇"的一声大哭起来。

高清德强忍着泪水，咬紧牙，腮帮子鼓得高高的。

"利用自己的专业所长，帮助发展当地的农业。给彝族老百姓带去实实在在的收益。"这也是在出发前组织上交给他的一项任务。

高清德躺在床上，一想到自己看见的这里还处于贫困状态的彝族老百姓，他刚才还在担心生病的母亲、自己走了后负担越来越重的妻子、思念女儿的复杂心绪一下就忘得一干二净，相比于这里的老百姓，我们都太幸福了，一种责任感油然而生。

……

11

"秦队长,你快去看看,村委会的黑板上有一首打油诗。"从乡政府开会回来,刚到村口就碰见急急忙忙、满脸是汗的阿惹。她拦住秦爱民,一脸焦急。

秦爱民还有些不习惯"队长"这个称呼,因为两天前乡里开会,党委书记海来日则当着全乡干部和工作队员的面宣布了县工作队任命秦爱民为洛比马克乡综合帮扶工作队队长。

同来的八个队员分别驻在两个贫困村。秦爱民既是队长,但也是驻木扎瓦扎村的队员。

一看阿惹气喘吁吁,颗颗晶莹的汗珠从俊俏的脸上、额头上渗了出来,将一头墨黑的秀发打湿成一绺绺贴在脸上,秦爱民便问道:"什么打油诗?"心里却想,一首打油诗有必要这么大惊小怪的吗?

"你去看嘛。我也是刚才去村委会时才发现的。"阿惹一边说一边急匆匆地在前面带路。

黑板报在村委会旁边的墙壁上。阿惹将秦爱民带到黑板报前,指着上面的字神色紧张地说:"这上面写得好吓人哟。"

黑板报上的油漆很多地方已经脱落,打油诗又是用土块写就,字迹十分淡,也很潦草,秦爱民凑近看了很久才将整首打油诗看清楚:

"吸冰毒是好汉,

警察来了怎么办?

拿起菜刀对着干,
干不赢怎么办?
喊起阿玛一起干。"

"冰毒!"秦爱民心里一惊!过去只是在电影电视里面看见过的东西,现在居然有可能出现在自己眼前。

他望了望头顶的太阳,白亮亮的异常刺眼。

"秦队长,你看怎么办?"站在身旁的阿惹手足无措,声音里分明透出害怕。

秦爱民冷静地问道:"子铁书记知道吗?"

阿惹摇摇头。

秦爱民感到事件很严重,事态很紧急。

"马上报告子铁书记。"秦爱民用近乎命令的口吻对阿惹说。

阿惹掏出手机打给子铁书记,但怎么也打不通。

"走,去找他。"当了解到子铁家并不远,秦爱民斩钉截铁道,然后他又跟工作队的"四治"专员郑志取得了联系,让他放下手里的活,赶紧回村委会。

爬了一个山坡便到了子铁书记家。门是虚掩着的,阿惹在门外用彝语喊了几声,一会儿,一位五十多岁、头上包着暗红色方巾的妇女出来开了门,一看是阿惹,就让他们进去。刚一进门,一股臭气扑鼻而来,秦爱民屏住呼吸。

院坝里还有两只小猪,正在欢快地相互追逐,一条狗拴在门口,看见有人进来,狂吠着,努力想挣脱颈脖上的绳锁。院坝里的猪屎、鸡屎、污水、衣物、菜叶、柴火……在地上到处杂乱地堆散着。

秦爱民倒不畏惧门口的那条大黑狗,跟着阿惹穿过院坝进了屋。里面一片漆黑，阿惹往里走，在一根柱头上拉了一下，电灯吊在屋内中央的一根木柱上，发出微弱的光。

秦爱民暗自叹道："这样的村干部怎么可能带领老百姓脱贫致富？"

正思忖间，不小心脚下一滑，一个趔趄，一屁股就坐到了地上，他赶忙顺手往地上抓去，只听得一阵"咣咣当当"的响声。

阿惹先是被惊了一下，转身看见秦爱民跌倒后情急之中手上抓了一个铝盆。她一边去扶一边咯咯地笑着。

秦爱民赶忙自己站了起来，拍拍屁股上的灰尘，再一看脚下，满地都是洋芋和萝卜，自己踩在一块大萝卜上了。

阿惹又跟中年妇女说了几句彝语，然后对秦爱民道：

"秦队长，子铁书记没在家。他老婆说他到美姑县拉马乡给别人帮忙去了。"

"那我们到乡政府，把这个情况报告给海来书记。"秦爱民转身就往外走。

乡政府在场镇街道后面的山坡上，是一栋二层旧楼，黄色的外墙和铁制门窗历经岁月风霜的吹打已经破旧不堪、锈迹斑斑，在阳光下也显得单调而破败。旧楼前是一个方方正正、约莫三四百平方米大、半边泥土半边水泥的坝子，四周杂草丛生。中间有一棵玉兰树，树冠硕大，茂密的树叶中开满了洁白的花朵，如一个个可爱的小天使从树叶丛中探出小脑袋，散发出阵阵香气，使乡政府有了一些生机与活力。

刚刚走到楼梯转角处，阿惹话还没来得及喊出口，秦爱民就踩在了一泡屎上。他连忙跳开，再一看，草丛边一排大堆小堆的大便。刚在草丛上擦拭，便看见海来书记下楼来。

太阳照亮大凉山 / 039

看见秦爱民一副狼狈相,海来书记便嘿嘿地笑道:"哎哟,秦队长,你走路要小心点哦。这都是周围邻居小孩拉的。"

发觉秦爱民与阿惹满头大汗急匆匆的样子,他便又问道:

"你们有什么事情吗?"

当了解到事情的原委,海来书记一边把他们带到二楼办公室,准确地说也是乡政府会议室——海来书记就在这里办公,一边掏出手机给一个人打了过去,说着彝语。看见秦爱民一脸茫然,阿惹在一旁悄声说,书记在给乡派出所阿作所长打电话。

没等多久,楼道里传来咚咚咚的很重的脚步声。很快,一位身材高大魁梧、略微显胖、穿着警服的中年汉子站在了门口。虽然与海来书记打着招呼,但眼睛却不停地扫向秦爱民。秦爱民微笑着点点头。他估计这就是阿作所长。

他们用彝语交谈了一阵,秦爱民静静地坐在旁边,虽然听不懂,但彝语中夹杂着少量汉语,他猜测阿作所长在询问案情。

"打油诗就是他和阿惹发现的。"海来书记给阿作所长和秦爱民两人做了介绍。

阿惹心细,用汉语跟秦爱民简单介绍了一下他们刚才说话的内容。

海来书记又问道:"秦队长,你还有什么补充的吗?"

秦爱民摇摇头,说:"没有。"其实他是第一次直面毒品问题,也不敢贸然建议。

阿作所长一边思考一边掏出烟来点,黑黑的脸色越来越凝重。大家都屏住呼吸,静静地等待着他的反应。过了很久,他把摆在面前的香烟盒拿起重重地在桌子上一拍,咬牙切齿道:"肯定是他!简直太嚣张了!"

"谁?!"阿惹吃惊地望着阿作所长,问道。

海来书记则沉稳得多,只是眼神流露出疑惑,在没有得到答案前,还咳嗽两声,将口痰吐在面前桌子上的烟灰缸里的纸上。而秦爱民却一头雾水,但也分明感到空气中透着一丝丝的紧张。

阿作所长从嘴里蹦出两个字:"木果",然后果断地站起来,说道:"你们放心,我会处理好。我现在就到木果家去。"

在一旁的阿惹连忙问道:"你一个人去?"

阿作所长苦笑道:"我们派出所可是管辖四个乡镇的啊。其他的民警都到那几个乡镇执勤去了,除了在家值班的就只剩下我一个人了。"然后轻松地挥挥手,又道:"没事,又不是上山打老虎。"

说完后,一阵乐观的哈哈大笑,让凝重的空气有了些许的轻松。

阿惹神情犹豫地望着秦爱民,对阿作所长道:"我们跟你一起去吧?"

秦爱民点点头。

阿作所长转身看着秦爱民:"秦队长,你们工作队是不是来了一位干警?"

秦爱民应道:"嗯,他叫郑志,下村走访吸毒人员去了。我已经打电话让他回村委会等着我们了。"

阿作所长一边往外走一边用指挥官般的语气道:"走,先把具体情况摸清楚了再说。"

12

三个人坐着警车很快来到村委会,将车停在村委会坝子上,接上郑志一起徒步上山前往木果家。

"秦队长,怕不怕?"发觉秦爱民一路上不怎么说话,阿作所长轻描淡写地问道。

秦爱民喘着粗气,回答道:"有大家在一起,没什么可怕的。"从看见打油诗到现在,他心里有种说不出的怪怪的滋味。

阿作所长四十多岁,虽然有点胖,步伐却十分轻便,说道:"当初我也怕。但是在这行干久了,就习以为常了。"

跟在后面的阿惹忧心忡忡地插话道:"阿作所长,我真是想不通,我们这里的很多人这么穷,为什么还要去吸毒?甚至得了艾滋病,唉……"

阿作所长本来想解释一番,但转念一想,又十分认真地说:"这可是需要你这个大学生村主任考虑的问题呀。"

阿惹气呼呼地说:"还不是愚昧的结果!"

阿作所长无奈地说:"阿惹主任,你虽然是我们这里的人,但长大后一直在外面读书,并不很清楚家乡的具体情况。与过去相比,现在已经好很多了。"

秦爱民心里疑惑地问道:"那以前这里是什么样子?"

一直在后面没怎么说话的郑志插话道:"十多年前,我到这边办过案子,我们当时就知道这边与云南接壤,所以禁毒形势十分严峻。"

本来就是上山，很是费力，还谈起这样沉重的话题，秦爱民感到双腿酸痛，步子也渐渐跟不上其他人了。阿作所长放慢脚步，等秦爱民跟上后，说：

"郑老师说得没错。秦队长，你可能不知道，在我们凉山彝区，过去吸毒是人们相互间炫耀的事情，有极个别人请客都用这个东西，好像特有面子。现在国家加大了打击力度，所以好多了。唉，这也把我们这个民族害苦了，很多吸毒的人还得了艾滋病。"

阿惹说："我们村就有一些得艾滋病死了的，留下的小孩都成了孤儿。"

秦爱民听得心惊肉跳，这可是在来之前对这些一无所知的啊！但还是怀疑地想，吸毒的打油诗都写到村委会了，还说好多了？

翻过一座大山，来到了山顶的一个凹凼处。居住的人家集中在一片。秦爱民知道，这就是老百姓所说的"铺子"。铺子里有十多户人家，全是泥坯房。每一户都独立成院，但又彼此相连，有些围墙已经垮塌。看着这些残垣断壁，秦爱民仿佛回到了上个世纪。

大家坐在路边休息。阿作所长掏出香烟，递给秦爱民、郑志各一支。

"郑警官，你以前来过我们凉山？"阿作所长问道。

"嗯，大约是二十世纪九十年代，护送我们监狱的犯人回家，来过两次。"

"你是狱警？"阿惹充满好奇地问道。

"女子监狱的。"

阿惹"哦"了一声，突然开玩笑道："我前段时间看过一部网络小说，就是写女子监狱的男警官。你这么帅，可要把握好呢。"

因为跟大家很少开玩笑，阿惹的话让郑志一时无所适从，不知道怎么回答，便只是微笑，大家也都跟着笑了，为这沉重的任务平添了些许快乐。

"这里风景好美"，秦爱民喃喃自语，目光眺望着远方。

抬眼望去，目光所及，前方的整个山峦在阳光下绵延到无尽的远方。眼前的山下便是山坡和河谷。现在正是夏天，当地老百姓耕种的各种庄稼——玉米、荞麦、圆根……一层层农田，从山谷一直延伸到半山腰。在树木的掩映中偶尔有一些农房。在山顶，洁白的绵羊三三两两在一片平坦的山坡上悠闲地低头啃草。棕色、白色的马儿散布其间，小马驹嬉戏奔跑。天空碧蓝，没有一丝云彩。

"那边是美姑。"阿惹指了指左手边的广大山脉。那边的山势要陡峭得多，其中一段如刀劈般直冲云霄。远远望去，在天边众多山峰中，最高那座的顶端被白云环绕，直通天际。

太阳炽烈，秦爱民抬头望了望，立马收回目光，眼睛被刺得生疼。

"我们走。"感觉歇息得差不多了，阿作所长站起来说。

进了铺子，拐过几家房子，来到了一扇已经破败不堪的门前。阿惹上前轻轻拍打了几下，用彝语喊了几声。

过了一会儿，一位佝偻着腰，穿着一身很脏的百褶裙的老年妇女打开门，后面跟着三个都只有几岁大、衣衫褴褛的小孩。看见这么多人，老人和小孩眼神都从疑惑渐渐变成了恐惧，最小的是个男孩，鼻涕吊得长长的，涂抹一脸，躲在老人身后，用惊恐的眼神望着门口的几个人。

阿作所长从腰间掏出枪，立马闯了进去。郑志也紧随其后，快速穿过一块逼仄而脏乱的院坝。

阿作所长猛地踹开房间唯一的一扇木门，威严地喊了声："木果，出来！"

秦爱民被阿作所长和郑志一连串的举动惊呆了。但在这种情况下，他也不能当逃兵，紧紧地跟在后面。阿作所长和郑志的眼睛如梭子般在漆黑的房间里四处搜索，生怕漏过一个可疑的目标。

屋子里静悄悄的，空气如凝固了般。秦爱民紧张得屏住呼吸，站在原地不敢挪动半步。

"走，没人。"阿作所长仔细观察了周围后，一挥手，转身走出房间，郑志和秦爱民也跟了出来。

阿惹在外面正拉着老人的手说着什么。老人不停地撩起身上的裙子抹着眼泪。

从木果家里出来，秦爱民心里充满了悲凉。吸毒、贩毒不仅触犯了法律，而且导致家里的经济情况如此之差，连三个小孩都穿得如此破烂。

因为秦爱民和阿惹、郑志他们还要顺道去走访附近的一家艾滋病患者，所以就与阿作所长道别。

阿作所长吩咐村里这几天要密切关注木果家的动向，如果木果回家了，要及时报告派出所。

送走阿作所长，在阿惹的带领下，秦爱民和郑志又到路边一位叫曲体的艾滋病患者家里。一边下坡往曲体家去，郑志一边担心地说道："曲体这段时间一直没到乡卫生院去拿药。"

阿惹叹口气,说:"我们村里也找过他几次,但他就是不去。"

在土公路下方大约二百米处有一院土坯房。房子外面是一圈残垣断壁,上面乱七八糟地晾晒着零零落落的脏衣服。

"曲体大哥,在家吗?"阿惹一边推开虚掩的木门,一边喊道。

没有人应答,阿惹轻轻地推门而入。院坝倒不小,但十分脏乱。一个小个子、约莫四十来岁的中年男子无精打采地躺在一件完全褪色的破烂的查尔瓦上面,看见有人来了也只是转过头来看了看。

"这么大的太阳你怎么不在屋里待着?"阿惹有些心痛地责备道。

"屋里冷。"曲体的声音很细很低沉。

此时正是中午时分,毒辣辣的太阳晒在头上,阿惹他们都是满头大汗,看着躺在地上蜷缩着喊"冷"的曲体,秦爱民的心再一次被眼前的景象震撼,同情、怜悯,更多的是悲伤。

"你们随便坐。"那声音细如游丝,仿佛从地下钻出来的。

"曲体大哥,你要坚持吃药哦。"阿惹蹲下身子,满脸愁容地说。

曲体灰白的脸上挤出了一丝难得的笑容,道:"唉,有啥吃头?我是等死的人了。"

阿惹生气地提高嗓门道:"曲体大哥,你怎么能这么说呢?你自己要坚强。"

这段时间以来,秦爱民也学习了一些艾滋病方面的知识,所以也在一旁鼓励道:"曲体,只要你按时服药,你的这个病是可以缓解的,党委政府一直在关心你们。"

曲体抬起那双无神的眼睛,望着秦爱民,翕动了下嘴唇,本来想说什么，但最后只是无力地笑笑，便继续躺下，目光呆滞地望着天空，过了一会儿，便闭上了眼睛。

从曲体家出来，在回村委会的路上，秦爱民问道："他家里还有其他人吗？"

"自从得了这个病，他老婆就带着小孩跑回娘家了。"阿惹回答道。

"他是怎么得的病？"秦爱民问。

郑志接过话："我问过他。他说是前几年跟朋友在一起鬼混，先是吸毒，然后就用针头注射，所以感染了这个病。还是交友不慎啊！"

阿惹伤心道："我看他现在的身体越来越差。"

郑志道："跟他说了好多次，他就是不去医院拿药。"

"那就给他送到家里。"秦爱民脱口而出。

"我原来也想过，但人太多了，而且村里的事情又多，忙不过来。后来我跟卫生院商量过，他们人手也太少。"阿惹无奈地说。

秦爱民想了想，说："现在有我们工作队，我们一起做。你看行不行？"

刚说到这儿，突然记起什么似的，又说："医院不是对贫困户建立了家庭医生责任制吗？我们与这项工作结合起来做。"

"好好好。"阿惹兴奋得像个孩子，笑了起来，下山的脚步都是蹦蹦跳跳的。

一路上，想起木果家的境况，想起曲木那空洞而绝望的眼神，秦爱民内心五味杂陈。

13

回到村委会，刘新龙和高清德跟村文书吉米日洛下村了解村情还没有回来。

"打理得很干净哦。"走进秦爱民和刘新龙的房间，阿惹夸赞道。

屋子里除了两张床和在两个床头之间一张简易的小桌子，便无他物。小桌子上放有茶叶、台灯。因为相处久了，阿惹倒很大方地坐在了刘新龙的床沿。

秦爱民笑道："我可是个懒人，全部都是刘新龙收拾的。"

阿惹又上下左右地瞧了瞧，道："你们外面的小伙子真能干。"

今天有太多的疑问——毒品、艾滋病、子铁书记……秦爱民也坐在了自己的床沿上，一时不知道从何说起。在理出头绪后，好奇而忧心忡忡地问道：

"阿惹，你们怎么判断打油诗是木果写的？"

阿惹不假思索地回答道："以前我们村只有木果在贩毒。自从我当了这个主任后，还没有看见过他。但是前几天有人说看见他回来过。"

"村里现在吸毒的人还多吗？"秦爱民问道。

阿惹报出了一个数字，让秦爱民大吃一惊，"但具体人员名单还不是很准确。"

"木果是回来卖毒品的？"秦爱民问道。

阿惹点点头："应该是吧。"

回来后洗了把脸的郑志也进来了，说："秦队长，我建议我们应该把全村有过吸毒史的人员和艾滋病患者彻底摸排一下。"

"怎么摸排？难道让他们自己出来说自己在吸毒，或者得了病？他们不会主动说的。"阿惹有些发愁。

"为什么？"郑志追问道。

"因为现在都知道吸毒和得病是不光彩的。这样大张旗鼓地去排查，他们肯定不会承认。"阿惹回答道。

"乡里和县里应该有这方面资料吧。"秦爱民看着郑志，问道。他起身在狭窄的房间来回踱了两步，又坐回自己的床沿，拍了拍床上，掏出一支香烟，递给郑志，示意他坐下。

郑志坐了下来，说："今天上午我刚接到县政法委的一份文件，正是安排这些事情的。"

自来这里后，自己目睹的、队员下乡回来后摆谈的，可以说所有的一切都让人揪心、痛心，贫穷只是表象，而背后深层次的问题是什么？毒品、艾滋病、小孩的失学、民间老百姓的陈规陋习等等，情况和形势错综复杂。如何将这里的人们从深陷的泥潭里拔出来，仅仅做好一方面工作犹如杯水车薪，而需要打一套组合拳。国家虽然给予了这里各种优惠政策，包括大量基础设施的建设、产业发展的倾斜，甚至是在人力上不计成本的帮扶，但所有这些的落实却需要驻村工作队密切配合好当地各级组织，踏踏实实地一步一个脚印做好每一件事。

秦爱民沉吟了一会儿，表情严肃地说："你们看这样行不行？"

他停顿了一下，看着阿惹，道："我下面说的话，如果有哪里不对的地方，你不要介意哦。"

阿惹有些摸不着头脑，但很快她好像就明白了些什么似的，

说:"没关系,有什么你就直接说,我不会介意的。"

秦爱民欣慰地点点头,道:"通过一段时间我们走村入户调查了解实情,查看各种资料,我发觉这里的各项工作不系统,或者说……乱。"

"何止是乱,是一塌糊涂!"不知什么时候刘新龙回来了,一只脚刚迈进房间就抱怨道。高清德也跟在后面。

秦爱民没有理会他们,继续道:"底数不清,老百姓对各级政策不明。当然,这也不能完全怪我们的基层干部。这里的贫困面积太大,程度太深,形成的因素太复杂。一步跨千年的长期积累,需要解决的问题太多。"

阿惹听了后眉头紧蹙,叹了口气,说:"那怎么办呀?"好像自己做错了什么似的低着头,脚也不断地轻轻踢着地上的泥土,"唉,我知道,我们这里的问题太多了!疾病、贫困、落后,唉……"说话间眼泪莹莹。

也许是来了后一直在默默地观察,从来还没有真正的当着其他人的面谈过自己对凉山贫困地区的看法而积攒了太多。今天,此时此刻,秦爱民好像不管不顾地继续叹道:

"我们国家改革开放四十年了,全国人民都在大步向小康社会迈进,但我们的大凉山却还如此闭塞、落后和贫穷,尤其是我们的老彝区。如果我不是这次亲眼所见根本还不相信。这次党和国家投入很大的人财物力来实现凉山彝区的脱贫,就是要实现一个都不能少的脱贫目标,接下来需要我们办的事情太多太多了!"

说到党和国家给予凉山的政策,秦爱民内心充满了自豪,鼓荡起激情,但一想到现在凉山面对的现实,心又被揪得发痛。

阿惹感叹道:"秦队长,我们彝族人感谢有你、郑大哥,还有高工、刘老师，有你们工作队来凉山帮助我们彝族老百姓脱贫，我是很感激的。我想我们的彝族老百姓也很感激……"

还没等阿惹说完，秦爱民摆摆手，打断她的话，说：

"你怎么会感谢我们呢？我们都只是一名普通的驻村队员，只是做好自己分内的事。是组织派我们来的，你们应该感谢党，感谢国家。而且整个社会都在为凉山的脱贫贡献自己的力量。"

说到这儿，他用目光扫视着大家，道："只是接下来的工作我们要好好谋划谋划。"

看见秦爱民急迫的样子，郑志劝慰道："秦队长，你也不要着急，饭要一口一口地吃，事要一件一件地做，心急吃不了热豆腐呀！"

看着秦爱民一副要参加战斗的激昂状态，阿惹内心也鼓荡起一股兴奋和激动，对以后的工作充满了期待。

秦爱民转眼看着郑志，抱着膀子，手指托着下巴，沉吟道："老郑说得对，急不得。我们工作队来这里，在工作上得有一个规划，摸清情况是第一步，无论是禁毒防艾，还是控辍保学、计划生育、产业发展，然后对症下药。不然在这里两三年就会像一群无头苍蝇。援彝结束后，什么都没有干成，对这里的帮助也不大，不仅没有很好地完成组织上交给我们的任务，对我们自己也无法交代，更虚度了我们的光阴。"

其实秦爱民还有句话埋藏在他的心里没有说，"我们一定要带领老百姓富裕起来！这才是摆脱贫困的根本出路！"

太阳渐渐西沉，夕阳穿过山上的树林，像流淌着的闪着金光的瀑布，从天空倾洒在村委会，洒在木扎瓦扎村美丽的彝乡，洒在整个大凉山的山川和河谷。

太阳照亮大凉山 / 051

几个小孩正在村委会坝子上快乐地捉迷藏，欢乐的笑声响彻在这大山深处。

14

昨晚，乡党委海来书记打电话让秦爱民第二天到乡里去一趟，说要研究一下近期的工作。第二天一早，他就起床抄小路前往乡政府。

前几天，指挥部给每人发了个双肩包，秦爱民今天就用上了，将笔记本、小手电筒、雨伞、水杯、纸巾等都装了进去，俨然一个背在背上的"家"。装好一应"家私"，他试着背在背上，很舒服。

凉山的早晨微风轻拂，茂密的树木染绿了整个山脉。在下山的途中，偶尔能碰见一些彝族老百姓带着干粮，出门上山干活。来了一段时间后，有些村民已经对工作队有所熟悉，他们相互热情地打着招呼。

乡政府里面静悄悄的，只有一楼的一间办公室是开着的。秦爱民知道这是海来书记的寝室，便来到门口，往里一看，没人，又来到一、二楼交接处的平台上，乡政府伙食团就在这里，两间平房，一间是煮饭的地方，一间堆放杂物。

工作队刚来时，乡政府给办的招待会就在这里。炒了两大盆菜、一个汤，放在厨房外的墙角边。当时有队员就悄声问："怎么没有桌子？"

秦爱民不清楚，但后来发觉，整个乡政府就没有一张饭桌。

平常乡政府干部吃饭，伙食团也是将炒好的菜放在外面的墙角边。大家打好饭菜，或蹲在地上，或端到自己的办公室吃。

厨房门微微半开，里面有响动，秦爱民轻轻推门一看，海来书记正从锅里夹起几根面条在尝。一听有响动，他回头看见秦爱民，问道："吃了没有？"

"还没有。"

"我就估计你一早要来，所以多下了点面。"

秦爱民一看灶台上放着两个碗，里面已经放好调料，其实就是蒜粒、葱花，还有一把干辣子面和盐巴。

海来书记一边捞面一边说："我们只有这些调料，没办法。"

"我可没那么讲究，只要有盐就行。有盐就有味。这已经够丰富了。"秦爱民解释道。不过他说的是真话，在家的时候他对伙食也不讲究。

两个人站在伙食团前小小的平台上，一边吃面一边交谈。

凉山的阳光一出来就有了些威力，照得乡政府亮晃晃的。坝子中央的白玉兰花瓣从簇拥的叶子中亭亭地向上伸展，在早晨的清新空气中更加超凡脱俗，也像极了穿着洁白裙子的彝族少女。

"我们有四个村要修贫困户的安全住房。"海来书记大大地夹起一口面喂进嘴里，一边吞咽一边用筷子轻轻地敲打几下碗。

"这是好事呀。"秦爱民端着碗一屁股坐在平台边乡政府坝子上唯一的一截水泥花台上——其实里面除了杂草，没有任何花。

"你们工作队要负责监督工程质量。"海来书记又夹起一筷子面条喂进嘴里，也许是吃得太快，细细的汗珠从额头上渗出。

"什么时候动工？"秦爱民看了眼站在面前，穿着整洁、皮鞋擦得透亮、动作潇洒的海来书记，问道。又看了看自己脚上的登

山鞋，沾满了泥土和灰尘，心想，今天回去洗洗。

前不久的一个晚上，秦爱民在海来书记的寝室里喝小酒私下摆谈过。他只比自己小两岁，一辈子在乡镇工作，从距离县城最远的乡干到现在比较近的乡。他说现在脱贫攻坚任务太重了。听着海来书记的叹息声中透着疲惫，秦爱民知道，这是他发自内心的话。是啊，乡镇工作本来就艰苦，现在又要直面脱贫攻坚这样的事，工作强度和压力可想而知。

海来书记已经吃完了，手里端着空碗，眼睛盯着皮鞋，随意地在地上跺了两下，道："就这几天。"

秦爱民一口喝完剩下的汤汁，问："乡政府哪个领导牵头？"

海来书记转身往伙食团走去，语气强硬地道："乡政府哪里有人！"

秦爱民内心升起一丝不快。

海来书记从厨房出来，站在门口，掏出香烟点燃，道："他们都有自己的事情。"

自从来木各尔乡，秦爱民经常到乡政府办事，他发觉了一个奇怪的现象，便问道："我发觉上班的乡干部很少啊。"

这句话好像戳了海来书记的痛处，他"哼"了一声，抱怨道："年轻的都叫县里各部门借走了。怎么搞工作？"说完后便气冲冲头也不回地往二楼自己的办公室走去。

秦爱民在旁边的水槽子边把碗洗干净放回厨房后也跟着来到海来书记的办公室。

"海来书记，你还是派一名乡里的领导牵头比较好。"秦爱民建议道，又掏出香烟递给海来书记。

海来书记摆摆手，道："安全住房就你们工作队来负责。当然，我肯定也要随时关注。"又转换语气道："秦队长，我这里的事情多，所以你们工作队要多理解和支持我们的工作。"

秦爱民感到有些无奈，心里也没有一点底，谁来修？在哪里修？设计方案是什么？等等，毫无头绪。但是他想，万事开头难，没有攻不破的堡垒。

"海来书记，我想我们应该对全乡所有的贫困户做一个全面摸底，还有对全乡的产业情况也要摸个底。然后制定一个整体的发展思路。"秦爱民抛开安全住房的事情，想起这段时间一直萦绕在心头的事情。

一听这话，海来书记翻了下上眼皮，看了眼对面的秦爱民，沉吟了一会儿，道："好呀。你说的这个很重要……那你们工作队一定要做好这些事情。"

从海来书记办公室出来，刚到门口，迎面碰见乡人大主席木子。虽然是人大主席，但他才三十多岁。秦爱民与他一起下过几次村，也算是很熟悉了。

两个人打过招呼，秦爱民正准备走，木子主席连忙把他叫住，然后既是对秦爱民，也是对海来书记说："我跟秦队长他们一起来负责安全住房的修建。"

安全住房不是一件小事，关系到老百姓的切身利益，工作队要开展好这项工作，毕竟障碍太多，包括语言、前期的准备工作。秦爱民一听，心里充满了感激。有了木子主席牵头，安全住房的事情就好办了。他停下脚步，回头连忙对坐在那里的海来书记说："这样就太好了。"

海来书记犹豫了一下，嘿嘿笑着往烟灰缸里弹了下手上的香烟灰，对木子主席说："好好。如果你愿意也行。"

秦爱民跟在木子主席后面到隔壁他的办公室，一屁股坐在靠墙的一个黑皮破旧沙发上，说："谢谢你。"

木子主席是个黑皮肤的瘦小个，好像有些气呼呼地说："谢啥子哟！你们从外面到我们这么艰苦的地方来帮助我们，应该感谢你们才对。"

秦爱民不愿意再与他客套，因为来这里后，听到了很多人对他们感激的话，这是动力，更是压力，便直接切入正题，说道："接下来我们怎么做？"

木子主席表情严肃，但语气平淡道："昨天书记就在说这个事。我想，安全住房是大事，你们工作队对我们彝区的情况还不是很熟，万一遇到什么麻烦事情都不好处理。所以我想我来跟你们一起把这个事情做好。"

几次下村，秦爱民对木子主席略有些了解。大学毕业后，毅然回到了大凉山。先是在乡镇工作，后来到了县里，一年前，因为脱贫攻坚任务重，县里的领导爱惜人才，又把他从县里下派到木各尔乡任人大主席，算是提拔了一格。

"安全住房就由你来负责。我这边就负责全乡贫困户和产业情况的调查。有什么问题，我们及时保持沟通。你看这样行不行？"秦爱民将自己的想法说出来。

"好。"木子主席爽快地答应道。

15

接下来一切都按原计划进行，安全住房的修建和贫困户与产业现状的调查紧锣密鼓地在全乡铺展开来。

秦爱民将工作队分成四个小组，一个村一个村地进行。每天早上统一集合，带好干粮，然后分片入户，从人口数量、去向，到田地、林地面积；从家里小孩的读书与否到造成贫困的原因；从家里有多少棵核桃树、花椒树到房屋的结构……因为走访的面积太宽，每户人家要么在山脚，要么在山顶，要么在河对岸，有时候走访一户就要翻过一座山，穿过一道道林，所以每天走访完后都是临近黄昏，回村里还要做白天的统计汇总。恰恰这几天毒辣辣的太阳从早晒到晚，让队员们都筋疲力尽，但没有一个人叫苦，反而都十分认真。

在这期间，秦爱民、阿惹和郑志并没有放松对木果家一举一动的密切关注。一切都显得那么平静，平静得出奇。

自从发生了"打油诗"事件后，各级对木扎瓦扎村的禁毒形势极为关注。为了打击这股暗流，工作队与村两委和乡党委政府、派出所商量，准备在村里搞一次"歃血为盟"仪式。

这天，刘新龙和高清德去入户调查，秦爱民和郑志参加"歃血为盟"仪式。上午十点，在约定的一处山坡地，全村的男女老少来了许多。每一个家支都派了不少代表，如吉克家支、曲木家支、洛比家支等十余个。空地上摆上白酒，十多个空碗，还有一只被绑着双腿的大公鸡。在两棵大树间拉上"不吸毒、不贩毒"的横幅标语。横幅下乌泱泱坐了一大片人。

一切都是那么顺利。在仪式快结束的时候，郑志突然将秦爱民拉到一边，告诉了他一条惊人的消息：木果把派出所炸了！

"啥?!"秦爱民吃惊道，"那人呢?"

"跑了！"郑志脸色极其难看。

凉山的天气真是奇怪，刚刚还是阳光灿烂，突然就阴沉沉的，空气中弥漫着冷飕飕的味道。更看不见一丝阳光和云彩，黑云密布着整个大地，压抑着绵延的山脉。

"跑到哪里去了？"秦爱民看了眼不远处闹哄哄的人群，问道。

郑志摇了摇头，没有回答。

毒贩的残暴和亡命徒的形象陡然间在秦爱民脑海中跳了出来。

仪式很快结束了。阿惹和子铁书记也都知道了这件事情。因为上级要求照顾好木果的家人，同时也是为了监视木果的动向。

子铁书记说有事情先走了，郑志到乡派出所，秦爱民和阿惹便匆匆忙忙赶往木果家。

一路上，阿惹给秦爱民讲述了木果的家庭情况。木果四十多岁，原先有一个妻子，但是因为前几年他染上了毒瘾，妻子劝说不了，最后就跑了，从此再没回来。后来他又贩毒，以贩养吸。他父亲也被他气死了，现在只剩下他的母亲和三个孩子。这几年因为政府打击吸毒贩毒力度空前的大，他也被关过，出来后就到处流窜。

"把一个好端端的家搞得家破人亡。唉！"阿惹叹息道，"而且我们乡的一些吸毒人员就是他在暗中提供毒品。"

在木果家待了一天，秦爱民和阿惹帮他家打扫了卫生。木果出事了，他的母亲以泪洗面，整日伤心地坐在门口，望着外面的路，好像在等待着儿子的归来。阿惹也陪着她。

天快黑的时候，秦爱民和阿惹才回到村委会。

不多会儿，郑志也回来了。刘新龙、高清德正坐在村委会办公室整理白天走访的工作日志。

看见他们，刘新龙立马招呼了秦爱民，然后起身让出自己坐的凳子，对阿惹微笑道："阿惹，你坐这儿。"

阿惹先让秦爱民坐，秦爱民微笑着摆手道："我坐这儿。"便靠在了身边的桌子边上。

现在这个通信时代，消息比什么都传递得快。木果把派出所炸了的新闻在山村早传得沸沸扬扬，刘新龙和高清德也知道了，在一阵唏嘘后，他们又说了走村入户的所见所闻。

听着大家的感叹，阿惹很不好意思，好像大家在说她自己，内心十分愧疚。头埋得低低的，眼泪包在双眸中，快要掉下来了。

秦爱民感觉屋里的气氛有些沉重，便呵呵一笑，道：

"正因为这里的老百姓很穷，所以党和政府才让我们来帮扶。"

"太可怜了！"高清德忧伤地叹道。

秦爱民转头看着高清德，问道："高工，发生了什么事？"因为他知道，高清德一般不会把自己的情绪表露出来，但今天有些反常。

"我今天走访了一户，有两个十来岁的小孩，跟着他们的叔叔一家生活。我看他们的生活条件也很差。"高清德说。

因为刘新龙下村与高清德不是一个组，所以还没等高清德说完，就急忙问："他们的父母呢？"

也许是想起了自己的女儿，高清德叹息一声，幽幽道："父亲得艾滋病死了，母亲改嫁了。"

"他们的母亲为什么不带着他们？"秦爱民疑惑道。

阿惹解释道:"这是我们的传统习俗,父亲去世后,如果母亲改嫁了,儿女必须留在男方的家支内,由最亲的男方家里的人供养。"

刘新龙在一旁道:"呵呵,我今天入户也遇到一个小孩,跟着他的爷爷奶奶一起生活的,叫……"一时想不起,便起身从身边的包里去拿笔记本,阿惹接话道:"是不是叫子者?"

"对,叫子者。"刘新龙连连应道,一下就笑开了。"那个小孩也才十来岁,想去读书,但跟着他爷爷奶奶,一直在家里放牛……"说到这儿,望着阿惹,"我很想帮他。"

阿惹流露出赞许的目光看着刘新龙,她感觉眼前的这个男孩虽然说话有些没正形,心地却很善良。但她又皱着眉头,忧伤道:"我去找过几次了,但是他阿普阿玛不同意他去上学啊!"

秦爱民记起发现打油诗那天阿惹说起过这个小孩,便道:"阿惹,那我们今天去找子者的阿普阿玛商量一下,做做他们的思想工作。"

"我也去。"刘新龙在一旁积极地争取。

秦爱民微微一笑:"你当然要去喽。"

望着外面的天色,刘新龙突然说道:"嗨,肚皮在唱空城计了。还是吃了晚饭去吧。"

秦爱民不好意思地笑道:"对,对。"

但是高清德却说道:"你们去吃,我不去了。"

大家都望着高清德,不明就里。高清德黝黑的脸上没有一丝表情,也不看大家,只顾着整理桌上的笔记本。

秦爱民关切地问道:"是不是今天跑累了,不想走了?"

高清德厚厚的嘴唇咧开一笑,说:"子铁家里太脏了!根本吃不下饭!"

郑志在一旁劝慰,"忍一忍。"

阿惹爽快地说:"如果不嫌弃,那都到我们家去。"

屋内一片欢呼雀跃。

刘新龙望着高清德,黑虎着脸,道:"谁敢说阿惹家里脏我就收拾谁!"

秦爱民却阻拦道:"算了,今天这么晚了,我们就不要麻烦阿惹家里了。"

刘新龙性急道:"那我们在哪里吃饭?村里都停了几天水了,连方便面都没办法泡。"

秦爱民不紧不慢地说:"我们到街上去吃。"

天已擦黑,几个人沿着小路有说有笑地下山,好在离街并不远,到了一家越西县人开的小馆子,点了几个菜,大家正在狼吞虎咽吃饭的时候,郑志起身接了个电话,回来后宣布道:

"刚接到派出所阿作所长的电话,说木果已被击毙。"

大家不约而同地"啊"了一声,餐桌上瞬间安静下来,一个个都用不同的眼神看着郑志,惊恐、怀疑、心安……

郑志简单讲述了一下事情经过。由于各级党委政府加大了禁毒防艾的力度,所有的贫困村都派驻了工作队,所以像木果这样的贩毒分子生意很难做,憋急了就在村委会黑板上写了那首打油诗。木果昨天晚上又潜回家,今天上午一番化装跑到派出所去打探虚实,被我们的干警认了出来,在他逃跑的过程中,情急之下掏出了随身携带的一颗手雷,将派出所炸了,最后逃脱了,钻到邻县的大山里面躲藏起来。今天县、州公安局以及武警派了大批人员把他围堵在了那座山上,在搜查中,没想到他还携带有打猎

用的自制火药枪,躲在暗处,而且负隅顽抗,最后将他击毙了。

"可惜我们还牺牲了一名警察战友!"郑志最后痛苦地说。

气氛一下有些凝重了。刘新龙咬牙切齿地将桌子一拍,骂道:"死有余辜!"大家好一阵唏嘘。

阿惹放下筷子,幽幽地说:"木果家有三个小孩,还有他母亲,以后他们怎么办?"

看见阿惹伤心的样子,刘新龙慷慨地说道:"我们帮他们。"

高清德往鼻梁上推了下眼镜,眼睛一翻,边埋头刨饭,边说:"怎么帮?不光他木果一家,这段时间下村你不是不知道,住泥房子的那么多,没上学的小孩那么多,包括家家户户的卫生根本没法看,怎么帮?不说老百姓,就我们子铁书记家里,连个厕所都没有。"

一向不大说话的高清德居然一口气说了这么多,大家都愣愣地望着他。

刘新龙像泄了气的皮球,不开腔,愣眼看看高清德,又求助似的望着秦爱民。

是啊,虽然前两年国家给一些贫困户修了彝家新寨,但还有很多人是住在破败的房屋里,来这里看见的是老百姓家里的凌乱不堪,村里周围环境脏脏得难以入目,不说其他的,连乡政府院坝里到处都是人的粪便,还有大量的失学儿童……这一切让人不仅心痛,还有怒其不争的愤慨。这一切就像一团乱麻,不是一时半会儿能够改变的,只能一步一个脚印地做好每一件事情。士可鼓,不可泄!

"其实大家不必担心。虽然这里的问题很多,但从中央到省州县都在按计划有序推进……"秦爱民将自己了解到的一些情况,比如贫困户安全住房的修建、进村入户道路硬化的规划等方面做了说明,"有了各级的共同帮扶,我们的彝区老百姓摆脱贫困绝对没有问题!"

吃完晚饭已是月挂西天,乘着月色,一行人抄小道,回到了村委会。

16

郑志还要协助乡派出所处理木果的后续事情,所以到乡政府去了。高清德继续整理下村入户的资料。

秦爱民与阿惹、刘新龙到子者家去。

子者家就在村委会后面的山坡上。走进已经垮了半截的泥巴做的院墙,微弱的灯光从泥坯房唯一的一扇半掩的门中射出来,拴在院墙角落的大黄狗听见脚步声狂吠起来。随着"吱呀"一声,一个小孩的身影出现在门口。

"子者。"阿惹走在最前面,喊了一声。

一听是阿惹姐姐,子者立马跑出来,大声吼着狗,大黄狗也就慢慢地收住了声音。

阿惹从衣包里拿出一把水果糖递给子者。子者羞怯地接过,说了句:"谢谢阿惹姐姐。"便转身领着他们进屋。

昏暗的屋里两位老人在火塘边瞌睡,一听有客人进来,便坐了起来,招呼着阿惹他们坐,眼睛也看向秦爱民和刘新龙,脸上挂满了笑容。

火塘里微弱的火光与电灯的光将屋里照得模糊可见。秦爱民

过了好大一会儿才适应过来。

阿惹亲热地坐在子者的阿玛面前,拉着她的手,用彝语拉家常。秦爱民掏出香烟发给子者的阿普和刘新龙,正准备自己点的时候,阿惹提醒道:"阿玛也要抽。"秦爱民马上也给阿玛发了一支。

火塘边放着一筐洋芋,里面还有几个荞麦粑粑,子者的阿普不停地示意秦爱民他们吃。看秦爱民和刘新龙不好意思动手,阿惹弯腰捡起两个递给他们,自己也拿起一个吃了起来。

因为听不懂彝语,秦爱民也只有一边吃洋芋一边留意他们的对话。

"这个洋芋太好吃了。"刘新龙吃完一个,拍拍手,夸赞道。

阿惹扭头说:"这是乌洋芋。我们凉山的特产。"

秦爱民也说:"口感很好,很面。"

在阿惹与子者的阿普交谈的空隙,秦爱民问:"他们应该是贫困户吧?"

"是。"阿惹点点头。

"那前两年的彝家新寨怎么没有给他们修新房子?"秦爱民环顾了一下屋里四周,问道。

阿惹说:"那时候我还在外面。后来我也问过,说他们是新纳入的贫困户。"

自从阿惹他们进来坐在火塘边时,子者就坐在了阿惹和刘新龙中间。

"以前怎么没有他们?"刘新龙抚摸了一下身旁默默坐着的子者,问道。

"他父母前年才相继去世。他们是去年被纳入贫困户的。"阿惹解释道。

"那今年的安全住房应该有他们吧?"秦爱民关心地问道。

阿惹点点头,回道:"有。"

看得出来,阿惹与子者的阿玛和阿普的交谈并不十分顺畅,很多时候是阿惹在说,而他阿玛和阿普不是叹息就是默不作声。阿惹渐渐地面露难色。

"你告诉他们我来资助子者读书。"刘新龙看见阿惹焦急的样子,提醒道。

阿惹先是望着刘新龙,在再次得到他的肯定后,转身用彝语将这一情况告诉了两位老人。

挨在刘新龙身旁一直低着头的子者突然抬起头,露出了开心的笑,望着身旁的这个大哥哥,明亮的双眸充满渴望,那一抹光亮仿佛照耀着人生未来的路。

两位老人先是看着他们,又看了看子者,叹了口气,最后脸上也露出了笑容。这笑容在火塘微弱光亮的映照下,是那么的善良和纯朴。

从子者家里出来,一路上刘新龙异常兴奋,像一个家长似的自言自语道:"我这几天就去给子者买书包、学习用品。哦,每个月我给他资助三百元。"

秦爱民笑着说:"做家长了,是应该有个家长的样子。看在你表现不错的情分上,我这个当叔叔的也要表现表现。"

刘新龙连忙阻止道:"不需要,不需要,有我就行了。"

秦爱民笑而不答。

看着秦爱民和刘新龙,阿惹内心荡漾起一股暖流。

因为能够帮助到子者,刘新龙一路上吹着幸福的口哨,忘记

了山风的厉害，兴奋得只顾着与阿惹说话。

而秦爱民却忧心忡忡。这段时间下村入户了解到，这里的老百姓只重生而不重养，更别说让孩子去读书。很多孩子在很小的时候父母就让他们下地干活，有没有文化他们根本不重视。刘新龙私人帮助子者只是个例，也不是长久之计。要从根本上解决这些问题，必须让老百姓从思想根源上认识到读书的重要性。

阿惹与大家告辞时，刘新龙执意要送她回家，阿惹咯咯咯地笑着，一路小跑着走了。

17

回到家时，阿嬷和哥哥木加都还在火塘边烤火。不知道阿达去哪里了。

阿惹亲昵地与阿嬷和哥哥打了招呼便挨着阿嬷坐下。阿嬷正坐在蓝色查尔瓦上纺线，并没有停下手上的活，右手将羊毛悬得高高的，左手熟练地将羊毛线下方的纺锤轻灵地旋转。在这间隙，阿嬷眼睛盯着羊毛线，嘴上问道："又跑哪去疯了？现在才回家。"

阿惹咯咯笑着将身子依偎在阿嬷身边，撒娇道："我可是给村里办事呢，哪里敢去疯哟！"

"这么晚了才知道回家。我看人家子铁书记都没有你这么忙。"在母亲的心中，村书记就是最大的官。但一边抱怨，手上的活并没有耽误，边搓羊毛线，边充满爱怜地说："饭给你留着的。"

"吃了。"阿惹回答后又问:"阿达呢?"

阿嬷没有回答,当阿惹用询问的目光看着哥哥木加时,他也摇摇头,说,不知道。

跑了一整天,太累了,阿惹正准备回房上床休息,跟亲爱的拉一联系一下,就听见外面的开门声和一阵咳嗽声。

阿达回来了。

坐在火塘左上方的哥哥立马把自己的位置让出来。阿惹起身从橱柜里拿出一个马勺子递给刚刚坐下的阿达。

一身酒气的阿达接过马勺子,从地上的盆里拿起一块荞面馍掰下一大块,狼吞虎咽地吃了起来,一边吃一边用马勺子从铜盆里不停地舀酸汤喝。吃完手中的荞面馍又伸手从地上装满煮熟的洋芋的竹筐里拿起一块,正准备吃,母亲问:"今天怎么回来这么晚?"

父亲稍事停顿,看了眼母亲,然后将手上的洋芋一掰两半,各咬了一口,顺手将剩下的甩进火塘上正煮猪食的大铁锅里,双手来回拍打了几下,语调平淡地说:"我到竹核去了一趟。"

一听这话,全家人的目光齐刷刷地望着父亲。母亲急迫地问:"定了?"

父亲又从竹筐里挑选了一块洋芋吃了,到铜盆里舀了一马勺酸菜汤连喝了两口,道:"有什么定不定的?在他们还是小娃儿的时候这门亲就定了,难道还要反悔不成?!"

母亲宽慰地一笑,望着自己的儿子,这笑容在火光的映照下倒显得有几分妩媚。

"我不结婚!"木加口中蹦出了几个字,声音虽然不大,但却十分坚定。说完后,眼神盯着火塘,红彤彤的火苗在眼中闪耀。

吃完饭正从衣包里掏出兰花烟的父亲愣了下，将烟杆在烟袋里来回钻动，说："由得了你?!"父亲脸色冷峻，顺手拿起火塘边还在燃烧的一截小木棍将烟点燃，嘴巴吧嗒吧嗒地边吸边吐出烟雾。

　　雾也由小及大，从烟斗和嘴巴处升腾而起，在上方的灯光处萦绕，发出莹蓝的光。屋里立马散发出兰花烟干燥呛鼻但又厚闷的味道。最后他满足地取下烟斗，向地上吐出一口清口水，用不屑的语气说："难道牛牛还配不上你?!"

　　木加呼地站了起来，转身就往外走。火塘里红色的火苗被刮起的风吹得在锅底一阵乱窜。

　　看见脸色越来越铁青的父亲，母亲喊道："木加，回来。"目光柔和，还有隐隐的担心。

　　木加在门口稍事停留，然后走进自己的房间拿起床上的一件查尔瓦，气鼓鼓地冲出大门。"砰!"关门声仿佛把这山村震动得摇摇晃晃。

　　父亲近乎咆哮地吼道："混账东西!"便腾地从凳子上站了起来，也许是因为酒力，身子晃了晃，阿惹连忙扶住父亲。

　　火苗再次在火塘里凌乱地舔着锅底。看着欲追出去的父亲，母亲用目光拦住："他也是一时想不通。"

　　父亲挣脱阿惹的手，站在原地，怒气冲冲地瞪了眼母亲，说："都是你惯的，不打这个工啥事没有。在外跑了几天就野了!"

　　母亲好像理亏似的继续埋头做活。父亲又说："这次回来就不准他出去打工了，看他还能把天掀翻!"

　　母亲一下抬起头，望着父亲，道："不出去我们哪来的钱?这个房子还不是全靠儿子打工挣回来的钱!"

父亲一下就软了许多,作为彝族人,父亲应该给每一个儿子修一套房子,而这套新房还是儿子自己挣钱修起的。但他还是带着愠怒,道:"钱钱钱!要那么多钱干什么?有吃有住有穿就行了。"说到这,紧盯着阿惹,提醒道:"以后你不要像你哥哥一样不听话。"

听了父亲的提醒,母亲温情地凝视了阿惹一眼。

为了安慰怒气冲冲的父亲,阿惹艰难地挤出一丝笑容,却坐在那一言不发,低头望着火塘里的火。看着父亲对哥哥婚事的强硬态度,她很伤心。

本来这段时间工作上就很累,想回屋睡觉,但今天晚上哥哥与父亲发生冲撞,让阿惹毫无睡意。原本想在母亲心情愉快的时候找机会告诉她自己与拉一的事,但看到这情形,根本不敢开口。

哥哥从小就跟表妹定了娃娃亲,就是父亲妹妹的女儿牛牛。一想起表妹牛牛就让人高兴,突出的额头,随时看见都让人开心的圆圆的脸和从酒窝里溢出来的笑容。她已经在读中专了,也是大姑娘了,但每当哥哥听见别人提起他的这个娃娃亲媳妇就一脸不悦。尤其是今天晚上,居然顶撞父亲。

夜越来越深。因为哥哥到现在还没回家,一家人都还在火塘边说话。

"你们今天怎么说的?"母亲问。

父亲咳嗽两声,道:"他们也说尽快把婚事办了,免得夜长梦多。"

母亲停下手上的活,惊问道:"难道牛牛也……"还没等母亲说完,父亲就打断了母亲的话:"还不是他们让牛牛出去读书

的缘故!"

"阿达阿嬷,如果他们两个都不相爱,还不如将这门亲事退了。"阿惹试探着说。

话音刚落,阿达瞪了阿惹一眼,生气地吼道:"退了?我们诺苏说话是算数的,哪有反悔的道理!"

母亲也叹了口气:"定了的就不能更改,否则要赔身价钱的。"

阿惹坚持道:"赔就赔。"

母亲哀叹道:"唉,我们哪来的钱?"

阿达严厉地打断她们的话:"牛牛那么好,退什么退?"

一阵沉默,父亲吧嗒吧嗒抽烟的声音与母亲用火钳掏火塘炭火的声音交织在一起。为了节约,电灯也早关了。

母亲已收起了纺线,叹息道:"现在的人都怎么了?一旦走出去整个人都变了。"

父亲怒气未消地问:"他又跑到哪里鬼混去了?"

阿惹也耳闻哥哥与同一铺子在外面一起打工的阿依在暗地里往来相好。不知道阿达阿玛知不知道。

"反正这次回来就让他们把婚结了。这几天我就找子铁书记看一看,把日子定下来。"父亲一边说一边将烟斗在柴火上轻轻地敲击着。

火渐渐熄了,大家都回到了各自的房间。

18

躺在床上,阿惹回想着这段时间的事情。省工作队来了后,与他们一起干事，充满了新奇和力量，自己也像他们中的一员。更像一股清风吹进了彝乡，给这死气沉沉的地方带来了欢欣与鼓舞，连周围的老百姓都在私底下悄悄议论。但是自己的家乡太贫穷了，不仅因为经济上的贫困，而且各种旧时固有的不好的风俗习惯就像洪流挟裹着所有人，让人不能自拔。

虽然近几年脱贫攻坚使这里的一切有所改变，但太慢了，她多么希望这些改变能来得快些，再快些！

月光从窗棂洒了进来，照在阿惹那娇美的身躯上。

她想起小时候夏天的晚上，母亲在核桃树下铺上查尔瓦，坐在上面做针线活。阿达在一旁抽烟，给自己和哥哥讲《支格阿龙》《勒俄特依》，讲他们的祖先来自云南，讲金沙江、大渡河……母亲教他们唱歌谣。自己和哥哥望着深邃的夜空，遐想着月亮上的人是不是与他们一样。好多的星星，一会儿一颗星星快速地奔跑着滑向天边，留下长长的尾巴。

那时候多么无忧无虑啊！

那时因为家里穷，看着阿达阿嬷整日里劳作，总盼望着自己快快长大，好为家里多干点活。现在长大了，却又有这么多的苦恼，而且有些苦恼很难改变。唉，人啊，为什么总是有这么多的烦恼啊！

想着想着，阿惹突然思念起自己的心上人拉一来了。

"拉一，你现在在干什么？你知道我在想你吗？"

……

"阿惹，你看水上的那一对鸟儿。"拉一一边说一边用手悄悄地去拉阿惹的一只手。

突然被什么东西碰到了，阿惹像触电般地缩了一下，当低头看见是拉一的手时,她一下明白过来,雪白的脸上像飘起了一朵云霞,一片绯红,手没有往回缩,只是嗔怪地悄声道:"有人!"然后一双水灵灵的眼睛紧张而羞涩地望了望四周。

拉一越发大胆起来,笑道:"没人。"并快速将阿惹的手抓住。阿惹挣扎了几下,拉一却握得更紧,一股别样的暖流迅速从指尖传导到全身。她不由得打了个颤。拉一感觉到阿惹的娇躯微微地战栗,关切地问道:"怎么,冷吗?"阿惹眼睛看着前方,轻轻摇了摇头。

已经是夏秋之交。邛海的景色更是令人陶醉。宽阔的湖水被微风吹起无数细细的波纹。环绕湖泊的远山在阳光下十分清晰秀丽。湖边的树木许多树叶已经发黄,点缀在绿叶中让这景色更增添了不少的生动与诗意。

也许是天气渐冷的缘故,今天的游客很少。

"也许是老天专门给我这样的机会。"拉一暗自得意。

被拉一牵着,阿惹内心涌起一丝甜意,有一种安全感,但心中又像有无数小鹿在乱撞。她总感觉好像有人在盯着他们,更担心在某个拐弯处踫见人。在忐忑不安中刚走了一小段路,突然看见环湖外的公路上有骑自行车的一男一女,她连忙说:"走,我们骑自行车去吧?"

拉一却因为好不容易第一次牵到了阿惹的手而不愿松开,说:"我们还是走走吧。"

看着拉一乞求的眼神,阿惹心就软了,轻轻地点了点头,心想,反正也被他牵了,那就牵着吧,何况被他牵着也很幸福!

穿过一片草地来到湖边,前面是一片小树林,拉一笑着问:"阿惹,我们在这儿坐会儿?"

阿惹也想歇息一下，就顺从地跟着拉一坐在了湖边最大的一块石头上。就是坐着，拉一都不愿松开阿惹的手，而阿惹也由着他。

一阵微风吹来，阿惹感到了一股寒意。拉一马上伸出手臂去抱阿惹。阿惹身子稍微反抗了一下，就乖顺地依偎在了拉一的怀抱里。她感到了一股暖流传遍全身，而这是自己从未有过的感觉，与小时候父母抱自己的感觉不一样，这身体就像是块磁石紧紧地吸着自己无法自拔，更像是这深秋里一件薄薄的查尔瓦。

湖水"啪啪"地拍打着堤岸，鸟儿在水面上嬉戏玩耍。岸边星落分布着树干粗大的柳树，许多已径渐渐发黄的柳叶沉入了近岸浅水里。

飘着几朵白云的蓝蓝的天倒影在水里，与弯下来的柳枝在水中形成了一幅美丽的图画。

"拉一，你看水里好漂亮。还有鱼。"阿惹一双漆黑发亮的双眸盯着岸边的水里。

拉一顺着阿惹指的地方一看，心里也感慨道，怎么以前从没有发现呢？便问："鱼在哪里？"

阿惹神情专注地看着水里，指着说："那不是吗？一条小鱼儿。"

此时的拉一对周围的一切都没有心思，更别说水里的鱼儿了。他凝视着阿惹那高挺的鼻梁、如大理石雕刻般的额头、沉陷的眼窝、薄而性感的嘴唇、黑若墨汁的披肩长发，还有那身上散发出的淡淡的香味。这一切让他如痴如醉，他多么想去亲吻一下他亲爱的人儿，但是他知道，如果那样的话，她会生气的。他努力压抑着自己那颗骚动不安的心！

也许是午饭后不久,也许是路走得太远,这时阿惹睡意渐渐袭了上来,不一会儿就迷迷糊糊地睡着了。在睡梦中,她梦见了阿达阿嬷,他们好像很不高兴似的对自己阴沉着脸……

一阵开门声打断了阿惹的思绪。哥哥木加回来了。

阿达咳嗽了两声。

……这是阿惹第一次被一个男人亲吻,既陌生又甜蜜,心跳加速。突然她感觉拉一的手在抚摸她。她一阵惊慌,一阵羞涩,连忙用手去拦开拉一的手,说:"拉一,不,不,不。"

看着拉一不高兴的样子,为了转移他的注意力,阿惹牵着他的双手,笑着说:"拉一,我们该回家了。"

拉一满脸郁闷地望着阿惹,一言不发。双手正准备往上抬。阿惹知道他又想来搂自己,立刻起身跳下石头,咯咯咯地笑着往后退,说:"拉一,太晚了,我们该走了,不然没有回县里的车了。"

拉一仍不甘心,说:"那我们就不回去。"

"不回去?!"阿惹惊讶地望着拉一,"我是偷跑出来的,叫阿达阿嬷知道了怎么办?"

这一问,让拉一一下就没了脾气,垂着头,眼神暗淡地看着自己的脚,过了很久才抬起坚毅的目光,说:"那我们就跑出去,不待在这个地方了!"

阿惹吃惊地反问道:"跑?!跑到哪里去?而且你还要上班。"

拉一又埋下头,低声说:"我也不知道去哪里。"良久,他突然像下了好大决心似的,一咬牙,满脸灿烂地望着阿惹,说:"我不要这个工作,我们到成都、上海、深圳……只要不在凉山,只要我们俩在一起,到哪里都行!"

有一份国家的正式工作对于彝族的孩子来说是多么的重要，这可是一家人的荣光啊！自己心爱的男人为了自己愿意牺牲他的前途，阿惹内心是那么的甜蜜而温暖。面前的这个男人深爱着自己，她感觉自己是天底下最幸福的人。

但她还是摇着头，柔声道："不行，拉一，你想想，你好不容易有份工作……而且，我们这样跑出去，我们的阿达阿嬷都会伤心的。"

自己可以一跑了之，但是阿达阿嬷他们怎么办？他们好不容易供自己读了大学，这样走了，留下渐渐老去的他们，自己未免太自私、太残忍了。况且自己还担任着村主任，虽然工作很艰难，很多时候感到力不从心，也想一推了之，但是看着那么多自己的同胞在贫困线上挣扎，于心何忍！而且如果拉一不要工作，跟着自己跑出去，他的父母也会一辈子怨恨自己的。

拉一叹息道："阿惹，我真担心你阿达阿嬷他们不会同意的。"

湖边起了微风，撩起拉一额前微微卷曲的头发。看着他满脸愁容，阿惹既心疼也犯愁。是啊，从小父母和亲戚都教育他们，他们是土司的血统，只能与有土司血统的人结婚，绝不能与黑彝结婚，更别说白彝了！否则会被开除家支。而拉一却是白彝！

阿惹知道父母这些观念是陈旧的。什么土司、黑彝、白彝早已成为历史。在现代社会，人人平等。但是……唉！

在拉一眼里，阿惹是那么的高贵，但又是那么亲切可爱，她的一颦一笑都会让他怦然心动，每时每刻都想跟她在一起。但是自己是白彝！这是无法更改的啊！什么血统、骨头，虽然在表面上没人说了，但在人们的思想观念中却根深蒂固。

看见垂头丧气的拉一，阿惹明白他又没有了刚才的勇气。于

是轻轻地抚摸了一下拉一稍显凌乱的头发,安慰道:"拉一,你放心,我一定想办法让我阿达阿嬷他们同意的。"

拉一狐疑地看了看阿惹,过了一会儿,幸福地笑了,在阳光下,他的笑容显得那么灿烂。

19

这天,秦爱民早早地起床,与郑志、高清德打了招呼后就叫上刘新龙,到村委会下面的公路上搭上通往县城的一辆小面包车。

山谷中,面包车在狭窄而有无数个弯道的道路上疾驰,让刘新龙越来越受不了,他嫩白的脸微微泛青,人也是蔫不拉唧地斜坐在位子上。

他们坐在最后一排。前面坐着或包着头巾或披着查尔瓦的当地人。还有一个中年妇女"哇哇"地往车窗外吐,阵阵呕吐物的酸臭味在狭小的面包车里飘荡。在拐弯处,刘新龙猛地推开车窗,"哇"的一声就吐了出去……

终于到达县城,刘新龙像一个软柿子被秦爱民扶下了车。他根本就顾不了许多,一屁股坐在街道边。暖洋洋的太阳晒在身上,感觉好多了,他狠狠地喝了几大口秦爱民给买的矿泉水,说道:"这个破地方,我从来没有遭过这样的罪,太丢人了。"

秦爱民一笑,道:"年轻时多吃点苦有好处。你原先也晕车?"

刘新龙双手反撑着地,望着天空,有气无力地说:"我不是晕车,是坐在前排的老乡们身上的味道太重了,真的憋不住。"

秦爱民拍着刘新龙的肩膀，哈哈笑道："你只有闻得惯他们身上的味道，才能够真正地融入他们，跟他们做朋友。也才能知道他们想什么、喜欢什么，最后才能改变他们。"

刘新龙瞧了眼秦爱民那已被晒得黑黑的脸庞，调侃道："我看你快成老彝胞了。"

休息了不大一会儿，刘新龙又恢复了生龙活虎的劲头。

秦爱民起身道："走，我们去买东西。"

来凉山这么久了，除了报到那天从县城匆匆而过，这还是第一次真正地逛县城。

县城不大，在中心地带矗立着一座约三十米高的大理石碑，用红色书写的草书——"人民英雄纪念碑"，是纪念在解放彝区时牺牲的革命烈士。以纪念碑为中心发散出三条主街道，这一片也是县城最繁华的地带，超市、饭店、理发店、服装店、日用杂货店等商铺一个挨着一个。年老的人穿着彝族服饰，年轻人则穿着各种流行款式的衣服。

商店里播放着各种流行歌曲，还有彝族歌曲。这也是各路客车的汇聚地。绿色的小型面包车穿梭往来，看见有人驻足，司机们便高声叫喊着……

刘新龙好奇心又起，说道："秦队长，我感觉这里就是与外面不一样。"

秦爱民四下望望，继续往前走。

刘新龙小声道："你看这里的人总是三五成群地围在街边喝啤酒、聊天。看起来他们很享受这样的生活。这可是我们过去向往的慢生活啊！"

秦爱民微微一笑，道："今天我们来买锄头、铲子、扫把，

还有锅碗瓢盆。"

刘新龙吃惊地问:"买这些干什么?"然后抱怨道:"我以为看我太辛苦了,今天专门带我来县城耍呢。"

秦爱民反问道:"村委会的环境难道不搞一搞?难道我们就一直在阿惹和子铁书记他们家里吃饭?"

刘新龙不情愿地说道:"卫生当然应该搞,吃饭嘛,阿惹家还是可以的。"

秦爱民笑笑,直接走进了附近的一家门市部,买了锄头、铲子、扫把、簸箕等。刘新龙帮着拿了几样。走了一段路程,在一个超市里又买了电饭煲、菜刀、案板、炒锅,还有米、面、油、肉、蔬菜等。当秦爱民买学习用品的时候,刘新龙问,买这些干什么。他回答道:"给子者的。"

刘新龙听到后,一下就笑了。最后,两个人大包小包地拿到回乡里的乘车的地方。

"秦队长,我们去逛逛?"刘新龙有些讨好地望着秦爱民,提议道。

是啊,自从来凉山后,一直住在村里都几个月了。现在感觉县城都很繁华了,就像刘姥姥进大观园。但秦爱民还是摇摇头,道:"他们都还在村里,我们还是回去吧。"

刘新龙一下来了小孩脾气,气呼呼地说:"我不回去。"

秦爱民吃惊地看着刘新龙,不知道他是什么意思。

"我要到酒店洗个澡。"刘新龙嘟着嘴,好像受了莫大的委屈。

秦爱民看着刘新龙可爱的样子,一下就笑了,说道:"到酒店就为了洗个澡,那多浪费。我们到指挥部去,那里有洗澡间。"

绵阳对口帮扶彝区脱贫,派了几百名干部到凉山的各个县。

其中驻村的干部就有上百人。为了让这些干部有一个休息、洗澡的地方，便在县城的指挥部给每一位队员安排了一张床，里面也有洗澡间。

刚走到指挥部大门口，就碰见匆匆忙忙往外走的指挥长宁辉，他一眼就认出了秦爱民，停下脚步后，简单问了一下工作情况，最后反复提醒要注意安全。望着宁指挥长出去的背影，秦爱民心里十分感动。

在指挥部洗了个澡，回到村委会时快下午三点了，高清德和郑志下村还没回来。秦爱民泡了两袋方便面，收拾好买回来的东西，就去村委会坝子上除草。

回想起来凉山州前，省、市、县都相继对工作队员进行了培训，不仅布置了任务——宣传政策、脱贫攻坚、禁毒防艾、控辍保学、计划生育、产业发展等，也告诉了工作队将会面临的困难、恶劣的自然环境、不同的风俗习惯。

来后，眼里看见的、亲身经历的让秦爱民深感责任重大。尤其是当了工作队队长后，压力和责任更大。

"秦队，快去吃方便面吧。"不知什么时候，刘新龙也拿起铲子来到秦爱民身边，嘴上还残留着刚吃方便面的印记。

汗水已经湿透了身上的T恤衫，秦爱民抹了一把脸上的汗，说："做完了再吃。"

刘新龙一边抱怨一边除草，说道："这些活应该让他们村社干部来做。这么脏！"

秦爱民停下手里的活，说："如果他们都知道主动干这些了，组织上就不用派我们来了。"

干了一会儿，刘新龙就有些上气不接下气。他用铲子支着下

巴，不服气道："那也不能我们把他们的事情都干完了呀。"

秦爱民往寝室走去，说："我们干给他们看……干吧。"一滴汗珠流进眼睛使眼睛发痛，他赶忙揉了揉。

经过一下午的苦干，终于把原本脏乱的村委会坝子修葺得干净整洁。

看见瘫坐在地上的刘新龙，秦爱民拖着疲惫的身子进屋拿出香烟，挨着刘新龙坐下，一人一支点燃。虽然很累，但看着一下午的劳动成果，两个人快乐地露出了孩子般的笑容。

一袋烟工夫，阿惹和高清德、郑志都回来了。发觉村委会坝子规整得焕然一新，都吃了一惊。

阿惹瞪眼看着他们俩，疑问道："这是谁干的？"

秦爱民微笑着抽烟，刘新龙可坐不住了，一个鲤鱼打挺翻身跳了起来，嘴角挂着笑容，昂头斜视着阿惹，骄傲地说道："还有让你吃惊的呢。"

刘新龙一副可爱相，惹得阿惹咯咯地笑了，像只小鸟般在坝子上兴奋地转圈圈，这里瞧瞧那里望望，先是不停地点头夸赞，又"吹毛求疵"地点评一番哪里还有"毛病"。刘新龙屁颠儿屁颠儿地跟在后面"辩解"。审视完整个坝子，她站在刘新龙面前，"逼问"道：

"快说，还有什么瞒着我？"

但突然发觉与刘新龙的距离太近，脸一下红了，娇羞地微微后退两步。

看着年轻人之间玩闹，秦爱民进屋拿出一应炊具，所有人又是一脸惊愕。一番观摩后，大家都忙前忙后，一起动手煮饭。

虽然这顿饭很简单，但阿惹却感觉是那么的可口。原先在外面读书、工作都是吃炒菜，自从回家后，吃得就少了。家里虽有厨房，但自己太忙，每天回家后，阿嬷都煮好了饭，整天都是洋芋、荞麦馍馍、酸菜汤，偶尔吃点坨坨肉，几样轮番上阵。多次给阿达阿嬷说吃炒菜，但是他们不喜欢。

阿惹感觉不仅今天晚上的饭菜好吃，更重要的是与这样一群充满活力与激情的外面来的工作队在一起谈天说地，不仅增长了见识，还在他们的身上感受到了生活的意义和工作的快乐。在他们身上，她仿佛看到了彝乡的未来和希望。

20

时间过得真快，转眼间到了秋天，原来艳阳高照的天气渐渐地有了一些柔软与温情。山坡上金黄饱满的玉米棒子从枯叶中露了出来。美丽的荞麦花朵消失了，结出了小小的褐色颗粒，整个彝乡一派丰收的景象。

人们忙碌着收获，在山间的道路上随时能够碰见像背着一座小山似的往屋里背玉米秆或者荞麦秆的妇女。圆根被人们挖出来，红的白的堆满山坡。

整日里，秦爱民与工作队员们除了走村入户、调查了解掌握村情民情和产业发展的第一手资料，与乡村干部一道建立贫困户、吸毒人员和艾滋病患者档案等工作，还特别留意在工作队员中发现培养一些先进的积极分子。

这天晚上，因为白天入户跑得太累，队员们早早地上床休息了。秦爱民翻看着刚刚指挥部发的书。

"小刘,你是不是党员?"秦爱民合上书,看着刘新龙,问道。

刘新龙转头看了眼秦爱民,又专注地打游戏去了,但嘴上却问:"你说啥?"

"你入党了没有?"

"又输了。"刘新龙把手机往旁边一放,失望地小声嘀咕道。

秦爱民拿起书正准备继续看,刘新龙却笑道:"我哪有资格入党哦。"

"为什么?"秦爱民又合上书。

刘新龙摇摇头:"我距离党员的要求还很远。"

"只要严格要求自己,积极向党组织靠拢,距离不是就近了吗?"秦爱民轻松地说道。

"我这样子,应该不行吧?"刘新龙一脸茫然。

"怎么不行了?只要在工作中积极肯干,思想品质好。"秦爱民进一步鼓励着。

"我在单位的时候组织上也给我做过入党的思想工作,但我感觉自己整日里吊儿郎当,所以一直没那心思。"

"你还是应该积极要求进步。"秦爱民说。

刘新龙想了想,笑道:"不过我这次来援彝,看见一个个的党员倒真不错。"说完后,又拿起手机,继续打游戏去了。

……

虽然安全住房的事情交给了乡里的木子主席,秦爱民很放心,但没有亲眼目睹,有时候心里还是不踏实。安全住房可是落实"两不愁三保障"最基本的保障。

为了减轻秦爱民的工作压力,在安全住房上,木子主席除了一些重大和关键的问题与他商量外,一般都不会打扰他。但是这天，木子主席不得不打电话找到秦爱民，告诉了他在工地上发现的一个棘手问题。

"什么，没有厕所？"秦爱民简直不敢相信自己的耳朵。

今天入户走访的农户距离村委会较近，所以中午大家都回村里吃饭，准备下午接着走访。他到水管前匆匆地向脸上浇了几捧水，掸去身上的灰尘，对正在煮饭的郑志说："我到乡政府去一趟。"

"马上吃饭了呢。"郑志正在炒菜，手里还拿把锅铲子。躺在寝室的刘新龙和高清德不知道发生了什么事，也都跟着出来了。

"不了。"秦爱民一边回答一边回寝室拿了两包饼干，背起双肩包就急匆匆往乡政府走去。

木子主席正在办公室等着秦爱民。连续一段时间到工地上奔波，让原本就黑的皮肤更黑了，头发也蓬乱，一双皮鞋已经看不出本来颜色，像条咸鱼。一见秦爱民进来他便直截了当地说："我也是今天上午到工地上才发现的。"

"设计图纸上有吗？"秦爱民急切地问。

"没有。"木子主席眉头紧锁。

"你以前没看过图纸吗？"秦爱民盯着木子主席，还是疑惑地问。

木子主席摇摇头，道："秦队长，你可能还不知道，我们这个安全住房的建设，从设计到招标，再到建设，整个流程都是县里一手操办的，我们乡里最多只是帮着看管一下工地而已。"

说什么呢？秦爱民内心升起一股无名之火，安全住房里连厕所都没有，怎么住人？简直是滑天下之大稽！

"走，到工地上去！"秦爱民气呼呼地转身就往外走。

太阳照亮大凉山 / *083*

木各尔乡一共有四个村，每一个村都有一个安全住房集中安置点，一户一院。

秦爱民和木子主席先是来到哈觉村。工地上堆满了钢材、水泥、红砖，工人们在太阳下忙碌着。

看见木子主席，一个瘦高个、浑身沾满灰浆的包工头模样的中年男子笑嘻嘻地走了过来，并掏出烟来给木子主席和秦爱民。

"把你们的图纸拿来。"秦爱民接过烟，直接地说道。

包工头一脸疑惑地看了眼木子主席。木子主席介绍道："这是我们乡综合帮扶工作队的秦队长。"

包工头立马吩咐手下去拿图纸。

拿来图纸，秦爱民仔细看了看，确实没有设计厕所。

"这是谁设计的？为什么没有厕所？"秦爱民望着包工头，问道。

"我只是施工的。其他的我就不知道了。"包工头做出一副无所谓的表情，解释道。

秦爱民看了眼木子主席，说："木子主席，我建议马上停工。"

"马上停工?! 工人每天要吃要喝，我们的损失谁来赔？"包工头收住了那副略显高傲的神情，有些急了，语气也提高了。

"必须要有厕所！"秦爱民用毋庸置疑的口吻说道。他清楚，作为综合帮扶工作队，本来是没有这样的权力的，但这可关系到老百姓的切身利益，他管不了那么多！作为老百姓，一辈子能够修几次房子？房子是一家人的栖身之所，不能有丝毫马虎。

包工头看见秦爱民态度坚决，又露出笑脸，说："秦队长，你可能不知道，这里的老百姓不喜欢在家里修厕所，修个厕所也没用。"

"胡说！你家里没有厕所吗？停工！"秦爱民从来没有如此愤怒过，听了包工头的话，他像一头被激怒的雄狮，吼道，"我和木子主席马上向上面的领导汇报。等确定以后你们再施工。"

从哈觉村走后，他们又到觉盯村、木扎瓦扎村、四季苦村一一察看，所有的情况都是如此——没有厕所。

秦爱民知道，包工头刚才说得并没有错，过去这里的老百姓修房子的时候是不修厕所的，因为他们认为厕所是污秽之地，非常忌讳在屋里有厕所。加上土坯房的空间狭小，也没有厕所的"容身之处"，所以他们上厕所都是"回归大自然"。但是现在党和国家要让老百姓"养成好习惯、住上好房子、过上好日子"，各级都在提倡移风易俗，如果连厕所这个最起码的设施都没有，怎么来破除陈规陋习，怎么来让他们养成好习惯？

停工、修改图纸，事关重大！在和木子主席商量后，他们立马回乡政府找到乡党委海来书记。

一路上，两个人都沉默着，连一句话都没说。秦爱民隐约还是有些担心，甚至后悔刚才自己是不是太鲁莽了。他打开车窗，秋天燥热中夹杂着凉爽的风刮了进来，让他稍稍清醒了许多。为了老百姓的利益，自己挨批评，甚至受处分又算得了什么！

21

"是不是哦？"坐在办公椅上的海来书记也有些怀疑。

"是。"木子主席肯定地回答。

海来书记想了想，说："这是县里设计的，我们也管不了啊。"

秦爱民有些急了，在一旁说道："海来书记，这个图纸必须改。如果集中安置的安全住房都没有厕所，老百姓住进去后根本没法生活。"

海来书记抽着烟，咳嗽两声，脸色严峻地说："哪个说的没办法生活？我们农村大部分都没有厕所，而且以前就没哪个在家里专门修个厕所，不是一样过得很好吗？"

关于这些，秦爱民不便言语。

木子主席解释道："海来书记，你不能这么说。现在我们党委政府就是要让他们改掉不好的习惯。现在城里哪家没有厕所？只是农村里还有这些坏习惯。"

海来书记瞧了眼木子主席，嘿嘿一笑，道："好好好，那你们去处理就是了。我这里还有其他的事情。"然后将手上的烟在烟灰缸上抖了抖，便埋头翻看文件了。

木子主席对秦爱民说了个"走"字，转身就出去了。

"我们去找牛副县长。"木子主席倔强地对跟在后面的秦爱民说。牛副县长是木各尔乡的联乡领导。

回到办公室，木子主席便拨通了牛副县长的电话，牛副县长说他在下乡，等会儿就回县里。在电话里了解到大致的情况后，牛副县长也感到事态严重，便让他们到他办公室等他，见面商量。因为牛副县长下乡检查工作的乡与木各尔乡是相反的方向。

木子主席开着自己的车，两个人立马赶往县政府。

县政府是一座六层楼房，是全县最现代化的办公楼。秦爱民第一天报到开会就在这里。

上了电梯，来到502。门是关着的。门牌上写着"副县长办公室"。两个人就在门口的椅子上等着，很快牛副县长回来了。

牛副县长瘦高个，黝黑的皮肤，走路很快，步子迈得也大。当他把木子主席和秦爱民一领进办公室，木子主席就将秦爱民做了介绍。

牛副县长嘿嘿笑着说道："秦队长，不好意思，天天下乡，我还没来得及看望你们工作队呢。"

寒暄几句后，他转向木子主席，目光中透着怀疑地问道："你说你们乡贫困户的安全住房没有设计厕所？"

木子主席将事情的来龙去脉给牛副县长做了汇报。也许考虑到秦爱民在一旁，所以他们两个全程都用汉语交谈。

"秦队长，你怎么看？"牛副县长盯着秦爱民，态度温和地问道。

"我建议重新修改设计方案。"秦爱民不假思索，旋即有些忐忑地说："我已经让他们停工了。对不起，牛副县长，我越权了。如果有什么责任，我愿意承担。"

木子主席马上声明道："是我们两个做的决定，有什么责任我来承担。"

牛副县长沉吟着不说话，只是抽烟。阳光照射进来，洒满整个办公室，洒在牛副县长那张如雕塑般古铜色的脸上。

秦爱民发觉牛副县长的烟瘾很大，一支接着一支，除了刚进来给他们每人发了一支外，一整包香烟，现在只剩几支了。

"我同意你们的意见。改！连厕所都没有，怎么住人？"牛副县长从椅子上猛地站了起来，神情严肃。

秦爱民长长地吐了口气，木子主席也露出轻松的笑容。

指间夹着燃了半截的香烟的手在空中挥舞了两下，牛副县长说道："哪需要你们承担什么责任？你们发现了县里的设计漏洞，

县委县政府应该奖励你们才对。"

"只是可能要找县里相关部门协调才行。"秦爱民善意地提示道。

"这些我来出面。"牛副县长吸了口烟,将烟蒂使劲地在烟灰缸里拧熄。

在起身告辞时,秦爱民提醒道:"牛副县长,希望能够快一点落实。停工时间长了,老板可受不了啊。而且也影响老百姓搬进安全住房的进度。"

"好。"牛副县长点头应道。

从县政府出来时太阳已经落山。晚霞将整个县城映照得如火烧般。

因为时间太晚,秦爱民便回了指挥部。同县来的刘光明、朱森、周江、龙北都在。

由于分在不同的乡镇和村,大家几个月都没见面了,所以此时相见显得分外亲热。

刘光明和朱森分在哈日拉达乡的同一个村,而且刘光明当了村里的第一书记。周江所在的乡是距离县城最远的依莫乡,他所驻的村又是距离乡政府最远的。

大家聚在秦爱民的房间里,聊了会儿天便一致提议到外面聚餐,大家均摊饭费。

很久没有与家乡的人在一起了,听着熟悉的口音,谈论着、打听着大家都认识和知晓的人和事,内心有一种说不出的亲切感,仿佛又回到了千里之外那熟悉的地方。

一行人来到一家小菜馆,点了几个炒菜和一个汤,又要了几瓶酒。

酒至半酣，秦爱民问道："周江，我给你打了几次电话，怎么都打不通？"

周江体型胖胖的，皮肤又黑，有小小的眼睛。他说，眼睛小聚光，下村入户好用。

他抿了一口酒，放下杯子，摇头叹道："我们村没有手机信号。"

秦爱民知道周江新婚不久，妻子还是外县的，便问："那你怎么跟家人联系？"

周江那黑黑的脸上绽开了笑容，道："隔两天就下山一趟。山下有信号。"幸福的心情表露无遗。

刘光明开玩笑道："那你把电话费节约起了哟。"

周江连连点头："是是是。"然后又是嘿嘿地笑，说："马上就好了，我们村要整体搬迁到县城了。"

大家都用羡慕且善意取笑的口吻说："那可以哟，以后你就在县城上班喽，是县里的阿木科（领导）了，以后可要关照我们这些村里的啊。"

"我们村委会的水都停了半个月了。天天吃泡面。"朱森说这话时面带微笑。

刘光明却心事重重地说："唉，那里的老百姓太苦了。"

秦爱民对刘光明道："那你这第一书记责任重大呀。不能让老百姓世世代代都生活在这样的环境中。"

刘光明点头道："我们今天回县城就是找相关部门解决村里的缺水问题。不然我们今天还见不到面呢。"

县法院来的龙北平常也不太爱说话，秦爱民问他的情况，他说正在帮助老百姓养鸡，教授他们养殖技术。

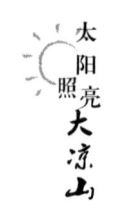

"他自己都贴了一万多元了。"周江的村与龙北所驻的村最近,插话道。

秦爱民奇怪地问道:"怎么会贴这么多?"

龙北咬着指甲,轻描淡写地说:"主要是给他们买鸡苗和网,还有搭建圈舍。"

大家一边喝酒一边摆谈着来这里几个月以来的所见所闻、所思所干。饭店很简陋,酒菜很简单,但大家的脸上都洋溢着快乐和激情。一阵阵欢笑,一句句激励的话语,秦爱民感到,这是一支何等有战斗力的队伍啊!

22

在木扎瓦扎村村委会后面,有几棵桑树,每天一大早就有几只不知名的鸟儿像军队的起床号一般,在树上快乐地啁啾,扑棱棱地飞来飞去。听见这些鸟叫,队员们也纷纷起床洗漱,准备开始新一天的战斗。

"秦队长,一会儿我带你到山上去一下。"这天早晨,秦爱民起床后正在漱口,高清德一边说着一边端着洗脸盆来到他面前。

秦爱民边漱口边点头,加快节奏几下洗漱完毕。他估计山上一定藏着高清德的什么"秘密"。

等高清德也洗漱完毕,两个人拿上饼干就往村委会后山爬去。

"有什么事?"看高清德一直不告诉他此行的目的,秦爱民还是忍不住好奇地问。

高清德走在前面,只说:"你到了就知道了。"

看他一副神神秘秘的样子，秦爱民也就不再多问。

彝乡秋天的早晨凉飕飕的。薄雾如轻纱般笼罩着整个山脉。在晨雾中，在通往山坡的路上，一个彝族中年妇女赶着一群牛，手里拿根赶牛的木棍，口中发出"嗷嗷"声。牛蹄踩在路上，发出软又带脆的沉沉的声音。晨雾中，一切都是朦朦胧胧的。凉凉的微风吹过，拂过山梁、山坳，薄雾在微风里慢慢卷向山坡。太阳也渐渐地穿过白雾，最后雾完全退却到了山顶。在阳光的照射下，半山坡的彝寨也露出了清晰的面容。

勤劳的彝族人一家大小早早地就来到坡地里收割圆根。被挖出的圆根红的白的堆满一坡。之前收获的成串地挂在屋外树枝上散发出甜甜的清香。

来到一块圆根坡地，高清德停下脚步，熟练地从地里拔起一根胖胖的红皮圆根，用手擦掉上面的泥巴，递给秦爱民，说："把皮去掉，尝尝。"

秦爱民照高清德的吩咐做了，用牙齿将皮去掉，试探性地咬了一口。

高清德一脸期盼地看着秦爱民咽下去，问："怎么样？"

秦爱民又咬了一大口，这次他细细地品味，然后点点头，说："汁多，微甜，嫩。入口微涩。"

高清德咧开那厚厚的嘴唇，笑了，牙齿在早晨阳光的照耀下是那么的白、那么的可爱，说："入口涩很正常，是你还不习惯，但可以败火，有中药效果。"

秦爱民还是没有弄明白高清德葫芦里卖的什么药，问："你不可能就是让我来吃这个的吧？"

高清德弯下腰又拔起一根，用手擦了擦，连皮带肉大大地咬

下一口，犹如在吃美味佳肴般香甜，嘴巴里发出清脆的咀嚼声，然后说："这是做榨菜的好材料。"

"你……"秦爱民有些明白了。

高清德道："前段时间我将这里的圆根寄给了我在省里农科所的同学检测了一下，检测报告显示，各项营养成分非常高，而且根据它的口感，我想可以将它加工成榨菜。"

秦爱民从地里拔起一根，在手上掂量，又对着太阳照了照，然后学着高清德的样子，随意擦去上面的泥巴就连皮带肉咬了一口，惬意地望着满坡地里绿油油的圆根，道："你应该还有一个完整的计划吧？"

高清德连连摇头，一边低头在地里走着，好像在寻找着什么宝贝似的一边随意地说道："其他的我就没想那么多了。"

这时，一个中年妇女和一位约莫有十五六岁的年轻姑娘从山下上来，两个人背着背篓，里面装有锄头和弯刀。看见他们，笑着喊了声："高工。"

高清德招呼道："古吃莫，你们早呢。"

秦爱民看了眼高清德，他连忙解释道："这一片的老百姓我基本上都认识。他们也都认识我。"然后走到他们面前，帮着干活。

秦爱民也跟了过去，拿起锄头帮着挖圆根。闲聊中，秦爱民知道古吃莫在县城读初中，今天放假回来，跟着母亲收圆根。

"你们平常吃这个吗？"秦爱民干得有些累了，下巴抵在锄头把上，问道。

中年妇女可能听不懂汉语，只是好奇地望着他，不吱声。古吃莫蹲在地上抖落拔起的圆根上的泥土，抬头望着他，满脸快乐地回答:"当然要吃,很好吃的。"说完后,拿起一根最好的递给秦爱民,道:"不信你尝尝。"

本来已经吃了两根,但秦爱民不好意思拒绝古吃莫的好意,便接过来又像高清德教他的那样,大口地吃起来。不过这次他没有感到涩味。

看见秦爱民的吃相,高清德只是笑。

秦爱民试探性地问道:"如果把圆根做成榨菜,怎么样?"

古吃莫犹豫了一下,抬头问道:"行吗?"

秦爱民看了眼在一旁弓腰忙着往背篓里捡圆根的高清德,说:"高工说可以呢。"

古吃莫目光中露出信任的表情看了眼高清德,微笑道:"那肯定行。"

告别了母女俩,高清德又带秦爱民到山坡上的其他几个地块走了一圈。在回村委会的路上,秦爱民问:"高工,我们可不可以办个圆根榨菜加工厂?"

"谁办?"高清德立马问道。

秦爱民回答道:"村里。"

高清德思考着说:"这个我也想过,这里的老百姓都种这个。产量没问题,质量也不错。但这是个贫困村,哪里有钱办厂哦!唉,一想到要用钱,我头都是大的。"

秦爱民道:"钱的问题你不用考虑,你认为行还是不行。"

高清德一笑,说:"那肯定行。"

秦爱民一边思考一边说:"如果行,我们就跟村两委商量一下,试试看。高工,你就负责技术上的事情,再跟你的那些同学联系一下,看办这样的小型加工厂需要什么设备、多少钱,钱的

太阳照亮大凉山 / 093

事情我来落实。"

23

  如何将脱贫攻坚的工作做实,让老百姓真正走出贫困,通过前段时间的进村入户,摸排村情民意,还有全乡产业情况,秦爱民又逐个地倾听了队员们的意见和建议,在他的脑海中渐渐有了一些思路。他将这些思路形成了两份书面报告。

  一份是关于全乡贫困户的基本情况和存在的问题以及建议,另一份是关于全乡的产业情况和发展建议。同时在报告里还对木各尔乡的基础设施、交通条件改善以及城镇建设提出了粗略的建议。当写完这些方案,秦爱民内心踏实多了。自己在这里的工作也好像有了头绪和方向。

  给乡党委海来书记交方案的那天是个阴雨天。雨从昨天黄昏时分就开始下了。

  村委会到乡政府有两条路,一条是省道,另一条是小路。考虑到省道上的车流量太大,尤其是这两年脱贫攻坚搞基础设施,拉砖、沙石的重车特别多,而且重车司机的车速并不因为路窄弯多而降低。每次走在这条路上,当重车从面前呼啸而过时,路面都在抖动,他有些害怕。虽然由于下雨,小路泥泞,但他还是选择走小路。

  细蒙蒙的雨丝打在秦爱民的脸上冷飕飕的。秋雨使气温骤降,在高山地区已经变成了小雪。秦爱民穿了件薄薄的羽绒服,似乎有些冷,但心却热乎乎的。

海来书记接过秦爱民的方案，当着他的面翻看了两下，说："等我看了再说。"

他递给秦爱民一支烟，微笑着说："秦队长，你们工作队还是应该把主要精力放在贫困户和软件资料上，我们这里最缺的是做资料这方面的人才。"

秦爱民点燃烟，道："贫困户是我们的工作重点，所以这次我们对全乡的贫困户做了摸底调查，也提出了一些建议。"

海来书记连连点头，道："这就对了。我们就需要这方面的情况。我们原来也做过这方面工作，但就是没有摸清楚过。你们真不错。"

第一次得到海来书记的肯定，秦爱民还有些小激动。

海来书记又拿起刚才放置一旁的关于产业发展方面的方案，翻看了几页，嘿嘿笑道："你们工作队思考的方面还挺多的嘛。产业发展……"

秦爱民隐约听出了海来书记这句话背后的意思，但他还是对产业发展的方案进行了简单的解释："海来书记，产业发展才是老百姓摆脱贫困的有效途径。产业不起来，做再多再好的资料，除了应付上面检查外，对老百姓的脱贫致富没有多少帮助。"

海来书记把身子往后靠了靠，说："我们就是要把上级的检查配合好。如果软件资料不行，那就死定了。"

秦爱民还想解释，海来书记一下子站起来，说道："秦队长，不要说那么多，你们工作队的不要操那么多心。至于产业发展，这是乡党委政府考虑的事情。"

继而又不软不硬地说道："工作队可是在当地党委政府的领导下开展工作哦。当然，你们的这个调查报告我会认真看的。"

还说什么呢？一切解释都是多余的。秦爱民不再言语，起身告辞，临到门口，海来书记又吩咐道："你们工作队要帮村里搞一下卫生。唉，村干部根本靠不住，老百姓根本不听他们的。"

秦爱民感到委屈，但还是答应着。刚走到伙食团的平台上，海来书记又撵了出来，大声道："秦队长，你回来一下。"

折身回到海来书记的办公室。海来书记先是递给秦爱民一支烟，然后又从旁边的一摞材料中找出一份文件递给他，说道："秦队长，这是县里的文件，要求我们党委书记写一份关于党建的心得体会。你在外面也是党委书记，帮我写一个。我相信你有这个能力。"

秦爱民想，能够帮一下就帮一下，也就答应了。

来的时候走小路，道路泥泞，泥水沾满一身，在回村的时候，秦爱民选择走公路。

雨还在稀稀落落地下着，不大，加上昨天晚上，路面个别地方也积起了一小摊一小摊的水。河里的河水也变得浑浊发黄。

出场镇就是几个弯道。路上行人很少。在一个转弯处，一辆重车轰隆隆奔驰而过。秦爱民听见声音，立马跳上公路边的山坡上，因为躲闪不及，车子把路面的积水溅起，弄了他一身。

一路上，秦爱民心思有些沉重。他感觉海来书记并不喜欢工作队给党委政府提出的关于产业发展方面的建议，甚至对工作队的主动作为有些抵触。如果真这样，在这里的工作就很难开展。怎么办？

秦爱民想，那么就从木扎瓦扎村开始。但是要让这些方案变为现实，也必须得到村两委干部和村民的支持。

村主任阿惹年轻，有激情，应该没有问题。村文书、妇女主任和四个社的社长，虽然平常很少到村委会来，应该也没太大问题。他们更多的是对村里工作的漠不关心。

最让秦爱民担忧的是全村的核心人物——子铁书记。来了这么久，接触不多，总感觉他对村里的工作不热心。这样可不行呀。一个村要脱贫致富，如果没有一个坚强有力的村党支部，便犹如一盘散沙，而支部书记最关键，他应该是大家的主心骨、领头羊。俗话说，致富不致富，关键看干部，而干部又看谁？支部书记啊！

工作队本来是协助村两委开展工作的，在具体事务中可以多做些，但他们才是主角。如果子铁书记不支持，哪怕工作队做得再多，可能错得也更多，甚至会引起不必要的误会。更别说要在这里实现工作队的一系列工作规划。

加强交流也许是打开彼此心灵最好的方法！

第二天当阿惹来到村委会时，秦爱民大致了解了一下子铁书记过去的工作经历和家庭情况。据阿惹介绍，子铁书记的工作经历很简单，二十多岁就当了生产队长。

"当支部书记也有十多年了。"他家一共有六个小孩，老大和老二都是女孩，已经嫁到外县去了。老三和老四是男孩，已经结婚分家多年。现在家里还有个女儿叫呷呷莫，儿子叫拉曲，都只有十多岁，在家务农。"

如果放在刚来时听见子铁书记养了六个孩子会让秦爱民惊掉下巴，但现在他已经见怪不怪了，因为在这里，彝族人家还保留着多子多福的观念。

"他们没有读书？"秦爱民问。

"没有。他说娃儿读那么多书有什么用，还不如在家里干农

活。而且两个都订了婚。"阿惹解释道。

　　站在村委会坝子中央,秦爱民沉默着。来了这么久,秦爱民知道个别彝族老百姓,尤其是农村里的人,并不重视子女的教育,而且通过这次调查发现,失学儿童不少。现在县里正在大力开展控辍保学工作,对失学儿童进行清理,要求他们进学校,甚至是一个一个地动员。但如果作为支部书记都不带头,这项工作怎么开展?而且他对子女的人生都是如此安排,他又怎么能够成为全村人的领头雁呢!

　　"我想找他谈谈。"秦爱民叹了口气,说道。

　　"那再好不过了。"阿惹目光里充满了钦佩地看着秦爱民。

　　在她的心目中,对眼前这个既像长辈又像大哥哥般的秦队长一直很是推崇。一听说他要去做子铁书记的思想工作,很是高兴。自己虽然身为村主任,但在工作中总感到孤掌难鸣,尤其是对子铁书记,有很多次试探着想与他交心,谈谈关于村里的发展、关于其他工作,但都被他轻描淡写地滑过。每次看到这样,她也不好说得太多,更不可能去责备他。她想,按照秦队长的年龄和资历,应该没有问题。如果能激励起子铁书记的斗志,让他带领大家一道齐心协力,那全村的脱贫致富就更有希望了。

　　事有凑巧,在他们正在谈论的时候,远远地看见子铁书记背着一顶像斗篷一样的东西出现在村委会坝子的转弯处。

　　等子铁书记走近,秦爱民试探着说:"子铁书记,我想跟你商量个事,你看什么时候有空?"

　　子铁书记拿出手机看了看,道:"古里一家办丧事请我。现在还早,耽搁一会儿再去也不迟。"然后就往村委会办公室里走去。秦爱民也跟着进去。

自从发生了"打油诗"事件后，各级对禁毒工作抓得更紧。按派出所阿作所长的话说，叫"水紧鱼跳"，证明禁毒工作见了成效。但为了防止发生类似事件，同时也是进一步巩固成果，从村到乡到县，禁毒工作更多了，所以，一大早，郑志就到乡里的禁毒工作站去了。

高清德自打与秦爱民商量了要在村里办一个圆根榨菜加工厂后，不仅要跟外面的同学联系设备、咨询技术等事情，而且跑山上查看农作物的次数更多了。所以早早地就到山上去了。

看着秦爱民跟着子铁书记进了办公室，阿惹知道自己不便在旁边，就说到村里的安全住房集中安置点去看一看。前几天因为没有设计厕所，工地停了好几天工，昨天秦队长说县里的牛副县长已经协调好了，并重新修改了设计方案，为每家每户设计了厕所，要求今天复工，不知道施工方来没来。

昨天晚上，对于刘新龙来说是个不眠之夜。很久没有音信的女朋友，哦，应该叫前女友突然给他打了个电话，说是很想他。切，当初你那样决绝地跟别人跑了——至少刘新龙是这么理解的——现在又回来找我！为了你，我连在原单位上班的心情都没有。要不是因为你，我会跑到这天远地远的地方来？说了几句就挂了，但没过多久又打过来，这样反反复复真让人受不了，最后只有关机。说不想那是骗人的。一整夜刘新龙都在回想与他前女友在一起的幸福时光。所以早上听见秦爱民已经起床了，也听见隔壁的郑志和高清德在洗漱，但就是不想起来。最后一眼看见前几天到县城给子者买的东西还静静地躺在寝室的角落里，于是翻身起来，匆匆忙忙洗漱完毕，向秦爱民打了个招呼，背起东西就往子者家去。

为了让交流显得轻松，秦爱民主动给子铁书记递了一支烟，点燃后，一边抽烟一边谈了自己对于发展产业、党支部建设，当然还有圆根榨菜加工厂等方面的想法。

秦爱民知道子铁书记的汉语不太好，所以说得很慢，有时还要配合着肢体语言。

一阵沉默后，子铁叹息道："现在的工作不好做喽。"

烟从嘴唇、鼻腔里幽幽飘出："脱贫攻坚的任务太多了，修路、给贫困户修房子、集体经济也要发展，唉，跟过去相比，事情太多了！我又不会电脑，连给老百姓开个证明都不会。而且工资又低。老喽，真不想干了。"

除了已经动工的安全住房修建外，秦爱民也知道，为了打破彝区封闭落后的状态，国家在这里要实现村村组组的公路硬化，而且要将公路打到贫困户的家门口。当然还有上级安排的各种工作，如禁毒防艾等等，还有村里的各种软件资料。工作就像打仗一样，压得大家喘不过气来。

秦爱民轻松地笑道："要让老百姓脱贫，事情当然多喽。"

子铁书记摇摇头，说："以前的工作很轻松的。"

说完后，又掏出自制的兰花烟，一边吧嗒吧嗒地咂着，一边仿佛沉浸在对往昔岁月的怀念之中。

秦爱民正准备谈点其他的，子铁书记的手机突然响了。接起后，十分生气地说了几句就挂了。

"这个娃儿真气人！"子铁书记抱怨了一句。

"怎么了？"秦爱民问。

子铁书记望了望秦爱民，叹口气，道："还不是我家的呷呷莫读书的事情。"然后看看手机时间，"我走了，不然没车了。"

看着子铁渐行渐远的背影,一股苍凉涌上秦爱民的心头。但脑海中也有了一个打开子铁书记心扉的计划。

24

彝族有句谚语:"西昌的太阳,雷波的风,昭觉下雨如过冬。"自从报到的第一天领略了凉山下雨的寒冷外,这几天算是第二次尝到下雨后寒冷的厉害。而且一下就是一周时间。连绵的阴雨天气让人们都蜷缩在屋里出不了门。老百姓只有围坐在家里的火塘边取暖,工作队员们也只有窝在村委会。由于前段时间天天入户,搞得大家都很疲惫,所以就利用这几天的雨季休整休整。

但其实大家并没有闲着。

高清德整理全村的土壤、气候资料,更重要的是圆根加工厂的准备工作;郑志在建村里艾滋病患者和吸毒人员的台账;刘新龙在梳理村里有哪些失学儿童。

秦爱民一会儿站在屋檐下望着淅淅沥沥的雨,一会儿去看看几个队员整理资料,一会儿坐在床沿边,拿起一张纸写写画画。

这天,雨小了很多,秦爱民感觉建议村两委召开一个党员、村社干部和工作队员的会议已经迫在眉睫。于是他首先联系了阿惹,又给子铁书记打了电话。阿惹自然是高高兴兴地答应并逐个通知了村社里的参会人员。子铁书记这两天也是闲着没事,同意来参会。

会议定在下午一点半的村委会。阿惹来得最早。过了很久子铁书记、文书和妇联主席也终于到场,四名村社干部只来了两名,十名党员只来了三名老党员。等到三点再没有人来了,会议只有开始。

会上,村两委就近期的一些工作做了安排,像低保户的公示、发动老百姓在秋季栽种县林业局派发的核桃树苗、县中学老师作为帮扶责任人的帮扶手册的填写等。接着秦爱民讲了工作队除了要大力配合村两委抓好上面的若干日常工作外,还提出了自己的一些初步的工作规划和未来木扎瓦扎村的发展方向。着重阐述了这段时间他思考的产业发展规划。

听了秦爱民对木扎瓦扎村未来发展的设想,子铁书记面无表情地在那里抽烟,有的村社干部和党员相互间窃窃私语,有的陷入沉思,有的点头。

"秦队,我们的事情已经够多的了,自从来了以后,没有哪一天好好休息过。"刘新龙带着玩笑的口吻说。

高清德盯了盯刘新龙,翻了个白眼,说:"这两天你还没休息够?"

刘新龙先是嘿嘿笑道:"这不是下雨嘛。"然后不服气地解释道:"哎哎,我也在整理资料呀。"

秦爱民感叹道:"是啊,现在脱贫攻坚的任务很重,大的像安全住房的修建,小的像每家每户的情况摸底,每一件事情都是从头开始,白天走村入户,晚上整理资料,没有节假日。但是这里的基础太薄弱了,没有办法啊!也辛苦大家了。"

听到这些,阿惹像自己亏欠了大家似的不断地道着歉。其他的村社干部和党员都沉默着,会议室一下安静了起来。

"所以说这几年我们能够把这些事情做好,让贫困户顺利脱贫就不错了。发展产业，这应该是以后的事情。"刘新龙严肃起来。

秦爱民点燃一支烟，说："是，现阶段我们的工作任务已经很重了，而这些又是我们要让老百姓实现脱贫必须要走的第一步。而要让老百姓过上好日子，如果不激发他们的内生动力，没有造血功能，能行吗？不带领老百姓致富，那脱贫也仅仅是治标不治本。只有老百姓富裕了，腰包鼓起来了，贫穷才会离他们越来越远。而发展产业就是最有效的途径。"

因为越说越激动，秦爱民双手按在桌子上，身子微微前倾，离开了椅子。

"我们在这也就两三年时间，这些设想能够实现吗？"刘新龙一脸凝重，平常看起来的孩子气荡然无存。

秦爱民哈哈一笑，说："兄弟们，再大的困难，只要我们一步一个脚印地干，都会有结果的。至于你说到的时间问题，组织上不是要求我们培养一支带不走的工作队吗？我想，我们先尽全力，带着他们干，等我们走了后，我相信他们会干得更好。"

高清德扶了下眼镜，说："我赞同秦队长的意见，如果我们的工作没有一个长远的规划，就会像一群无头苍蝇，也没有起到组织上派我们来这里的作用。"说完后，害羞似的马上低下了头。

一直没说话的郑志问道："秦队，你说的这些我也赞同，但发展产业是要用钱的，钱从哪里来？"

秦爱民又坐回原位，点头道："这个我也正在想办法，一方面我们可以跑跑县里相关部门，争取他们的支持。哦，我也准备到县综合帮扶工作队找领导汇报一下，看能不能得到他们的支持……另一方面，我想，我们可以成立合作社，让社员入股。"

"成立合作社？这里的老百姓已经很穷了，哪来的钱入股？"刘新龙摇着头说。

阿惹以为刘新龙在故意刁难，一双秀眼瞪着他，气呼呼地说道："刘新龙，你怎么能这么说呢？我认为成立合作社这个主意就很不错。"

刘新龙并没有退缩，坚持着："阿惹主任，我不是不同意秦队长的计划，我只是担心，怕提出来了但没有实现，会让别人笑话我们的。这里的现实是能够让他们摆脱贫困就要花很大的力气，要让他们致富，谈何容易。再说了，这里也没有什么特色的东西可以发展。"

平常看起来嘻嘻哈哈的刘新龙能够如此认真地对待工作，既出乎秦爱民意料，也让他很欣慰，证明他在工作上很较真。只有在工作上较真的人未来才有希望。

高清德马上反驳道："我们可以办一个圆根加工厂。"

此话一出，在场所有人的目光都齐刷刷地看着高清德。阿惹更是不相信地问道："加工什么？"

"把圆根加工成榨菜。"高清德吐出几个字。

阿惹先是一愣，继而为高清德的这个想法鼓起掌来，道："高工，我们祖祖辈辈吃这个，就没有想到可以加工成榨菜。真是太好了。我们这里就出产这个，一旦销售出去，就可以为我们的老百姓增收。太好了！"

"加工榨菜？"刘新龙望着会议室屋顶，自言自语道。

"难道不可以？"阿惹气呼呼地瞪着在沉思中的刘新龙。

刘新龙没有理会阿惹，过了一会儿，又转头问高清德："能行吗？投资大吗？"

高清德认真地点点头。

秦爱民呵呵笑道:"高工和我已经测算过,也就一两万。我们自己搞。"

这次轮到刘新龙吃惊了:"真的?"说完后嘿嘿一笑:"高工,我说这段时间看你神秘兮兮的,原来在搞大事呀。如果我们自己就可以办这个厂,我首先申请成为一名员工。"

大家都为刘新龙认真的态度欣慰地笑了,屋里的气氛马上变得欢愉了。

高清德笑着强调道:"不发工资哦。"

秦爱民笑道:"我们工作队的都是厂里的义务员工。当然我们首先要招少量老百姓,要把技术传授给他们。"

会后,子铁书记和其他干部、党员都陆陆续续走了,阿惹还在办公室与工作队商量下一步的工作。村妇联主席曲木格作跑到阿惹面前,轻轻碰了碰她,低声说:"我想和你说个事。"

阿惹扭头看着曲木格作,笑着问道:"什么事?"

曲木格作腼腆地一笑,直接就往外走。阿惹也跟着出去。

"我要出去打工。"曲木格作低着头,双手揣在上衣口袋里,右脚轻轻地来回搓着地上的一颗小石子。

曲木格作三十多岁,黑黑的脸蛋泛着长期被紫外线照射的红。

"为什么?"阿惹吃惊地问。

"家里没钱。"曲木格作一脚将小石子踢得远远的,无奈地说。

阿惹知道,曲木格作有四个小孩。丈夫也整天赖在家里,她当村妇联主席的工资也低。

太阳照亮大凉山 / 105

"你给子铁书记汇报了吗?"阿惹心里凉凉的。

"他说随便我。"曲木格作抬起头,看着阿惹,眼神暗淡,过了很久才又说:"阿惹,我知道你也难。唉,我也没办法。我明天走。"

能说什么呢?生活就是一天天地过日子。一家人没有钱用,出去打工也许是最好的出路。而且在曲木格作之前,村妇联主席换了好几个了,都没多长时间就主动辞职不干了。

阿惹幽幽地说道:"看你吧。"

看着曲木格作踩着泥路,在冷飕飕的秋雨、秋风中走远,阿惹低叹一声,又回办公室与工作队商量工作了。

25

接下来的几天,大家都按原计划分头忙着自己的事情。郑志每天一早就到乡派出所,晚上很晚才拖着疲惫的身子回来;因为刘新龙是医生,除了村里的工作要开展,随时还要到乡卫生院去帮忙,做一些微小型的手术;高清德更是白天在山上地里,晚上回来又跟外面各地的同学联系,俨然像一个老板,按他的话说,"不能有丝毫闪失"。

随着国家扶贫力度的不断加大,各种政策措施也在源源不断地注入像凉山这样的深度贫困地区。各项工作的时间节点环环相扣,进度要求就像杂技表演抛向空中的无数个球,根本让人没有一丁点儿的空闲,稍一分神就有掉落地上的危险。

木各尔乡和所有其他的乡镇村一样,硬件设施如进村入户道路的硬化、老百姓安全住房的修建；软件方面如老百姓脱贫的具体措施的落实、移风易俗的宣传，甚至包括不达标的乡政府和村委会的重新修建也在紧锣密鼓的推进之中。

秦爱民这几天天天跟乡人大木子主席一个工地一个工地地跑安全住房点。监督工程质量，督促工程进度，解决在修建过程中的问题。

上级提出要在春节前让老百姓欢欢喜喜地住进新房，不紧紧盯住不行啊！安全住房的点都分散在几个村，相隔在不同的山上，幸好木子主席有一辆私家车。

这天晚饭后，大家都坐在一起闲聊，秦爱民对阿惹说道：

"阿惹主任，我感觉应该抓一抓我们村的卫生情况。"

虽然是秋天了，但只要天气晴朗，天就黑得晚。晚霞映照着群山。

话刚落地，刘新龙就呵呵呵笑道："老百姓家里的卫生太差了，不堪入目啊。到处是垃圾，大人小孩乱丢东西。"

秦爱民马上用手势制止。

阿惹感激地看了眼秦爱民，她知道秦爱民怕刘新龙的话会伤了自己的面子，便说："秦队长，刘新龙说得没错。我们这里的人养成了很多不好的习惯。我是这里土生土长的，心里很清楚。我们还有好多落后的传统风俗……唉！"说到这，她突然想起自己跟拉一的事情，眼泪在眼眶里打转，惹得大家面面相觑。

刘新龙在一旁有些着急，连忙赔罪道："阿惹，对不起，我不该说那样的话，你不要生气。"

刚一出口，刘新龙发觉自己没有加上"主任"两个字，便做贼心虚似的嘿嘿微笑着补充道："阿惹主任。"

秦爱民一笑，对刘新龙吩咐道："去给倒杯茶。"

刘新龙立马起身倒了杯茶，递给阿惹，说："别想那么多，这里的贫穷不是你一个人能够改变的。"

阿惹知道刘新龙理会错了自己的意思，但她还是感激地看了他一眼，接过水杯。

秦爱民劝慰道："阿惹主任，我想我们就先从改善卫生状况这样的小事做起。"然后又看着队员们，道："这次从教他们洗脸、刷牙开始，从打扫他们房子周围的卫生开始。我曾经看到县里的主要领导提出过'五洗革命'，我们就把这次行动叫'五洗革命'，怎么样？"

"哪'五洗'？"刘新龙问道。

"洗脸、洗手、洗脚、洗澡、洗衣服。"秦爱民掰着指头，解释道。

阿惹使劲点着头，"嗯嗯"。

郑志摇摇头，说道："洗澡？老百姓到哪里去洗澡？只有到河里去洗。"

秦爱民微笑道："虽然洗澡还存在一些困难，但这至少可以提出来，重点是其他的四项。"

高清德建议道："那我们就叫'四洗革命'不更准确？"

秦爱民一边抽烟一边思考，一字一顿地说："不管是'五洗革命'还是'四洗革命'都是很好的一个点。我们这次主要是以家庭为单位，不仅是个人，还有家庭的环境卫生。"

阿惹突然提醒着："前段时间曲木格作说县妇联正准备搞'洁美家庭'，能不能把这次活动叫'洁美家庭'活动？"

说到这儿，她神情忧伤地说道："可惜她出去打工了。"

对于曲木格作，秦爱民没有太多的印象。

"那你们再培养一个。"秦爱民建议道。

阿惹叹道："年轻有文化的都不愿意回来。留下的都是些文盲，或者老弱病残。"

"不着急，会找到的。"秦爱民安慰道。

山边的晚霞静悄悄地浸染着美丽的凉山大地，高山的边缘犹如镀了一层金，彝家的房屋在落日余晖的照耀下显得古朴而厚重。随着余晖渐渐熄灭，气温也慢慢地降了下来，透着寒意，山风吹来更让人有些发冷。

自从村里来了工作队，子铁书记一直冷眼旁观。那天乡里开会，自己因为有事就先走了——反正也无所谓，乡政府又不能把我怎么样，而且走的村书记又不止我一个人，有什么事情阿惹在那里听着，回来告诉我就行了。

后来村委会黑板上写了一首打油诗——我就说嘛，当初乡政府在村委会墙上搞一个黑板我就反对。但是乡里说要把村里的什么党务、政务公开，尤其是还有个什么财务公开，哼，村里穷成这样，还公开什么——其实从来就没有在黑板上公开什么——现在好了，没公开过什么，木果倒把鼓励吸毒的打油诗写上去了。

哼，当初要是听我的不要那个黑板，后来也就不会出现那样的事情。幸好木果死了，该死！

不过话说回来，现在吸毒、贩毒的已经很少了，十几二十年前，毒品可是大凉山招待客人最有面子的东西啊！但是说实话，毒品这东西确实害人。自己知道的第一批吸毒的人大多数都死了，也是他们自找的。

子铁书记今天早早起来，把查尔瓦拿到外面的核桃树下，垫在屁股下，点燃兰花烟，一边咂，一边观察着河谷对面的觉盯村，然后又把目光收回来，由远及近，一点一点地欣赏甚至审视着自己的木扎瓦扎村。在这个地方生活了六十多年了，越来越觉得这里很美。看了几十年，从春看到夏，又从夏看到秋、冬，就是看不够。

想到这，子铁书记脸上浮出一丝微笑。是啊，自从当了村支部书记后，这木扎瓦扎村就是我子铁的地盘了。村里的老百姓遇见我都是客客气气的。人嘛，都是需要尊重的不是。哼，工作队，看他们来了能够干个什么！就像几十年前，上山下乡的知青不也来了很多吗？最后又怎么样？还不是悄无声息地走了。山还是这座山，河还是那条河。木扎瓦扎村依然屹立在这里。

太阳从山背后慢慢爬了上来，照在子铁的身上。秋天的清晨确实凉，太阳照着熨帖多了。

不过说实话，自打工作队来后，村里的事情很多都交给他们做了，自己反倒轻松了许多。这些人确实能干。过去一团乱麻的事情，他们都理得顺顺溜溜，现在对情况好像比我还清楚，尤其是一些数据。

子铁书记想到这儿，又烦躁了起来。心里"咯噔"一下，眉头紧锁，暗自道，难道要夺权？还有阿惹，跟着他们整天疯！哪里像个还没结婚的女孩子应有的样子，更别说现在身为村干部，不像话。子铁书记在心里深深地叹息，一代不如一代啊。

一阵急促的手机铃声扰乱了子铁书记的思绪。谁这么早打电话？不过他很满意自己的这部手机，声音很大，在这宁静的早晨响彻山谷。

他慢吞吞地从裤包里拿出手机，拿得远远地一瞧，是阿惹。

又有什么事嘛，看她整天跟着工作队那些人混在一起很开心似的，也不知道他们一天在做什么。

一通电话过后，说请自己到村委会去一趟，与工作队一起研究创建"洁美家庭"的事情。

这个阿惹，啥子"洁美家庭"，不就是搞卫生吗？这有什么研究的？乡政府时不时让各村搞卫生，今天县领导来了要搞，明天州领导来了要搞。有几个村是认认真真搞的？要搞你在广播里吼一声不就是了，用得着这么兴师动众地研究吗？

本来不想去，但转念一想，今天也没有什么事，那就去看看吧。

子铁书记起身回到屋里，在昏暗的光线下，熟练地摸起一块坨坨肉和一块荞面馍馍，又在旁边的锅里拿起马勺子，喝了几口酸菜汤，呵，这个天气里，喝下去凉凉的，很是舒服。

子铁书记一边往村委会走一边想起前几天给阿惹的哥哥木加提亲的事情，定的是在彝族年前结婚。

想着事情很顺利，子铁书记暗自得意，还哼唱了几句山歌。但脑袋里想的是，我子铁在木扎瓦扎村还是有威望的。

但是又想起那天刚到木加家，木加看见他后，脸色十分难看，本来就黑的脸看起来更黑了，转身就出去了。没有一点礼貌！

来到村委会时，整个院坝乱哄哄的，工作队员都在进进出出地洗脸漱口，阿惹坐在院坝上，好像在跟工作队长秦爱民商量什么。

这些人还穷讲究呢。子铁书记心里嘀咕道。

26

队员们看见子铁书记来了,都纷纷打招呼。秦爱民和阿惹微笑着将他领进了村委会办公室。刘新龙他们也加快了进度,不一会儿也跟了进来。

子铁书记一进会议室,发觉所有的村社干部都来了,党员也都到齐了。这让他微微有些吃惊。

原来上次会上,村里和工作队将发展全村的方案抛出来后,全村的党员干部都在私底下议论,说这次上面派的工作队好像是真格的,是给"我们"村办实事的。所以他们都商量,一定不能拖后腿。还有党员说"这才像一家人嘛"。

秦爱民首先介绍了在全村开展创建"洁美家庭"的方案,阿惹也谈了自己的想法,表示村里会大力支持。其他的几个队员也发表了各自的见解。子铁书记一直坐在那抽兰花烟,不表态。

原来不是自己想象的"搞清洁"啊。子铁书记一时有点转不过弯。

没有子铁书记的支持,这工作可就不好做了。秦爱民给子铁书记发了一支烟,微笑着问道:"子铁书记,你认为怎么样?"

子铁书记慢慢取下烟斗,说:"搞好清洁卫生,这倒是个好事。但是,我们祖祖辈辈都这么过的,也没什么呀。"

阿惹皱眉道:"子铁书记,我们就是要改变以前一些不好的卫生习惯……"

子铁书记心里不高兴了,反问道:"有什么不好?我们不是活得好好的。你从小还不是这样吗?"

被子铁书记一通抢白,阿惹的脸涨得通红,激动地不甘示弱道:"我们这的很多人一年难得洗一次澡。有些老年人一辈子可能都没有洗过。衣服也是,从新衣服到穿烂都没有洗过,脏了在太阳下晒晒又穿……"

还没等阿惹说完,子铁书记气愤地打断她的话,大声道:"阿惹,你说这些,根本就不像一个诺苏。"

阿惹十分委屈,眼圈都红了,但还是坚持说:"我怎么不像诺苏了?难道我们诺苏就该不爱清洁吗?不应该追求美好生活了吗?"

秦爱民本来想劝劝双方,但一想,又不知怎么搭话,而且怕一旦说错了话反而会添乱。其他队员也面面相觑。刘新龙双眼都快喷出火似的瞪着子铁。

子铁书记看见阿惹快哭了,心里又有些软了,想,毕竟是小娃儿,便道:"阿惹,你想怎么搞就怎么搞,我不参与。"

阿惹把心一横,也毫不妥协地说:"好,我做就我做!"

子铁书记目光流露出毋庸置疑的神情说道:"阿惹,你要搞清楚,在木扎瓦扎村,还是我子铁说了算。"

听了子铁书记这话,秦爱民心里一紧,他懂得这话背后的含义,如果书记和主任再这样争下去也不是办法,于是他笑着说:"子铁书记,这项工作很重要,具体工作我们来落实,但牵头人还得你来才有分量……我们在工作中如果遇到什么困难就及时向你汇报。你是全村的掌舵人,很多事情只有你才能摆得平哟。"

子铁书记瞪了眼秦爱民,对眼前这个人自己有些讨厌。整天带起阿惹和一帮人,想起一出是一出,整个村子都快被掀翻了。

现在村社干部和党员也跟着他们一起跑了,还有一些不懂事的老百姓也在背地里说他们这也好那也好。但是,伸手不打笑脸人,而且他对自己也很尊重,一席话听着也让人舒坦。

"秦队长,你们做就是了,有什么我能帮上忙的,说一声。"子铁心里虽然有些不情愿,但话还是拿得很硬气。

自从那天提出在全村搞"洁美家庭"活动,秦爱民就与阿惹商量过几次。他们打算从村社干部和党员的个人与家庭卫生着手,只有他们带好了头,才有理由号召老百姓跟进。本来计划与子铁书记私下沟通这件事,但一直没看到他,因为子铁书记彝腔重,电话里也不好交流,就让阿惹找子铁书记商量!但从今天的情形来看,阿惹忽略了。秦爱民心里有些自责。

"好,在子铁书记的领导下,我想我们这次的行动一定会取得很好的效果。"秦爱民看着子铁书记微微地点头,继续道:"子铁书记,我想我们这次就分成两步走……"

也许是为了显示自己在村里的权威,也许是刚才跟阿惹发生了冲突让子铁书记感到很冒火,所以秦爱民还没说完,他就豪气地说:"你说,我们一定支持。"

"我们第一步先从村社干部和党员的个人与家庭卫生抓起。"秦爱民说。

话音一落,会议室先是异常安静,继而是村社干部和党员相互间用彝语低声交谈,而且还瞧瞧对方身上的衣服。

子铁书记此时脸色骤变,铁青着脸。

"好,我同意。"阿惹首先表态。

文书吉米日洛看了看子铁书记,然后吞吞吐吐地说道:"我随便。"其他党员干部也不说话。

秦爱民能够体会到子铁书记的内心变化，也知道他不会表态，甚至心里还窝着火，但为了推进工作，也没办法，便又说："第一阶段的工作我们计划用一个月时间，由村社干部、党员和一些老百姓组成检查组，每周对我们党员、干部的个人和家庭卫生检查一次，并进行打分。对搞得好的前三名进行奖励，对倒数的后三名进行处罚。"

"奖励？哪有钱来奖励？"子铁书记疑惑道。他知道村里是没钱的。

秦爱民微笑道："哦，我忘记给各位汇报了。前几天我跟阿惹到县妇联去了趟，曾主席说现在她们正准备在全县大力开展'洁美家庭'活动，要给各个村发放一批物资。她听了我们的汇报后，说为了鼓励我们村，明天就提前给我们拉一些过来。"

"秦队，你说说从什么时候开始？"阿惹催促道。

秦爱民看了下手机，说："今天是星期四，给大家留几天搞个人和家庭卫生的时间，下周一开始检查。你们看怎么样？"

工作队的人和阿惹都齐声回答："好。"

几个村社干部和党员都沉默着不说话。

秦爱民微笑着说："这次请在座的各位多多支持工作喽。"然后起身客气地给所有人发了一圈烟。

"那怎么处罚呢？"子铁书记依然阴沉着脸，问道。

"罚款嘛！"刘新龙提议道。

高清德反对道："罚款不好，大家收入本来就低。"

阿惹、郑志和其他党员干部都不同意罚款的方式。

"那你们说怎么处罚？"刘新龙反问道。

大家一时拿不出其他的办法。

秦爱民说："我想这样。每次将前三名和后三名在黑板上公示，同时我们村不是有广播吗？每天在广播上广播一次。让做得不好的丢面子，合格的发物资。前三名的发双倍物资，颁发流动'洁美家庭'牌匾，悬挂在他们家门口。"

大家一听，都笑着说，这办法好。

子铁书记正准备说话，突然手机响了，接起来说了一阵后就挂了，并对阿惹吩咐道："阿惹，你现在到乡卫生院去一下。"

"去干啥？"阿惹没明白子铁书记的意思，感到有些奇怪，问道。

子铁书记用彝语向她说了几句。阿惹立马站了起来，说道："秦队长，我们村的两口子现在在乡卫生院闹事，子铁书记安排你和我去一趟。"

秦爱民一听是医院的事，便对刘新龙说："小刘，你也一起去。"

"哦，请刘医生也跟我们去一趟。"阿惹望着刘新龙。

刘新龙又显露出调皮的本性，笑着说："阿惹，别喊得那么公事公办的，叫我新哥好不好？"

会议室里所有人都笑了，阿惹莞尔一笑，大方地说："好好好。新哥，劳驾你跟我到乡卫生院去一趟，好不好？"

刘新龙立马合上笔记本，朗声回答道："遵命！"

走出会议室，阿惹折身再次提醒大家："下周一检查卫生哟。大家回去后一定把自己的家收拾干净。"

27

木各尔，在彝语中是玛瑙的意思。在木各尔乡境内，有一条玛瑙的矿脉带。在二十世纪八九十年代和本世纪初，这里到处都是玛瑙的开采场。最近十多年，因为国家环保抓得严，玛瑙市场也大大萎缩。同时由于以前过度开采，亦没有多少矿藏了。过去倒卖玛瑙有一些发了财的人，都跑到西昌，甚至成都去了。但这毕竟是极少数，大部分人没有挣到什么钱。

乡的场镇坐落在三座山和一条"Y"字形河流之间，场镇上的房子沿着河边的山地修建。这也是通往西昌的必经之地。虽然地理位置优越，但发展并不好，场镇规模很小，除了乡政府、派出所、卫生院、交警队和一所规模不大的小学校，便是一些低矮的民房。由于是交通枢纽，又是省道，所以经过这里的车子很多，也有几家小饭馆。

乡卫生院可以说是全乡最高档、最豪华的建筑了。说它高档豪华，主要是它从里到外都用白色的瓷砖装饰了，气派！

当秦爱民、刘新龙跟着阿惹登上乡卫生院门口那个水泥浇铸的坡道时，卫生院门口已经围了很多人。几个穿白大褂的医生正在给一个中年男子和一个妇女做着解释，其他的人都是懒散地面带笑容地围观。

一个戴眼镜的中年男子看见阿惹，一边往她面前走来一边气愤地说："阿惹主任，你们村石扎衣里这两口子真是太可笑了。今天我们乡里组织搞孕检，检查出他老婆怀孕了，她说是我们检

查的医生让他老婆怀孕的。你说这是不是天大的笑话。"

在场的所有人都哈哈大笑，刘新龙在一旁也忍不住笑了起来。阿惹心里也想笑，但自己还是个大姑娘，所以强忍着。秦爱民只是微微地抿嘴观看。

阿惹有些不相信地问道："士比院长，不会吧？"然后又将目光转向跟在士比院长后面的石扎衣里，问道："石扎大哥，是不是？"

石扎衣里做出一副气鼓鼓的样子不说话，阿惹又问他老婆，他老婆说："他不给我检查，我怎么会怀孕？"

阿惹用彝语说："阿呷姐，你这样说就没道理了。"

石扎衣里欺身前来，不悦地说道："我们怎么没道理了？"

一下就把阿惹逼得愣在那里一时不知怎么回答。

看见阿惹束手无策，刘新龙有些不忍，便一步跨上前来，生气地说道："老乡，你这个可就不对了。怀孕可不能随便拿来开玩笑的。你这不讲科学嘛。"

石扎衣里看了眼刘新龙，心想，怎么这来了个不认识的？眼神流露出疑惑，也闪过一丝惶惑，还夹杂着对刘新龙"多管闲事"的隐隐不满。

在刘新龙与石扎衣里理论的时候，秦爱民把阿惹叫到人群外，询问了石扎衣里的家庭情况。阿惹说他家有四个女儿。

"四个女儿？都是女儿？"秦爱民确认道。

"对呀。我们这里生四五个很正常的。"阿惹不明白秦爱民话中的意思。

"没有儿子？"秦爱民继续追问。

"哪有儿子？他们两口子就是想要生个儿子。"阿惹轻描淡写地回答。

秦爱民听了后,思考道:"阿惹,这家人有没有可能想把怀的这个小孩生下来,所以找的借口?"

阿惹听后,如梦初醒,转身挤进人群,把石扎衣里和他的老婆喊到乡卫生院的院长办公室,过了很久,石扎衣里两口子出来直接就回家了。

在回村的路上,秦爱民问阿惹是怎么处理的。阿惹一笑,说:"是你教我的呀。"

刘新龙在一旁,好奇地问:"秦队长,你教她什么了?"

秦爱民摇摇头,说:"我可没教她什么。"

阿惹解释道:"我把卫生院士比院长喊到办公室,问石扎衣里的老婆怀的是男孩女孩。说是个女儿,于是把这个情况告诉了他们两口子,他们不信,还让他们看了B超的。刚开始他们还是不同意,后来我只有拿他家超生说事。告诉他们如果再在卫生院闹事,村里就要罚他们家的第四个女儿和这个女儿的超生款。好几万呢。所以他们想想也就同意了。唉,其实我也是吓唬吓唬他们。罚啥子款哟,我们这里生得再多,也很少罚款的。"

刘新龙吃惊地问:"他们家都生了四个了?"

阿惹淡淡地说:"四个算正常的了,我们这里还有生七八个的呢。"

"怎么养得起哦!"刘新龙感叹道。

阿惹无奈地摇摇头,说:"只要有口饭吃就行了。"

"那么多,怎么供得起读书呢?"刘新龙的语气中带着浓重的忧愁,好像是他面对的事情一般。

阿惹呵呵一笑,说道:"很多小孩最多读个小学就回家里干

太阳照亮大凉山 / 119

活了。"

说起读书，刘新龙立马幽幽地说道："不知道子者这段时间上学去了没有？"

阿惹笑道："别担心，我问他们老师了，在读。"

刘新龙开心地笑了，马上提醒自己说："那我马上给子者家拿三百元。哦，阿惹，你帮我带给子者的爷爷奶奶。"

阿惹愣了眼，说："你自己去。我可不沾钱。"

刘新龙还要说，秦爱民也建议道："阿惹说得对。你亲自送去，也表示你的帮助是真诚的。"

"好，那我今天就送去。"刘新龙愉快地说。

28

时已中午，三个人在街上的馆子里各要了一份炒饭吃了就回了村委会。在路上，秦爱民对阿惹说："阿惹，我建议你要多发挥村妇联的作用。曲木走了，实在不行，你就把妇联工作担起来。而且这次活动发挥妇女的作用十分重要。"

阿惹若有所思地点点头。是啊，曲木格作已经出去了，村妇联的工作也没有人来打理。这次全村搞"洁美家庭"，大量的工作还要依靠每家每户的女人。

但是哪里去找合适的人呢？

秦爱民继续说道："一个篱笆三个桩，一个好汉三个帮。一个人的力量是有限的。你是村主任，一定要发挥大家的作用。"

刘新龙也在一旁分析道："我也感觉村里的工作就你一个人

在忙，如果没有人帮你是很难的。现在有我们工作队，两三年后我们撤走了，那你怎么办？"

阿惹看了眼刘新龙。在她的眼中，很佩服他能从大城市到凉山这样艰苦的地方，又有技术，但也仅仅如此。这一席话从他口中说出来让她有些吃惊。她感觉他并不是表面看起来那样嘻嘻哈哈的样子，还有成熟的一面，包括上次因为办圆根加工厂的事情。他有自己的主见。

回村走的是小路，爬到半山坡大家坐下来歇息。山脚下是小河，河边是省道。看着来来往往繁忙的车流，秦爱民感到这里其实是一片充满希望的土地。

阿惹坐在那沉默着，捡起一枝树条漫无目的地在地上乱画。

看着垂头丧气的阿惹，秦爱民心想，毕竟是年轻人，要成熟还需要历练，更需要有人指点和扶持。在这个过程中，情绪的波动很正常，证明这个人有激情，只是需要引导好，是一棵好苗子。

"阿惹，我们做任何事情都需要考虑方方面面，不能一味由着自己的性子。"

阿惹抬起头，看着秦爱民，十分委屈地说："秦队长，我不怕做工作，再累都无所谓。我也清楚我们这里为什么贫穷落后。为了改变这里的面貌，我做什么都可以。但是，工作确实太难了。唉！这样下去我真不想干了，出去打工倒轻松得多，没有那么多的思想负担。"

秦爱民呵呵笑道："阿惹，我很欣赏和佩服你，为了建设好家乡放弃了外面优渥的工作条件。但是你想过没有，改变这里的面貌如果是一件十分轻松的事情，既不需要你的付出，更不需要我们工作队来了。要做成一件事情不可能是一帆风顺的。就说我们这里为什么这么贫穷落后？难道仅仅是经济上的原因吗？不，最重要的是观念。"

秦爱民说到这里，指了指自己的脑袋，继续道："我们彝族人是一步跨千年。其实他们在适应现代社会中也有很多的痛苦与艰难。只是这样的痛苦是不自觉的，但又是体现在他们生活的方方面面，也包括各级干部的工作方法。"

阿惹认真地听着，不时地点着头。

"你是从这里走出去的，因为读了书，吸收了许多新的思想、知识，所以能够看见这里一些落后的东西。现在返回来，不就是想改变它吗？做事情要有耐心，要学会从一件一件的小事做起。哦，还有子铁书记，你在工作中要多尊重他，不仅仅因为他是支部书记，而且他的年龄和你的父亲差不多。当然我以后也要注意工作上的一些细节。"秦爱民不愿提及今天会上阿惹与子铁书记争吵的事。

阿惹眉头紧蹙道："我很担心这次的活动他会在全村老百姓面前出洋相。到那时该怎么办？"

"为什么？"刘新龙感到很奇怪，赶紧问道。

秦爱民也想到了这一层。子铁书记家的环境卫生很差。今天他虽然最后没有反对在全村做这件事，但后面工作开展的效果如何，他的带头效应很重要。

"这个我来想办法。"秦爱民慎重地说。

29

村里开完会，子铁书记回到家里。老婆不知道又跑到铺子里哪家吹牛去了。他知道，儿子拉莫和女儿呷呷到山坡上收玉米去了。

他看了看屋里四周，乱糟糟的。想起今天会上说要让党员、干部带头搞家庭卫生而且还要检查评比就让他头痛。尤其是会上阿惹竟敢顶撞自己更令人气愤。这可是以前从来没有的现象啊！感觉工作队来了后，她的腰板硬了，不像原先那么听话了。

不知道为什么，子铁下意识地摘下挂在墙上的帽子戴在头上，顺手拿起床头上的经书，慢慢地往外走，来到门口，坐在核桃树下。

秋天的木扎瓦扎村绿叶渐渐枯黄，荞麦匍匐在山坡上，果已干荚。玉米林一片片被砍倒，人们忙碌地背回家里。核桃树叶也纷纷掉落地上。

坐在树下，子铁点燃兰花烟。先是翻了翻经书，这可是家传的啊。纸已经泛黄而且很多地方磨损严重。为了保护好，几年前自己用透明塑料纸一页一页地封了起来，虽然不美观，看上面的字也有些模糊——很多时候还要戴上老花眼镜，但这样保存得久，磨损也少了许多。

翻了几页，子铁又不自觉地拿起地上的弯刀和一根树枝削了起来……唉，现在一切都变了，变得让自己都有些想不通了。

就说穿衣服，除了年龄大的人还穿百褶裙、披查尔瓦，年轻

人不是穿西装，就是穿牛仔裤，或者说不出名字的各种各样稀奇古怪的衣服。更让人看不惯的是一些在外面打工或者读书的年轻人，头发染得红的、黄的。唉！这哪像个样儿啊！

更气人的是一些女青年裤子上故意剪烂几个洞，白嫩嫩的肉都漏了出来，成何体统！

想起女青年，子铁又想起了不听话的阿惹，继而又想起了这群有些看不明白的工作队，想起今天村委会说的搞卫生的事情，还有办加工厂。

等他们去搞，看他们能做出一朵花儿来？

子铁瞟了眼不远处放养的几头正在拱食的猪。那是养的年猪，膘肥体壮。一阵微风吹过，一股不一样的气味也随之而来。前段时间来家搭伙吃饭的两个工作队员在闻到这味道后，虽然没有说出口，但看他们皱眉捂鼻的表情就知道不喜欢这个味道。

"闻不惯？我看你们还不是照样吃猪肉！"子铁在心里嘀咕道。子铁又深深地吸了一口，这没什么呀，又不臭，我们从小就是闻着这种味道长大的。

一阵窸窸窣窣的声音打断了子铁的思绪。一回头，看见有两个人背着如小山般的玉米秆往自己家走来。他知道是女儿和儿子。

看着他们把玉米秆背进屋里，子铁欣慰地笑了笑，儿女都很懂事啊。

"阿达，我们要去读书。"子铁正在低头削树枝时，突然听见女儿呷呷站在面前对他说。

儿子拉莫也站在旁边，满头是汗。

一分神，刀口一下滑在手指上，指头上割了个小小的口子，血渗了出来。女儿要去拿酒来消毒,子铁制止了,说没事。然后捡起地上的一小块泥巴,拧细,撒在出血处。看着发育得高挑的女儿和已经长个的儿子,子铁有些生气,心想,整天给我说这些,便气呼呼说:"读什么书!马上就要给你们说人家了……"

女儿打断道:"要说人家是你的事,我们还小,还要读书……乡里的老师都找过我们了。"呷呷说完扭头就走,儿子拉莫也跟着走了。儿子不大说话,但也跟他姐姐一样,整天在自己面前闹着要读书。

子铁先是一愣,回过神,立马起身回屋,心里吃了一惊,想,谁来找过他们?

女儿抱怨道:"我们原先的同学一个个都回去读书了,为什么不让我们去?"

女儿呷呷和儿子拉莫都在翻看课文。屋里光线很暗。

站在门口的子铁想起今天一天都不顺,他有些气馁,语气也放低了,说:"读那么多书有什么用?最终还不是回家种地。"

"谁说没用?"女儿呷呷把书抱得紧紧地贴在胸前,目光坚毅地注视着父亲,"阿惹姐姐不是读了大学,现在当了村主任了吗?好多人读了书出去打工,工资也高。"

提起阿惹,子铁的气又上来了,吼道:"读书读书,把祖先的东西都丢完了!"

平常都不大说话的儿子拉莫也跟着说:"我们就是要读书!"

正在子铁与儿女争吵得不可开交时,抬头一看,阿惹和秦爱民已经站在门口,微笑着招呼他。心里本不高兴,但看见他们那笑脸也不好发作,便让他们进屋坐。

秦爱民递给他一支烟,主动聊起了工作上的事情。子铁没有

开腔,也不搭理阿惹。

秦爱民看了一眼阿惹,阿惹迟疑了一下,主动说:"子铁书记,我……我……对不起,我今天上午有点性急了。"

子铁还是没有看阿惹,但脸上的不快明显少了许多。

秦爱民哈哈笑道:"子铁书记不会那么小气,跟你一个小辈计较。"

看见阿惹进屋来,女儿呷呷放下书本与阿惹打招呼并挨着阿惹坐下,子铁扭头问道:"阿惹,哪个来找过他们说去读书的?"

阿惹想了想回答道:"前几天木乃校长到我们村来做辍学学生的入校动员工作,在山上我们碰见了呷呷。"

子铁语气不快地说:"你们这不是胡闹吗?我正准备给他们相一门亲呢。上哪门子学嘛!"

女儿呷呷一听父亲的话,立马昂起头,用坚定的眼神望着父亲,说道:"我要读书!"

"儿女的婚姻大事都是父母做主,这是祖上的规矩!"父亲愤怒地吼道,毫不退让。

呷呷气呼呼地一下就站了起来,拿起书本扭头走出门去,临出门撂下一句话:"要相亲是你的事,与我们无关!"

屋里的气氛一下陷入了尴尬。

子铁站在原地,嘴上连连说着:"反了反了!"

看着子铁书记与儿女闹成这样,阿惹有些手足无措地坐在那,心里却在想,是不是自己动员呷呷和拉莫去读书做得不好。但转念一想,让他们去读书是上级党委政府的决定,而且多读书是好事呀,难道还让我们的下一代愚昧、没有知识吗?但是看着子铁书记一脸铁青,阿惹不敢开口,也不知从何说起。

烟是和气草。看子铁手上又空了，秦爱民便又发给他一支，微笑着说："子铁书记，你不要生气，儿女要读书是好事呀。我儿子能够像他们这样争气就烧高香了。"

其实自己的儿子很懂事。

子铁把秦爱民发的烟放在一边，点燃自己的兰花烟，默默地吸着。

秦爱民把自己的烟点燃，语调平和，目光中充满希翼地看着子铁书记，继续说：

"我们都是为人父母的，都希望自己的儿女将来生活得幸福。现在社会发展很快，如果要想获得幸福的生活，没有文化知识，怎么能与社会交往，怎么让他们融入到社会中去？"

"子铁书记，我们工作队来这里的时间也不短了，通过大量的入户调查走访，对这里的情况、每家每户是什么样子，我们基本上是了解的。为什么我们这里的一些人过去吸毒，有些人得了艾滋病，最后弄得家破人亡？说实话，就是因为没有知识，很多人是文盲或者半文盲。俗话说，没文化真可怕。他们不知道毒品的危害啊！难道我们还要让我们的后代也走他们的路吗？"

子铁拿烟斗的手微微颤抖了几下。

秦爱民的一席话让在一旁的阿惹也陷入了深深的思考。

子铁身子从原先坐在火塘边的凳子上变成了蹲在地上。咂烟的速度也慢了下来。过了许久，他语气缓和道："秦队长，你可能不知道，我们这里过去女孩十四岁都可以嫁人了，呷呷都十六岁了，还没有找人家。拉莫也十五岁了。唉！"

阿惹犹豫地说："子铁书记，那是老观念了。现在国家的婚姻法规定女孩二十岁才能够结婚。"

"但我们诺苏不一样啊。"子铁的声音低沉而苍凉。

"有什么不一样的,都是中国人!"一直站在门口的女儿呷呷走了进来,大声说道。

子铁没有理会女儿,沉默着,眼睛望着远方,好远好远,仿佛穿越到了远古。

屋子里一片寂静,只有火塘和子铁嘴里咂烟的声音。

秦爱民从回忆中收回思绪,说:"子铁书记,你也知道现在上级对控辍保学抓得很紧,如果你的儿子和女儿都不带头上学,在老百姓中的影响很不好,你,还有村社干部以后怎么来开展工作?如果这项工作做不好,会影响到我们整个村的下一代。你说是吗?"

女儿呷呷一边往阿惹面前走一边气鼓鼓地说:"反正我和拉莫要读书。"

子铁看了看女儿,嘴唇动了动,没有说话,有些绝望地叹息了一声。

30

为了迎接下周一对村社干部和党员卫生情况的检查,阿惹发动父母和哥哥把家里房前屋后、厨房、厕所进行了一次彻底清理。这次活动阿惹十分上心。自己是村主任,必须带好头,做个好榜样。同时,她又抽出时间与工作队一道,到每一个村社干部和党员家里去查看情况,看看有没有行动起来,有什么困难。几天下来,总体情况不错。每到一户,看见的是他们把多年没洗的衣服、被盖等杂七杂八的东西都甩了出来，丢得一院坝都是。大人、小孩，包括老阿玛、阿普都在进进出出地打下手。看着大家都行动了起来，阿惹心里别提有多高兴了。而且最让她快乐的是，每到一家，老乡们都笑嘻嘻地迎接他们，甚至主动让他们检查有什么地方没做彻底。当他们指出来后，老乡们立马就改正。

明天就是星期一，该分组检查了。她从一名党员家里出来后，本来准备回家，但突然想起一直没到子铁书记家去，这也是她最担心的。不知道他家的卫生做得怎么样了。如果没有做好，后果不堪设想。

她急匆匆地往子铁书记家去。心想，如果做得不好，自己去帮帮忙，一定不能让他拖后腿。

当到了子铁书记家门外，阿惹就发觉情况不对。平常散养在外边的猪不见了？门也是新漆了的。往里面走，院坝干净整洁，原先满地乱放的柴、玉米秆、荞麦秆都整整齐齐地堆在远处的墙角。院坝中的绳子上晾晒着衣服、被单等。空气中散发着洗衣粉的香味。

"怎么回事？"她不敢相信自己的眼睛，满怀狐疑地继续往屋里走。

明亮的灯光把屋子照得通明，床上没有乱放的衣服，锅碗瓢盆都摆放在橱柜里。

"阿惹，来啦。"坐在火塘边的子铁书记微笑着招呼她。

秦爱民、高清德、刘新龙三个人也坐在那里看着她微笑。子铁书记的女儿呷呷在叠衣服，拉莫在一旁帮忙。

加上子铁书记，屋里的四大"烟枪"和火塘里冒出的烟，使整个屋子烟雾弥漫。

阿惹咳嗽了两声。刘新龙马上丢下手里的烟，站起来指着旁边的一个空板凳，喊道："阿惹，来，坐这里。"

阿惹也没推拒便坐了过去。

有一万个疑问在阿惹脑海中闪现，这到底是怎么回事？但她夸赞道："子铁书记，卫生搞得好呢。"

子铁指了指秦爱民、高清德和刘新龙，微笑道："是他们帮我干的。谢谢他们喽。"

阿惹扫视了坐在那的秦爱民、刘新龙、高清德，似乎在问："是真的吗？"

秦爱民笑着点了点头，算是回答。而刘新龙却望着阿惹笑，一副得意的神情。

"阿惹，明天就要检查卫生了，你感觉怎么样？"秦爱民问道。

阿惹笑得很灿烂，回答道："我这几天看了一些村社干部和党员的家里，应该没问题。"

于是大家把这几天跑的情况一一做了汇总。

秦爱民欣慰地点头道："看来情况还是在向好的方向发展。证明我们的党员、干部都很自觉。这次的检查很重要，这也是我们的党员、干部带头示范给老百姓看的。"

秦爱民突然看着子铁书记，问道："子铁书记，这次检查下来，对做得好的和做得差的还是按照我们村两委原定计划进行表扬和通报批评？"

子铁书记先是犹豫了一下，转头看了看自己家里，继而说："嗯，还是按照原定计划吧。"

然后他们又商量了如何分组、如何检查等具体细节。

商量好后，子铁书记一再挽留他们吃饭，但他们都推说这几天大家都太累了,就告辞下山了。

"秦队长,你们怎么让子铁书记把卫生搞那么干净的?"这是一直憋在阿惹心中的疑问,所以在路上她便问道。

秦爱民笑笑,指了指走在身旁的高清德,说:"这还是要归功于他。"

高清德只是笑笑。

刘新龙连忙解释了事情的来龙去脉,说道:"其实我们都知道子铁书记家的卫生差。前两天在会上我们都看出来他对这次活动内心十分抵触。高清德一直念叨他刚来时在他家吃了一段时间饭的好,很想报答一下,所以就主动说去帮他们家搞清洁。郑志因为禁毒工作上的事情太忙没有来,我们想,高清德一个人去帮忙肯定不行,所以都来了。干了两三天哦。"

刘新龙说完后,伸出双手在阿惹面前晃动,"看看我这'纤纤玉手'都起泡了。"

阿惹开心地笑着打了一下刘新龙伸出的手,道:"就你这个白面书生,早就该锻炼锻炼了。我看你还做少了。"

刘新龙只顾嘿嘿地笑。

"子铁书记的儿子和女儿上学的事情也解决了。"高清德在一旁说。

"真的?那太好了。"阿惹脸上洋溢的微笑更加甜美。

……

这一个月里,对村社干部和党员的家庭和个人卫生进行了检查评比,对好的进行了表扬和奖励,对每次检查的后三名每天在村广播上点名,在全村的老百姓中引起了巨大震动。

每次到村社干部和党员家去检查,周围的老百姓都来看热闹。哪家做得好,哪家什么地方没有弄干净,不一会儿,全村人都知道了。

被广播上点名的后三名可坐不住了,感觉在全村人的面前丢了脸面,男人在家里就骂自己的婆娘懒。老婆也不示弱,说你是男人,你为什么不做?最后,男人只有带起老婆、小孩一起干。

一个月下来,"洁美家庭"的活动进展十分顺利,取得了极好的效果。村社干部、党员之间好像比赛似的,都憋着一股子劲,生怕在村里丢了脸。

第一阶段顺利结束,第二阶段就是在全村的所有农户中开展。

驻村工作队员、村社干部、党员、所有的户主分成了四个检查组,每个组负责一个社。从宣传动员,到评比打分、奖品发放,甚至指导每家每户房前屋后卫生的整治。虽然进度很慢,由于有了第一阶段党员、干部带头的示范影响,老百姓都能够接受。

从活动开始到现在已经一个多月了,阿惹还是感到疲惫,回到家里,坐在火塘边与阿达、阿嬷聊了几句天就睡着了。哥哥还没回来。突然手机的铃声吵醒了她,一看是拉一的,就起身往外走。阿达问:"是哪个?"她说:"同学",但阿达的目光里充满了怀疑。

坐在院坝的屋檐下,望着天上的星空,听见拉一述说着对自己的相思之苦,也勾起了她的思念。因为有父母在家,阿惹也不敢长时间与拉一通话,匆匆约定星期六与拉一在西昌见面。

星期六一大早,阿惹就起来了,给阿达阿嬷借口说要到县城办事,就赶往西昌。

虽然这段时间因为"洁美家庭"的事情很忙很累,但一觉醒来,第二天又精神抖擞地满血复活了。

从家里出发,一路上看见村子里一天天发生着变化,阿惹内心有了小小的成就感。欣赏着沿途的美景,快乐得像只小鸟。

到县里下车,刚刚坐上到西昌的客车,就接到村文书吉米日洛的电话,说他"不干了"。

这让阿惹大吃一惊,问为什么,吉米日洛在手机里一时又没说清楚,而且手机里听见吉米日洛与其他人在吵架。

阿惹想,吉米日洛肯定遇到了什么麻烦事。如果他真的不干了,那就会增加这次活动的难度。现在村里的干部本来就少,而且大家的积极性好不容易调动起来,有了一个好的开端,如果吉米日洛不干了,会影响到其他人的情绪。

阿惹极不情愿地下了车,给拉一打了个电话,做了一番解释就又搭上返回木各尔乡的小面包车。

大凉山的太阳就是来得烈,隔着玻璃阿惹能够感触到它的滚烫。照在大山上,明晃晃的,也把这绵延的群山照得明亮。

看着车窗外飞驰而过的山谷、树木,阿惹心里涌现出一种悲凉!

拉一啊,我好想你。自从上次在西昌的邛海见面后,就再没有见过你了。这段时间,为了村里老百姓能摆脱贫困,我没日没夜地奔波,但我每时每刻无不思念着你。这次又因为突如其来的事情把见面给搅黄了。请你一定不要生气啊!自从当了这个村主任,很多时候都身不由己。拉一啊,每次遇见什么不开心的事情,我都会想起你,你可是我的精神支柱啊!你等着我,等我把村里的事情处理好,马上就来见你!请你一定等着我!

31

今天一大早,刘新龙和村文书吉米日洛就到负责的觉呷社,挨家挨户去督促、检查。前几家还算顺利,手把手地教他们洗脸洗手,与他们一起打扫卫生。但是到马海日古家却激怒了村文书吉米日洛。

原来当刘新龙和村文书到马海日古家时,已经日晒三竿。好不容易把门敲开,马海日古却还在睡大觉,而且他的老婆带着三个小孩躺在房檐下的一件查尔瓦上玩耍。一家人都是脏兮兮的,房前屋后、屋里屋外到处堆满了垃圾。苍蝇满天飞,臭气熏天。

吉米日洛好不容易把马海日古叫起了床,让他们两口子洗脸洗手、刷牙漱口、打扫卫生。但他们却都懒散地坐在那毫无动静。

刘新龙看不过去,拿起扫把就帮忙打扫院坝,吉米日洛也一边帮忙扫地一边喊马海日古两口子一起动手。但马海日古却躺在床上不动身,说,你们要扫就扫,不扫走人。吉米日洛听了后气愤地将扫帚一丢,就去指责马海日古两口子。马海日古也不示弱,讽刺说,你家的卫生,还有子铁书记家的卫生跟我们差不多,凭什么要让我们老百姓搞好。这可戳到了吉米日洛的软肋,于是转身就走,愤怒道:"老子不干了!"

马海日古还在那里不依不饶地说道:"我们诺苏就是这样的。"又转过脸看着自己的老婆,道:"你们还让我们的女人洗脸洗澡,你们就是我们诺苏的叛徒!"

吉米日洛更气了，转身几步就走出门外。

一看这情景，刘新龙没了主意，马上跟在吉米日洛的后面，说："吉米，你这样走了，我们工作怎么做啊？"

"怎么做？那是你们工作队的事。"吉米日洛脚步根本没有停下来的意思。

刘新龙知道劝不住，提醒道："那你给阿惹主任报告一下……我给秦队长报告一下，行不？"

吉米停下脚步，迟疑了一下，掏出手机就给阿惹打了过去。

当阿惹返回村里，来到马海日古家时，暂时被刘新龙劝住还没走的吉米日洛站在门外生闷气。

阿惹了解了具体情况后，走进了马海日古的家里，一边帮着打扫一边对马海日古进行了一番教育，但马海日古还是那几句话。

看见阿惹也受了气，刘新龙不乐意了，上前从阿惹的手上夺过扫帚丢在地上，说："走，别理他。"

马海日古露出一脸的愤怒，用彝语骂道："耶，跟个汉呷搞在一起了。难道我们诺苏的男人死绝了？"

阿惹脸腾地一下就红了，愤怒地看着马海日古。

马海日古不屑道："阿惹，你早就不是我们诺苏了。读大学？一个女人读那么多书干什么？看看你整天把自己打扮得花里胡哨的，就是个坏女人。我们诺苏没有你这样的女人！"

这可是阿惹从来没有遇到过的，愣在院坝，眼泪扑簌簌流了出来。

看阿惹被骂哭了，吉米日洛一下慌了神。刘新龙冲上去就要打马海日古，被吉米日洛一把抱住。刘新龙挣脱后，转身就给秦

太阳照亮大凉山 / 135

爱民打电话。

挂断刘新龙的电话，秦爱民找了个当地老百姓带路，找到马海日古家。

远远地看见秦爱民，刘新龙像看见了大救星般跑上前来，抱怨道："秦队长，这个工作没法搞。遇到这样的人！"

因为走得过急，又是一路爬山，秦爱民浑身是汗，双腿发软，口干舌燥。他走到门口的一堆干柴边，一屁股坐了下去。

受尽委屈的阿惹也气鼓鼓地来到秦爱民面前，告诉了他整个事情的经过。刘新龙和吉米日洛不断地插话，表达着对马海日古一家人的愤慨与控诉。

坐了一会儿，秦爱民感觉好多了。太阳快到半空，明晃晃地晒在身上贴身的烫。除了阳光发出的声音，四周静静的，连树叶都好像被这太阳晒得懒洋洋的一动不动。秦爱民望了望蓝蓝的天，站起来对阿惹说了句："带路。"

走进马海日古家窄窄的院坝，里面的乱象让秦爱民不堪入目。马海日古和他的老婆带着几个小孩围坐在一件查尔瓦上，躲在阴凉处悠闲地乘凉。秦爱民一言不发，拿起地上的扫帚就打扫起来。

阿惹、刘新龙、吉米日洛看见秦爱民只是闷头干活儿，不说话，一个个面面相觑，搞不懂秦爱民到底"唱的哪一出"。

秦爱民先把院坝扫了，又出去扫房前屋后的垃圾。阿惹、刘新龙、吉米日洛也极不情愿地跟着帮忙。经过一番打扫，马海日古家的卫生终于做完了。这时秦爱民走到马海日古面前，掏出香烟，自己点上一支，给马海日古一支，然后问道："马海，与打扫前相比，哪种舒服些？"

马海日古两口子咧开嘴只是笑。

虽然被骂了,但阿惹还是硬着头皮用彝语责备着马海日古两口子。

在与马海日古说了几句话后,秦爱民将阿惹和刘新龙、吉米日洛喊到旁边,说:"这一家你们来的时候,我也一起来。"

刘新龙还在生气地说:"秦队长,我们不要管这一家了,这么懒的人,有啥子帮的?"

秦爱民面无表情地说道:"小刘,我们可不能这么想啊。如果连他们的工作我们都做不好,后面的工作我们怎么做?我们就把他当成一块石头,看谁磨得过谁。"

阿惹虽然不情愿,但还是点着头,却不无担心地说道:"这也太难了。"

秦爱民微微一笑,说:"没事,我们一起做。"

在接下来的三天时间里,秦爱民每天都带着阿惹、刘新龙、吉米日洛早早地来到马海日古家,帮助打扫院内院外、房前屋后的卫生。马海日古一家人还是像第一天一样,在一旁懒散地晒太阳,或者躲得远远的。

每次做完以后,秦爱民都跟马海日古抽支烟,聊几句,虽然马海日古不怎么搭话,但秦爱民还是关心地问他们家里有多少口人、多少亩山林、有些什么收入来源……

第四天,当秦爱民他们去了后,被眼前的景象惊住了,马海日古家已打扫得干干净净。

刘新龙吃惊但不无幽默地说:"这是谁来帮忙搞的?难道还有其他的人捷足先登了?"

阿惹几步跨进马海日古的屋里,院内院外地检查了一遍,对

站在那抽烟的马海日古问道:"哪个来给你们搞的?"

马海日古嘿嘿地笑着,不好意思地低声回答道:"我们自己。"

看见秦爱民他们进来了,马海日古主动从包里掏出香烟发给他们。秦爱民还是像以前一样,坐在屋沿边,与马海日古拉家常。阿惹、刘新龙、吉米日洛都开心地围坐了过来。

原来,第一天,秦爱民他们帮着马海日古打扫了卫生后,周围的邻居都跑来看。马海日古两口子很得意,在大家面前炫耀道:"你们看,这是阿惹他们和工作队的帮着打扫的。"

人们在一阵哄笑声中散去。

第二天依然如此。

第三天,当秦爱民他们打扫完走后,邻居们又来了。当马海日古还在那口若悬河地炫耀他们两口子怎么骂阿惹的时候,一个叫马海布且的老党员站了出来,对着马海日古就是一通怒吼。

"我看是你们两口子给我们马海家支丢脸!年纪轻轻的不干活,还要村里和工作队的帮着你们干,你们没长手没长脚?要说丢脸,我看是你们两口子才给我们诺苏丢脸!"

看着一脸怒气的马海布且,马海日古两口子不敢开口了,因为马海布且是他们的长辈。两口子悻悻地回到屋里。

晚上坐在火塘边,马海日古对自己的老婆说:"你看我们是不是过分了?"

"有什么过分的?他们愿意打扫就让他们打扫。"马海日古的老婆吃着烤洋芋,回答道。

"人家这样天天来给我们做,在周围影响也不好。好像大家对我们也有意见。"马海日古语气低沉地说。

"怎么,你心疼阿惹了?"马海日古的老婆讥讽道。

马海日古一下就翻脸了，气呼呼地对他老婆吼道："你说啥子哟！人家阿惹可是清清白白的。不要张口乱说。"

马海日古的老婆一愣，顶撞道："不是你前几天还在骂她吗？怎么现在又说人家清清白白的了？"

马海日古马上连连否认："我可没有骂人家啊。你别胡乱说。"接着转移话题道："明天我们自己搞算了。你看我们村大家都是自己在搞。工作队的这些人对我们还是不错的，不能再让他们帮着我们一家搞了，不然人家会在背后骂我们的。"

马海日古的老婆没有说话，这几天她看在眼里，内心也有些不好意思，于是默默地点了点头。

在这几天相处的过程中，刘新龙发现阿惹总是心不在焉、心事重重的。

32

拉一在另一个县的乡小学教书。那天满心欢喜地往西昌赶，与自己的心上人约会，却在半道接到阿惹的电话，说村里发生了一件事情，自己必须马上回去处理，所以来不了了。

拉一听后肺都要气炸了，一股失望之情涌上心头，但听见电话里阿惹着急的声音，他又不忍心了，说他到了西昌后，再赶往阿惹的县城。

坐在通往阿惹县城的车子里，想着阿惹那娇美的面容，拉一从心底里高兴，思绪也回到了从前。

阿惹和拉一虽然不是同一个县，但却是高中和大学同学。在学校里,阿惹可是个大家都喜爱的女孩。不仅成绩好,人长得也漂亮,是个典型的彝族美人胚子。阿惹的追求者众多,拉一也对阿惹展开了猛烈的攻势,最后赢得了阿惹的芳心。

从西昌到阿惹的县城大约两个半小时的车程。在快到县城的时候,拉一又跟阿惹联系了一下,阿惹告诉他,让他在县城等着。等她处理完村里的事情后再与他会合。

到了县城已是下午三点多了。拉一在街上转了一会儿,就去了高中同学曲比家里。

曲比是他和阿惹的高中同学,现在在家待业。曲比的母亲是一名乡村教师,父亲是一名普通乡干部。老两口辛辛苦苦把儿女养大,口攒肚落地在县城买了一套住房。因为老两口都在乡村工作,距离县城又远,所以曲比在县城读高中时无暇顾及,也就由着他的性子在外面野,上网、打游戏,最后连个大专都没考上。近两年来也在县城的一些小公司打过工,都是不到三个月就喊累或因挣不到钱而辞职。现在整日就在家玩耍。让老两口欣慰的是有个女儿还争气,初中毕业考进了卫校,现在在县城的一家医院当护士。

"拉一,你还真有福气啊,阿惹你都能搞到手。"坐在沙发上,曲比递给拉一一支烟,嘿嘿地笑道。

拉一没接,不服气但明显带着自得意满地说:"啥子搞到手哟,别说得那么难听,我跟阿惹可是清白的。"

拉一看着曲比,正准备说些什么,门突然开了。

"哥哥,什么事这么高兴啊?"一位亭亭玉立的少女开门进来,手上提了个塑料袋,里面有肉和蔬菜。

看到陌生女孩,拉一局促不安地看着曲比。

"你今天怎么这么早就回来了?"曲比看着少女,淡淡地说,一看少女手里的菜,一下又笑容满面。

"今天轮班。"少女随手关上门,上前把塑料袋放在客厅的餐桌上,看了眼拉一。

拉一以为少女是曲比的女朋友,正欲起身打个招呼,曲比却在一旁说:"这是我妹妹拉西。"

"你是拉一哥哥吧?"拉西咯咯地笑着问道,因着这笑声,屋里一下明亮欢快了起来。

知道是曲比的妹妹,拉一放松了心情,笑问道:"你怎么会认识我?"

"我哥哥经常说起你,而且你以前也来过我们家。哥哥房间里还有你们俩读书时的合影呢。"说后又是一阵咯咯的笑声。

拉一被这笑声感染了,俨然恢复了老师的状态,问道:"你现在在哪里读书?"

"我呀,早不读了。哪像拉一哥哥有出息读了大学。"拉西眼里闪着光,声音里透着佩服地回答道。

拉一内心很是高兴,但客气道:"哪里哪里。"

拉西脸上又露出欢快的笑容说:"我现在在医院上班,当护士。"

拉一夸赞道:"都有工作了,能挣钱了,你真能干。"然后对曲比调侃道:"你这个当哥哥的可要努力呀。"

"好啦,我去煮饭,你们聊。哦,拉一哥哥,今天晚上就在这吃饭。"拉西一边说一边拿起餐桌上的菜就往厨房去,临了转身又说:"不准走哦。"

"我这妹妹该不会是喜欢上你了吧?"曲比瞅了眼已经走进厨

房的拉西，回头看着拉一。

"你说啥呢。"拉一脸色一下阴沉了下来，顺势给了曲比肩上一拳。也许是不经意的用力过猛，曲比做了个痛苦状，连忙笑着举手道："好，我错了；我知道你是非阿惹不娶。"拉一立马露出了孩子般的笑容。

"嘿，我说拉一，既然你那么喜欢阿惹，就大胆地追呗，别那么婆婆妈妈的。"曲比跷起二郎腿，又点燃一支烟。

拉一叹息一声，说道："在追呀。"

曲比哈哈笑道："拉一啊拉一，你那个也叫追？别给我们男人丢脸了。"

"那怎么才叫追？"拉一问道，对于这点，拉一也很懊恼，总感觉与阿惹有距离。

"比起给她发短消息、打电话，在这里死等，还不如直接就到她家里去。"曲比鼓励道。

拉一的头摇得拨浪鼓似的，道："你疯了吧，给我出这么个馊主意。不行不行，这样阿惹会不高兴的。而且我们已经约好了，她今天要来见我。"

在曲比家耍了没多久，就接到阿惹的电话，说她已经到了县城。拉一高兴地起身就往外走。

已经在厨房里煮饭的拉西出来问道："拉一哥哥，你要走？"

拉一说明了情况，拉西说："那你把阿惹姐姐叫到我们家来吃饭嘛，我这正在煮呢。"

拉一有些犹豫，又给阿惹打电话征求意见。

阿惹今天本来就为处理村里的事情很累了，不想在外面转，就同意了。

拉西高兴地又回厨房准备饭菜去了。

当天晚上,阿惹和拉一在曲比家里吃完饭后,几个人玩耍到深夜,也就住在了曲比家。

阿惹和拉西住在一起,拉一和曲比挤在一张床上。

第二天一早,阿惹就回了村里。头天晚上,拉西总是喜欢问一些关于拉一的事情,而且眼神时而闪着光芒,时而陷入沉思。尤其是每次看见拉一,阿惹隐约感觉到,拉西眼神流露出不一样的东西,而这只有女孩子才能够发觉。

……

33

"各家各户马上到村委会来领核桃树苗了。"村委会的喇叭里不断传出乡林业员史扎石者的彝语广播。

秋季植树的时节到了,县林业局给每家每户发放了一批核桃树苗。

木扎瓦扎村的村委会坝子上堆积了如小山般的核桃树苗。已经广播了半天,还没有一个人来领。看着烈日下被晒得蔫蔫的苗子,史扎石者焦急万分。

因为要给农户发放树苗,工作队和村里的干部也都在村委会帮忙。

县林业局一早就把苗子送了来,以为会是忙碌的一天,没想到却是这番景象。

怕被太阳晒死,大家时不时给苗子淋上水,以保持其生

命力。

"不用喊了。不会有人来领的。"文书吉米日洛招呼着口干舌燥的史扎石者。

史扎石者喝了口水，抱怨道："不知道县里是怎么想的，还发啥核桃树苗嘛，核桃都卖不出去，哪个会栽哦？"

文书吉米日洛坐在坝子上的石头上，说："有些农户都在砍核桃树了。"

"怪不得我们入户的时候他们都给我们拿出核桃来让我们吃。原来卖不出去呀。"刘新龙一边浇水一边说。

阿惹看着满地的核桃树苗，叹着气。

是啊，在工作队来了以后，入户走访的时候，每到一户，他们都会端出一些干的或者新鲜的核桃让队员们吃。刚开始，大家认为核桃是很贵重的东西，在外面要卖十几二十元一斤。所以都客气地拒绝了，不敢吃，因为这是老百姓家里一笔可观的收入啊。但是禁不住每家每户都这样，不仅让他们吃，而且在临走时还追着往队员们的包里塞。所以现在他们住的寝室里面放了很多吃不完的核桃。

"阿惹，村里有没有集体林？"看着坝子上堆积的核桃树苗，秦爱民问道。

"有一片，就在山那边。"阿惹指着村委会旁边的一座山，回答道。

"我倒有个想法。"秦爱民说。

大家都望着他。

"石者，我们把树苗都栽到集体林里面去，行不行？"看着焦头烂额的史扎石者，秦爱民问道。

史扎石者叹息一声，失望地挥了挥手，说："怎么处理都行，只要别让这些苗子晒死了就行。太可惜了！"

"阿惹，那你赶快通知村社干部和党员，今天下午到集体林栽树。我们工作队也全体参加。"

当把核桃苗栽完已是傍晚。

木各尔乡的集市是每十天逢一场，逢八。第二天就是赶集日。

出于好奇，秦爱民第二天一早就把刘新龙喊起去赶集市。

集市在距离乡街道大约两三里地的河边，也是在木扎瓦扎村委会约一公里的下面。说是集市，其实就是一个河滩地，在地势稍微平坦的开阔处。毗邻省道。

每逢赶集日，老百姓从四面八方过来，集中到这里。小商小贩们也将各种各样的商品，比如锅碗瓢盆、日化用品、衣服裤子、糖果瓜子等，都拉到这里来交易。也有炸洋芋的、炸油条的。当然少不了核桃、荞麦等农产品。很多附近的老百姓怀揣一只鸡，或者牵上猪牛来卖。

太阳就像秦爱民他们一样早早就从山背后爬了起来，照得彝家山寨清秀亮丽，空气一尘不染。

"这真是洗肺的好地方啊！"想起外地城市里浑浊的空气，秦爱民不由得感叹道。

来自城市的刘新龙更是对污染深有感触，也说："是啊，在这里生活，人的寿命都要长很多。"

集市占地约两三亩地大，开放式。四周零星修建了一些低矮的平房，因为年代较远，显得十分破旧，加上在省道旁边，日积月累的灰尘覆盖在屋顶上，黑瓦上面落了厚厚的一层灰，颜色已经变成了灰色，零星地长着小草。

太阳照亮大凉山 / 145

在市场中间有一棵大槐树,粗糙的树皮裂开一道道拇指宽的口子,每一块树皮的边缘都十分锋利。

出了市场顺河流往下不远处就是一片树林,大大小小的树木间杂其间,这是牛羊马交易场所。每到这天,牛羊马贩子都来到这里,躲在树影下,用他们行内独有的方式交流、交易。

秦爱民和刘新龙来的时候,集市里已经有许多商贩在从容不迫地支起帐篷,搭着台子,摆放商品了。

卖衣服的在地上铺一张宽大的塑料薄膜,将花花绿绿的各种款式的衣服、鞋子摆在上面。卖凉粉的在地上支起一个摊位,凉粉、各种调料一应俱全。还有炸土豆条的,油锅、纸碗、辣椒面早已准备就绪。还有些当地彝族老百姓背着想卖的农产品,比如核桃、花椒等,走进市场,随意地找一个空位置放下,或蹲或席地而坐地等着人来买。

商贩们有专业的叫卖工具——喇叭。而卖东西的普通老百姓与他们相比就散淡多了。年老的无论男女,都悠闲地默默地抽着兰花烟,年轻的则相互间嘻嘻哈哈,甚至开着玩笑。

渐渐地,太阳照在集市的上空。赶集的人也越来越多,越来越热闹。

秦爱民和刘新龙在人头攒动的集市上溜达了一圈。那些商贩们和当地的彝族老百姓看见他们,都露出陌生与诧异的眼神,因为从他们的皮肤、相貌上一看就知道是"汉呷"。在这里,"汉呷"是极少见的。

大槐树下,有两个卖核桃的人。秦爱民直接走到一位戴着黑色头巾、抽着兰花烟蹲在地上的老大爷面前,从背篓里拿起几个核桃看了看,问:"大爷,多少钱一斤?"

老大爷站了起来，只是看着他们，没有任何反应。刘新龙又重复地问了一句。老大爷可能明白了他们的意思，虽回答了一句，但他们也听不懂。

秦爱民于是把头转向旁边的一个年轻的妇女，意思是让她给老大爷翻译一下。年轻妇女就对老大爷说了彝语，又回头对秦爱民说："他说一元钱一斤。"

年轻妇女的汉语带有浓重的彝腔，秦爱民虽然大致听明白了，但对这价格心里产生了极大的疑问，露出吃惊的神色，问："多少？"

"一元。"年轻妇女再次回答，竖起一根指头。

如此之低的价格出乎秦爱民的想象。

刘新龙在一旁问道："这核桃好不好吃哟？"

"好吃呢。"年轻妇女爽快地回答，从自己的背篓里拿出几个核桃分别递给秦爱民和刘新龙，让他们尝尝。他们摆了摆手。

老大爷一看，也急忙拿了几个。他们还是没接。

看见老大爷和年轻妇女有些急了，秦爱民便说："你们每家给我称五斤。"

买好核桃，两个人一人提了一口袋，又在集市上转了转，因为提着东西，便回村委会了。

第二天，他便到乡政府，找到党委书记海来，想要了解一下全乡核桃的总体情况。

海来书记坐在办公室喊来林业员史扎石者。史扎石者挠挠头皮，为难地说："我们也没有具体统计过。反正这几年栽了很多。"

"哦哟，这个核桃呀，上面发动我们种植好多年了，多得很！"海来书记摇头叹道。

"前几年价格还可以,要卖七八元一斤。从去年开始就不行了,只卖三四元。今年更不行了,差的只能卖几角。唉!"史扎石者想起这几天在各村发树苗的艰难,叹息道。

秦爱民还了解到,木各尔乡和周围几个乡的核桃品质是凉山州最好的。所以这里祖祖辈辈都喜欢在房前屋后栽几棵核桃树。既可以招待客人,又能够卖钱。在价格高的时候,甚至是一家人一年的柴米油盐钱。

"难怪到处都看得见几个人合抱那么大的核桃树。"秦爱民想起下村时的情景。

"你们了解这个做什么?"海来书记突然问。

"我想能不能帮老百姓把这些核桃卖出去。"秦爱民有些犹豫地回答,因为他心里没有一点底。

海来书记先是一阵呵呵呵的笑,然后给秦爱民和史扎石者各发了一支烟,自己点燃后,说:"好,好。你们外面来的人办法多,帮我们想想办法。"

"海来书记,我们乡政府能不能牵个头,把全乡的核桃从面积到数量、品质、品种做一个彻底的调查。"秦爱民建议道。

海来书记一听,放缓语气说:"这个还是你们工作队来做……你知道,我们乡政府的人手太少了,连正常工作都应付不过来……"

看到海来书记一副为难的样子,秦爱民沉思一下,说:"也行,但你要安排村社干部协助我们工作队一起来做。不然摸不到真实情况。"

海来书记开心地嘿嘿笑了,连声道:"好好好。你是乡综合帮扶工作队队长,完全有这个权力安排村社干部。"

阳光笼罩着大地。木各尔乡政府虽然破旧,但在阳光照射下泛着新光。坝子中央的白玉兰树下洁白的花朵落满一地,有几个来办事的戴着头巾的彝族老百姓悠闲地坐在树下。

政府办公楼的二楼是一个开放式的通道,秦爱民一边下楼一边思考着下一步该怎么办?

34

政府发动老百姓种出来了,现在东西却卖不出去,没有经济效益,"谷贱伤农"。农业产业的发展需要时间,更需要调动老百姓的积极性。如果引导不好,将来老百姓怎么能够信服我们的政府?我们为什么不把花费了多年心血的产业继续往深里再推进一步呢?

但是怎么前进?方向在哪里?

说起来容易做起来难。看着围坐在乡政府院坝里的那棵白玉兰下的老百姓,秦爱民也很茫然,一种心痛涌上心头。听说乡政府办公楼马上要在原址上拆了重新修建。走出乡政府,他又回望了一眼阳光下的乡政府。

回到村里,秦爱民立马给一同来凉山开展脱贫攻坚的几个朋友分别打了电话,询问他们所驻乡村有关核桃的情况,得到的回答与木各尔乡的情况差不多。怎么去解决核桃滞销的问题,都没有想出好的方法。

时间不等人啊!秦爱民想起老百姓家里大量已经成熟的核桃,坐立不安。这可是老百姓的心血啊!如果卖不出去,损失的可是他们白花花的真金白银啊!哪怕多卖一斤,也可以多增收几元。一棵树结上百斤呢，如果全部卖出去，就是几百元。十棵树就是几千元。几千元，对于一个家庭来说可是一笔可观的收入啊！是一个大学生一学期的学费，是生病住院的医疗费，是几亩地的种子、农药、化肥钱……

正在秦爱民坐在床沿陷入沉思的时候，手机收到短消息的提示音响了一下，他掏出手机一看，是一条快递信息。因为来凉山时走得匆忙，没有带多少衣服，妻子给他寄了几件换洗的衣服。乡里没有站点，所以寄到县里的。

还没有等他把短消息读完，一个念头突然在脑海中一闪而过。

"电商"！对，电商！这个想法一旦跳跃出来，让秦爱民的身躯犹如被电击了一下，猛地一抖，心也收缩了一下，嘴里兴奋地发出"嗬"的一声。

为什么不用这种方法来推销我们这里的核桃呢？如果一旦在互联网上打开了销路，那可就一通百通，老百姓的产品销路就不愁了。

秦爱民像发现了新大陆般一下从床上弹了起来，快步向门外走去。一抹阳光照过来，他连忙用手遮挡在眼前，"好大的太阳！"然后折身往旁边的房间走去，他想看看有没有其他队员在。

村委会空无一人。他有些嘲弄般地对自己微微一笑，他知道其他队员都入户去了，他主要是想分享一下自己对这一想法的快乐，同时还想得到他们的肯定。

快乐总是短暂的，还没等快乐延续多久，新的问题又爬上了秦爱民的心头。

怎么办电商？这可是自己过去从来没有涉猎过的新鲜事情。

不说对电商是陌生的,自己连电脑都不是很熟悉。

还有更关键的问题是,做这件事情是需要资金的啊,工作队就是一个除了几个队员别无他物、两手空空的空架子。"唯精神而已!"这是队员们在一起时常调侃的话语。但是他坚信,精神比黄金更珍贵!

这时他又想到了乡政府,只有乡政府才能够解决资金上的难题。想到这,他立马给海来书记打了电话,说要向他汇报一件事情,海来书记还在乡政府,问他"什么事",他说电话里不方便,要"当面汇报"。

钱的事情,电话里是说不清楚的,而且容易被拒绝。这是秦爱民多年的工作经验。

挂断电话他就直奔乡政府。他像年轻小伙子一般一路小跑着从小路下山。在一个陡坡处,因为没注意脚下,他一个趔趄,身子一歪,脚踝发出"咔"的一声。

脚崴了!

他痛苦不堪地坐在原地休息了十多分钟。这十多分钟,他感觉好长好长。他一边揉着脚踝一边不断地责备自己,真应验了那句"正拜堂,脚抽筋"。

当他一瘸一拐地到了乡政府,忍住剧痛走上二楼海来书记的办公室。刚一进门,秦爱民就看见一个高个子、戴眼镜、皮肤黝黑的中年男子也坐在里面。中年男子看见他后,热情地将身边的椅子拍了拍,爽朗地笑着招呼道:"秦队长,来来来,坐坐坐。"

"牛县长。"因为上次和木子主席到他办公室去过,所以认得,便礼貌地打招呼,微笑着坐了过去。

他没想到会在这里碰见牛副县长。

太阳照亮大凉山 / 151

"是副县长，哈哈哈。"牛副县长快乐地纠正道，"我们这里的条件与外面相比可差多了哦。肯定还不习惯吧？"牛副县长关心地问道。

看着牛副县长如此平易近人，那快乐的笑声感染着他，秦爱民也微笑着回答道："没什么，我们凉山几百万人都能够生活，我们有什么不能过的？"

"好好好。"牛副县长有些激动地从香烟盒里掏出一支烟递给秦爱民，并帮忙点上，继续说："秦队长，有什么困难，你尽管告诉我。"然后转头对海来书记说："你们党委政府要尽量给工作队创造工作条件，在生活上多关心。"

海来书记支支吾吾地答应着。

秦爱民一想，牛副县长也在这里，于是把自己要办电商的事情做了汇报，同时也提出了现在面临的问题。

"什么，你们要搞什么？"海来书记一头雾水地看着秦爱民。

还没等秦爱民进一步解释，海来书记好像反应过来了似的说："秦队长，是不是要用钱哦？你知道我们乡政府可没有钱哟，哪来的闲钱给你们去搞那些名堂哟。"神情严肃，脸色也不大好看了。

海来书记把基调一定，秦爱民就有些说不下去了。

可能发觉自己的话有点绝对，海来书记又问："你们那个东西能不能真的把我们这的核桃卖出去？你敢不敢打包票？"

这一下可把秦爱民问住了。是啊，即便有钱拿出来，真的能把老百姓的核桃卖出去？谁敢打这个包票?！到时候别没把核桃卖出去，反而还损失一笔钱，那可就得不偿失了。

"我说秦队长，你们工作队的主要精力是要把我们乡里和村里迎接上面检查的各种软件资料搞起,不要去东搞西搞的。"海来书记看着秦爱民,口气中略带责备。

秦爱民十分委屈地正想争辩,坐在一旁一直没说话的牛副县长突然开腔了,说道:

"海来书记,你不能这样说,我听说我们工作队来了后搞得有声有色,尤其是在木扎瓦扎村的'洁美家庭'活动就搞得很不错,党员干部和老百姓的积极性都调动起来了。海来书记,我们要多学习工作队新的观念、工作方法和作风。我们过去干工作的老一套做法已经适应不了新形势的发展了。"牛副县长的语气越来越重,"脱贫攻坚的责任主体是我们当地党委政府,而不是工作队,你们不要把什么事情都往工作队身上推……"

秦爱民感到气氛有点火药味,便在牛副县长说话的间歇想插话。牛副县长夹着烟的手在空中一挥,有些激动地说:"秦队长,他们的德性我清楚!"然后转头看着秦爱民,问道:"你说的电商我看很好,帮老百姓把产品卖出去是一件大好事,我们必须大力支持。大概需要多少资金?"

秦爱民犹豫着说:"一两万元是需要的吧……"

被牛副县长批评了一通后,海来书记有些郁闷,但一听说要用钱,便呵呵笑道:"我刚才就说了,我们乡政府可没有钱哦,就看牛副县长了。"

牛副县长一时语塞。秦爱民当然听得出这是海来书记在将牛副县长的军,内心很是愧疚地看着牛副县长。但他马上想到了一个办法,便道:"牛副县长,我倒有个建议。"

牛副县长信任地立马点头说:"秦队长,有什么建议,你说。"

秦爱民说:"我想给县综合帮扶工作队的领导汇报一下,看

他们能不能帮忙解决?"

牛副县长想了想,道:"行。我陪你一起去。"

县委大院是苏式建筑院落。临街往里走是条不太宽也不太长的小道,容得下一辆大车通过,两旁是参天的柳杉。一进入大门就豁然开朗,一片开阔地映入眼帘,除中央砌有一个小小的喷泉水池外,还有各色高大乔木。四周分布着几栋砌着灰砖的楼房。

县委各个部门分别在不同的楼房里面。县委主要领导的办公室是在最里面的一栋,楼檐口正中央书有五个红色毛体大字"为人民服务"。

在县委副书记、县综合帮扶工作队队长办公室,秦爱民和牛副县长都坐在里面。

成副书记在认真听取了秦爱民关于准备在木各尔乡建立电商的汇报后,放下手中的笔,沉思良久,说:"这是好事,我们工作队如果只是忙于帮助乡镇、村搞一些软件资料,而没有前瞻性,那就没有发挥出应有的作用。对于你们提出的搞电商的事情,很不错,能够实实在在地为老百姓增收,打通凉山与外部市场的渠道。我们县工作队大力支持。"

说到这,又呵呵一笑,看着牛副县长,有些为难地说道:"但是,牛副县长,你知道我们工作队是一无枪二无炮,空架子喽。不过,你们等一下,我找位'财神爷'来。我们一起来商量怎么把这件事情做好。"

说完后,立马拿起桌上的手机给一个人打了过去。完事后,成副书记笑着解释道:"我请宁副县长,也是县工作队的副队长……哦,秦队长,宁副县长还是你们那儿派来的呢。"

秦爱民恍然大悟,对,宁副县长可是对口帮扶指挥部的指挥长呢。来这里后，他还专门到村里看望过驻村工作队员。

在等待宁副县长的空歇，秦爱民才认真观察了一下传说中的成副书记。个子不高，不到一米七，头发稀疏，额头很高，语调平易近人，但精神十足。

大约等了十多分钟，一阵"噔噔噔"的有力的脚步声由远及近，成副书记笑着说："宁副县长来了。"

话音刚落，一位身材魁梧高大、脸阔、发短而立、双目炯炯有神、穿着蓝色西装的中年男子已经到了门口。

刚进门就哈哈笑道："成副书记，有什么吩咐？"看见牛副县长也在这里，便又招呼牛副县长，并看了一眼坐在那的秦爱民。

三位领导都在这，秦爱民礼貌地坐在那儿，等他们寒暄。成副书记直奔主题，将秦爱民他们准备发展电商帮助老百姓卖产品，但现在苦于没有启动资金的困难一一告诉了宁副县长，"宁副县长，你知道，我这里可没有钱啊，所以只有请求你支援喽。"

宁副县长的目光再次聚焦到秦爱民身上。看见家乡人，秦爱民感到很是亲切。他正准备打招呼，宁副县长哈哈一笑，道：

"有成副书记指示，又是为当地老百姓办好事实事。没问题的，那先从我们对口援建资金中给你两万，你看怎么样？"

还没等秦爱民回答，他又紧接着说："本来还可以多点，但现在指挥部资金也很紧张……这样，后面实在不够了，我们再想办法支持。"

一听这话，成副书记、牛副县长都开心地笑了。

秦爱民心中如释重负，连声感谢着几位领导。

"有什么感谢的？我们应该感谢你喽。"宁副县长快人快语。"秦爱民，这电商可不好做啊。但是你们大胆地干，即便错了、

亏了,至少我们迈出了第一步。"

据宁副县长介绍,指挥部一直打算在全县找一个发展电商的试点乡镇,但没有人接手。"没想到你们主动干。"宁副县长连说了几个"好"。

告别了三位领导,从县委大院出来,秦爱民走在街上,心情好极了。看着一个个皮肤黝黑、高鼻的典型的或来来往往或者三五成群蹲在街道边的彝族同胞,秦爱民内心对他们充满了亲切感。

坐在回村的车上,看见沿途的风景,这是来凉山后,第一次感觉到这大凉山的风景是这么的美。面包车内的彝族同胞是那么的可爱,原先闻见彝族老年人身上的味道就让人不舒服,而现在秦爱民却感到是那么的熟悉。

车子在山谷中颠簸着前行,河流也伴随着公路时左时右。秋天的太阳照在河床里,河水泛起粼粼波光。

为了尽快让大家分享到这一令人振奋的消息,秦爱民一下车就直奔村委会,但村里空无一人。

他坐在自己的床上,点燃一支香烟,像一位学生考了第一名般控制不住地笑了。

但新的问题又跳了出来:下一步要怎么干?如果干不好,可就辜负了众多领导的信任,这可不是儿戏啊!

等到下村调查核桃产量、质量的阿惹和工作队员都回来时太阳已西沉,寒气袭了上来。

在做好饭,围坐在寝室里面吃饭的时候,秦爱民把最近这几天跑电商的情况告诉了大家,大家一阵欢腾。

"各位,我们不要高兴得太早了。"秦爱民可高兴不起来,端着面碗，给这欢腾的场面泼了一盆冷水。

大家都不知道发生了什么，面面相觑。"现在的启动资金有了……但接下来怎么干？"秦爱民一字一顿地说。

一阵沉默后，大家七嘴八舌地给出了各种各样的建议。秦爱民几下把碗里的面条刨干净，说："明天我去找海来书记商量。"

晚饭后，阿惹要回家。看着天色已晚，大家都不放心，于是提出来送送。刘新龙自告奋勇，阿惹没有推拒，但又执意邀请秦爱民一起。

渐入深秋，白天越发的短，而夜晚来得越来越早。这时的夜空一片漆黑，连星星的踪影都看不见。

"阿惹主任，我感觉你这几天有心事。"半道上，拿着手电筒走在最前面的刘新龙回头看了眼阿惹，问道。

"没有呀。"阿惹立马否认，但雪白的脸蛋还是"腾"的一下红了，只是在这夜色的掩护下，不明显罢了。

刘新龙也就不便多问，但是他知道，自己猜测的应该不会错。

当把阿惹送回家，在回村委会的路上，刘新龙再次说："秦队，阿惹好像有心事。"

秦爱民微笑道："怎么，担心了？"

刘新龙轻轻地点点头，"嗯。"

秦爱民提醒道："小刘，你要了解清楚阿惹有没有男朋友，免得引起不必要的误会。虽然恋爱是自由的，但你也清楚，这里的情况和外面不一样。"

往前走了一段路，刘新龙突然转头笑着问："秦队，我把你床上的那本书看完了，很感人。还有没有可以推荐的书？"

秦爱民欣慰地点点头，说："有呀。建议你再去看看金一南写的《苦难辉煌》。看看我们党的初期建设是多么艰难啊。"

……

35

阿惹进屋时，阿嬷和阿达围着火塘烤火。她打了个招呼就直接进了自己的房间。

哥哥木加没在，估计又是跟阿依在一起。

阿惹的举动让父母有些奇怪。母亲跟了进来，心疼地抚摸着已经躺在床上的女儿，"怎么了？哪里不舒服？"

"没有。阿嬷……你去烤火嘛。我……只是有点累……"阿惹本来想跟母亲说说与拉一的事情，但临了又改变了主意。

知女莫若母，母亲感觉女儿有心事。这么大的姑娘了，最大的心事莫过于情感方面。自己又没有文化，不知道怎样来劝，只是坐在床沿边，凝视着女儿不说话。

阿惹侧过身子，轻轻地伸出双臂搂着阿嬷的腰，将脸贴在阿嬷的大腿上，默默不语。这里是她的港湾，枕在这里，她内心是平静的。小时候枕在这里总会慢慢睡去。

母亲坐了一会儿就出去了。

耳旁除了外面火塘里"噼啪"的火炭偶尔爆破的声音，便是父亲与母亲商量哥哥的事情。

躺在床上，想起拉一今天对自己的态度，阿惹陷入了深深的沉思……

近段时间，阿惹把主要精力都投入到了与工作队一起在全村开展"洁美家庭"上,看见村里的老百姓家家户户一天比一天干净,阿惹心里有说不出的快乐。连"懒汉"马海日古现在都主动申请成为监督员,而且是最积极的。她渐渐地发觉自己的家乡越来越美了。早上一边往村委会走一边欣赏着木扎瓦扎村美丽的风景。

漫山遍野的树木中深绿色树叶中夹杂着成片成片红的、黄的叶子,颇有"万山红遍、层林尽染"的气势。山坡上已经收割的玉米秆、荞麦秆一小垛一小垛地捆绑着,矗立在地里,远远看去,就好像一个个披着查尔瓦席地而坐的彝人,聚在一起拉家常……

阿惹像一只快乐的小鸟往山下飞。突然她想起好久没与拉一联系了,好想将眼前美丽的景色与他一起分享,好想将村里的变化倾诉给他。于是拿起手机就给拉一打了过去,没有回应,她又连续拨打了两次,都无人接听。

在失望中,阿惹挂断了电话。她估计拉一可能在上课,一有空就会像往常一样很快给她回过来。

来到村委会,秦爱民已经在煮饭了,高清德、郑志正在洗漱,刘新龙还赖在床上。阿惹跟在秦爱民后面,说要学学他的手艺,并一边商量今天要开展的工作。虽然嘴上在与秦爱民聊着天,但心里却一直牵挂着拉一怎么没有回电话。

吃完早饭,秦爱民到乡政府办事去了。有心事的阿惹就跟刘新龙、郑志、高清德他们一起下村了。在下村的途中,她又给拉一打了一次电话,拉一虽然接了,但只说了句"我现在很忙",又问道:"有什么事吗?"冷若冰霜。

一股寒意灌进了阿惹的心房!从拉一的语气中她分明体会到

太阳照亮大凉山 / 159

了一种从未有过的距离。还没有等她回答,拉一就把电话挂了。这可是从来没有过的啊!到底怎么了?本来想再打过去,但因为一整天都跟工作队一家家地入户,也就作罢。

在外面火塘边的父母都去睡觉了,整个家里安静得出奇。阿惹躺在床上却辗转反侧,毫无睡意。伤心,失落,继而变成了愤怒。但是过了一会儿,又重回伤心。

"难道他嫌弃我在农村吗?"阿惹再一次思索着拉一对自己冷漠的原因。"不会,他不是那样的人。"

女人是敏感的,更别说正处于青春年华的阿惹。

哥哥还没有回来。按照父母安排,还有两个月哥哥就要跟表妹牛牛结婚了。虽然哥哥一直不同意,但又拗不过父母。

哥哥曾经想带阿依出去打工,被母亲发现了。母亲哭着说,"你只要出去,我就死在你面前。"这可是大逆不道啊!彝族人啊,婚姻必须听从父母的安排,祖祖辈辈都是如此。

越想心里越烦躁,阿惹一下坐了起来,披了件查尔瓦,干脆轻手轻脚地出了门,来到院坝里,坐在屋沿边,凝望着夜空中那一轮寒月,露重霜起……

美丽的夜色啊,在你的光辉下有人因为爱情睡不着觉,还有人因为事业而难以入眠。

在木扎瓦扎村村委会还有一个人也睡不着,那就是秦爱民。

白天关于电商的事情已经迈出了一大步,但是下一步如何走,看着鼾声四起的刘新龙睡得挺香,秦爱民披衣起床走出房间。明亮的月光洒在群山之中,让绵延无尽的山脉笼罩着一片清凉。

怕自己的响动影响其他队员休息,秦爱民慢慢地踱步到稍远的坝子的尽头。那里是新选址的村委会办公楼。砖头、水泥、钢材堆放一地。他坐在一堆砖头上。

人是需要激情的，但更需要理智和冷静。在人生中经历过无数次困难考验的秦爱民，面对困难从来没有害怕过，更没有退缩过。恰恰相反，他反而充满了激情与斗志！

但是，每次在困难面前，他又是最冷静的，因为他知道，光有激情是不够的，还需要解决问题的办法，而这就需要胆识与智慧！

在这深山里的秦爱民，冷静地梳理着整个电商发展的来龙去脉，渐渐地，一个大胆的想法在头脑中形成。这个想法对于人、财、物皆空的工作队来说足够"大胆"了！他兴奋地做出了只在电影电视上看见的一个潇洒的动作——将手上的烟头轻轻地往空地上的远方一弹，闪着红光的烟头在夜空中划出了一道美丽的弧线。

山下河谷的河水发出淙淙的声音，在这静谧的夜晚显得那么的清脆。

……

"什么？你要出去考察？"在办公室的海来书记眼睛瞪得大大的，盯着坐在旁边的秦爱民。还没等秦爱民回话，又道："哪来的钱？我上次都说了，我们乡政府可没有钱，更别说拿钱出来给你出去考察啊！"

秦爱民于是把县综合帮扶队和宁副县长支持的两万元情况做了简要汇报。

一听说有钱了，海来书记神色一下就变了，立马嘿嘿笑道："那还差不多。你打算到哪里去考察？"

太阳照亮大凉山 / 161

"我准备到成都、乐山、眉山、西昌这些地方去看看核桃市场情况……"秦爱民将自己的想法和盘托出。

"你一个人去?"海来书记表情马上又变了回去,一边抽烟,眼皮耷拉下看着桌子上的文件,问道。

"我想再把木扎瓦扎村的阿惹带上,让年轻人多出去看看,多了解了解外面的市场,开阔一下眼界,对以后的发展有好处。"秦爱民解释道。

"……这个钱是你要来的,按道理说我不该干涉你的安排……但是,你说的这个电商如果没有我们党委政府的支持,你们能搞起来?"说到这儿,海来书记的目光从文件上抬起来,又掏出一支烟递给秦爱民。

秦爱民已经听出了海来书记的弦外之音,笑着说:"这么大的事情,当然得请书记您带队才行喽。"

海来书记迟疑了一下,立马露出了笑容,道:"好嘛。既然你请我去,我作为党委书记应该支持。什么时候出发?哦,秦队长,我可不懂什么电商。具体工作只有你负责喽。我嘛,跟着去看看外面的世界就是了……一切听你安排。"

在出发前,秦爱民跟其他队员商量了搞电商的分工。前期的准备工作就只有交给刘新龙、郑志和高清德他们了。

两天后的晚上七点,秦爱民、海来书记、阿惹三个人吃了晚饭,坐上租来的一辆面包车,在茫茫夜色中,直奔山外。

面包车在狭窄、弯曲的公路上疾驰。两边是刀劈般的山势,河谷是金沙江上游,越往下走水面越宽,水流越湍急,夜色也越来越深。

坐在车上,听见前面已经发出轻微鼾声的海来书记,耳朵里听见金沙江水"啪啪"地拍岸的声音，秦爱民感觉这次出去考察市场的前景犹如这辆在黑夜中、在茫茫群山中奔驰的面包车，虽然前方有车灯，但在这夜幕中，如大海中的一叶孤舟……

36

第一天在沐川，第二天到眉山，第三天到乐山，最后一天到成都。考察队马不停蹄，早上六点出发，晚上十一二点左右才能够休息。每次吃饭都是在路边摊上囫囵吞枣地吃点，然后又到下一个市场。更要命的是这几天天气还异常闷热，正是晒"秋老虎"的时节，这对于常年生活在大凉山的海来书记来说更是痛苦不堪。

阿惹却早已适应了这炎热的天气，只是好久没出来了，新奇地在市场上东瞧瞧西望望。但是她把更多的精力放在了跟秦爱民调查市场行情上，随时在小笔记本上记录着。有时候还把市场上的核桃用手机拍照。

海来书记简直受不了，一路上不停地抱怨："唉，出来太受罪了！""这天气，还是我们凉山凉快。"

天气虽然炎热，但秦爱民的心却随着一个个市场的考察越来越冷。

最后一天，在成都的一个农贸市场上，秦爱民走到一片堆码着如小山般的核桃市场中，来到一个皮肤黝黑、满脸皱纹的中年男子商贩前，抓起一把核桃，问："多少钱一斤？"

"五元。"中年男子满脸堆笑，热情地上前招呼。海来书记和

阿惹也跟了过来，一个个地挑选观察核桃。

"我们有核桃，要不要？"还没等秦爱民说，跟在后面的海来书记伸过脑袋就问。

一听不是买核桃，而是来卖核桃的，商贩马上收敛起笑脸，不耐烦道："不要不要！"颇有驱赶意味地转身忙自己的事去了。

看见这情形，海来书记不高兴了，脸拉得长长的。

秦爱民笑着说："老板，我们是来自凉山的……"

中年男子爱搭不理地道："凉山的？找我们收核桃的都是凉山的。"然后指指四周，又说："这些全是凉山的核桃。我们都不敢收了。"

秦爱民掏出香烟递给中年男子，并帮忙点燃，说道："我是省里派去凉山搞脱贫攻坚的，就是帮助那里的老百姓……唉，那里的老百姓确实太穷了，我们是帮他们来找核桃的销路的。"

一看秦爱民态度如此之好，又说是帮助凉山老百姓的，中年男子态度温和了许多，手一摊，叹息道："不是我不收你们的，是你们凉山的核桃出来得太多了。真的卖不出去啊！"

秦爱民问："假如你们收我们的核桃，大约多少钱一斤？"

中年男子又看了看秦爱民，嘴里叼着烟，一边忙活，一边说："最好的也就一两元钱一斤。"

秦爱民吃惊地问道："你刚才不是说卖五元吗？"

中年男子把眼一瞪，道："难道我不赚钱啊？"

秦爱民心想，如果能够卖到两元一斤，还是可以的，于是说："那我给你留个地址，你们来拉。"

中年男子带着嘲弄的语气笑道："你还想得安逸。这个价格是你们自己送来。我们哪有时间去拉哟。"

秦爱民还是不甘心，立马让站在身后的阿惹将这次带的核桃样品给中年男子看。男子接过样品看了看，拿起地上的夹子夹开，熟练地剥去瓤子，将嫩白的核桃肉喂进嘴里，边嚼边说："口感倒不错。"

秦爱民满怀希望地问道："多少钱一斤？"

中年男子拍了拍手上夹核桃留下的小渣渣，道："个头太小。卖不起价。一元。"

秦爱民和阿惹还在耐心地解释"这是老树核桃"等，站在一旁的海来书记一把拉起秦爱民就走，说道："走走走，我们不卖了！"

看见海来书记气愤的样子，秦爱民跟在后面，笑着劝慰道："书记，市场经济就是这样，你也不要太在意。"

"这些商人也太狠太奸猾了，才一元钱一斤，他们却要卖五元。"海来书记抱怨道。

秦爱民对跟在后面的阿惹说："商人也要出成本呀。很正常。"

出发前，秦爱民就跟阿惹交流过，让她这次出去多观察，多跟商贩交流。所以每走一个地方，每到一个摊位，阿惹都很认真仔细地观察产品、询问价格。看着海来书记的样子，她微笑道："就是。"

几天以来的起早贪黑跑农贸市场、看地摊，让几个人都疲惫不堪。海来书记既抱怨这火热的天气，又说一路吃得太差，连酒都没喝过。所以随时喊着要回凉山，哪怕一分钟都不愿多待。

本来计划还要多跑些市场，多了解一些情况，但听见海来书记的抱怨，三个人当天中午在成都匆匆地吃了一点饭就打道回凉山了。

车子驰出成都，进入高速公路。看见车窗外不断快速向后移动的田野、村庄、树木、房屋、熟悉的风景，耳朵听着车子里放着的歌曲《让我们回家吧》。自从来凉山后，秦爱民经常听这首歌，是彝族的灵魂诗人吉狄马加写的一首脍炙人口的诗歌谱成曲的，在大凉山十分流行：

让我们回去吧

回到梦中的故乡

让我们回去吧

从不同的方向

告诉我

是谁在轻声地召唤

那声音

飘过千年的时光

……

歌声忧伤而低沉。

想起来凉山后还没有回过家，现在只需一个多小时的车程就可以见到自己的亲人，自己的妻子，自己战斗了几十年的同事、朋友们……但现在却在向着相反的方向疾驰，而且还需要十个小时才能够到达木札瓦札村，而这一去，又不知道何时才能够回家，一股悲伤涌上秦爱民的心头，他的胸口隐隐作痛，眼泪不由自主地流了出来。

他连忙用手擦掉眼泪，生怕被同车的人看见，心里责备自己"都五十的人了，还这么感情用事"。

过了成都平原，穿越川西山区的崇山峻岭。经过一天的奔波到了西昌，在西昌住了一晚上，第二天一早，又跑了几个农贸市场，最后才心满意足地回县城。

几天下来马不停蹄地奔波，秦爱民基本掌握了外面市场的行情。他在心里暗自担忧，也更感到做好电商的重要性和紧迫性。他只想尽快赶回村里与工作队一起把电商搞起来。但是，实在太困了，本想一路上好好欣赏一下大凉山秋天的风景，但双眼渐渐地合上了，太想睡一会儿了……

"轰——"一声巨响，车子剧烈地颠簸，车上一阵惊恐和骚乱，自己也如一粒尘埃般被高高抛起，又重重落下。头部撞在车顶，让人晕晕乎乎的……

秦爱民脑海里立马反应道："糟糕，翻车了！！！"虽然在极为短暂的瞬间，但秦爱民心想："难道今天要死在大凉山的路上？"

……

车子停止不动了。坐在前排的海来书记、阿惹和司机纷纷打开了车门，一边抱怨着，一边跳下了车。

只听得司机给众人解释说，因为这几天太困乏，没有看见前面公路上有一个巨大的坑，所以车子掉了进去……

秦爱民坐在最后一排，本想跟着下车，但身体动了一下，一股钻心的疼痛使腰部根本挪不动，下半身毫无知觉。他将身子躺下，一股紧张和恐惧感袭上心头，难道自己的腰部摔断了，那可不得了啊！自己将会瘫痪啊！

看见秦爱民躺在座位上一动不动，海来书记和阿惹吓得不轻，连忙又爬上车关心地询问，试图拉他起来。

刚一动，腰部还是钻心般疼痛，嘴里发出"嘶嘶"的痛苦的声音，他连忙喊："别拉别拉"。海来书记被这一情景吓坏了，放

下秦爱民后就去大声怒吼开车的司机。秦爱民背部的脊柱剧烈地疼痛,下肢却没有任何知觉,他想动动腿,但好像根本没有腿似的。

秦爱民愈发确信自己的脊柱可能被摔断了。

他静静地躺在座位上,痛苦不堪。怎么办?如果脊柱真的断了,等待自己的可能就是下半生瘫痪在床,会给家人带来无尽的拖累和伤痛。

儿子还在读大学,还没有找到工作,还没有结婚,自己这个样子,不仅不能帮忙,而且还要拖累他们。父母年事已高,不仅不能照顾他们,还会让他们伤心。还有妻子,唉!自己瘫痪了,那就跟她离婚算了,结婚多年,她就没有过上几天好日子,所以坚决不能给她添累赘……

海来书记还在吼骂着司机,秦爱民却在车里痛苦地想着自己的未来,唉,自己根本就没有未来了。

阿惹一直弓着腰试图拉他起来。额头上紧张得渗出细细的汗珠,口中不停地责备着自己:"早知道我就坐后面了,你坐前面。"

一丝不甘心让秦爱民不自觉地又动了动身子,突然他的两条腿滑落到了座位下,他勉强用双肘将上半身支起,趴在座位上。

海来书记和阿惹建议立马拉他去医院,但他固执地拒绝了,他不相信自己会落到那样的地步……时间一点一点过去,五分钟、十分钟、二十分钟、半个小时……每过一会儿,他都会试图动一动自己的身子,近一个小时后,虽然背部还是钻心的痛,但他感觉双腿好像有了一点点知觉,这一发现在秦爱民的心里涌现出的喜悦是人生获得的任何奖赏和成就都无法比拟的。一种死而复生的希望、绝处逢生的快乐让他一下子又感到了生活的无比美好。他看了看车窗外，好像炽烈的阳光是那么的明亮而亲切……

考虑到秦爱民在路上受伤的情况，海来书记又找车将他送到了木扎瓦扎村村委会。

回到村委会时天已快黑，夕阳照在山脊上，天边的云霞如燃烧的火塘，显得厚重而老沉，余晖泼洒在村委会、泼洒在正忙碌着修建新村委会办公楼的工人们的身上。

村委会的楼房已经起了一半。

郑志在忙着煮饭，刘新龙和高清德坐在寝室里玩手机。看见秦爱民和阿惹他们回来了，大家像久别的亲人般簇拥过来。虽然受伤了，但秦爱民尽量保持平常的状态，与大家打了个招呼就上床躺着。

在外面，秦爱民听见阿惹将路上发生的事故告诉了大家。临了对刘新龙说，一定要照顾好秦队长。

只听得刘新龙干净利落地说："阿惹，你放心，保证完成任务。"刚一说完，就跑进了寝室。

腰部虽还疼痛，但连日的劳累奔波，让秦爱民不一会儿就进入了梦乡……

37

在秦爱民和阿惹他们出去考察的这几天，工作队的人按照安排注册了一个微信公众号。而且下村去拍摄了一系列这边的风景照片，主要是核桃树的照片。

第二天早上刚刚吃完饭，阿惹就来到了村委会。

虽然昨天晚上睡了一晚，秦爱民觉得上半身却像散架似的疼，他忍住疼痛，把工作队召集在一起介绍了这次出去调研的情况。

"外面市场情况很不乐观！"秦爱民表情严肃地说道。

听了秦爱民的介绍，队员一个个都沉默了，小而简陋的会议室里弥漫着浓浓的烟雾。

"那我们就不搞了。这里这么多核桃，我们拉出去卖也是亏本啊！"刘新龙首先发言。

众人都面露难色。

"高工，你是农业方面的专家，你说说。"秦爱民看着高清德。

高清德摇头道："我也只懂技术，对市场确实不懂。"

阿惹看大家为了自己的家乡很是为难，想起前几天跟着秦队长和海来书记到成都等地考察的情况，她也有些气馁地说：

"秦队长，我看就算了，现在市场就这个样子。而且还有圆根加工厂，也忙不过来。"

秦爱民点燃烟，说："县工作队的成副书记，还有绵阳指挥部的宁副县长对我们这件事大力支持，要求我们在这方面探索出一条路子来，我们如果就此退缩，说不过去。如果不难，早就不存在这样的问题了。更重要的是，这关系到老百姓增收。我们每天进村入户，调查了解情况，目的是什么？还不是为了他们脱贫致富……"

"但现在这核桃烂市了呀！"郑志一般是不太提反对意见的，这时候提醒道。

秦爱民看了看郑志，因为郑志的年龄只比自己小几岁，而且稳重，所以秦爱民很重视他的意见。

"老郑说的也是我们现在面临的问题，但是……"秦爱民吸了一口烟，继续说："我倒有个思路……"

一听秦爱民有了思路，大家的目光都齐刷刷地盯着他，眼神中充满了急切。

秦爱民翻开笔记本，一边看一边说："这次我们对外面市场考察的结果，确实很不理想。各地的新鲜核桃都上市了，进入了旺产期。为了尽快脱手在市场上又相互杀价。但是，任何事情都有它的两面性，就看我们能不能出奇兵……"

大家都怀疑地看秦爱民怎么"出奇兵"。

"什么奇兵？我也没有什么高招……但我这段时间一直在思考。这里的产品卖不出去，说到底，就是没有打通凉山与外部市场的连接。在出去考察前，我让大家建的微信公众号就是要建立电商，通过电商平台，把我们老百姓的产品卖出去，变成外部市场消费的商品。"

阿惹一听，露出灿烂的笑容，说道："如果我们把电商平台建起了，那我们老百姓的东西就好卖了。"说到这里，又恢复了一副骄傲的神情看着大家，"我们这儿的东西可都是绿色产品呢。"

坐在一旁的刘新龙眉头紧皱着说："阿惹，你可别高兴得太早了。电商……"

阿惹吃惊地扭头看着刘新龙，问道："电商难道不行吗？我有时候买东西都是在手机上呢。"

秦爱民鼓励道："三个臭皮匠顶个诸葛亮。小刘，你说说你

的看法。"

刘新龙犹豫道:"我虽然是城市的,但我工作的地方还是乡镇。据我的了解,我们那里的农村电商都做得不是很好……这里这么偏远,我担心能不能做好。"

郑志因为是警察,平常主要的工作是禁毒防艾,所以他不无担心地说道:"秦队,如果我们把主要精力去做电商,帮彝族老百姓卖核桃去了,那我们的本职工作就荒废了。"

其实秦爱民这几天跑下来也是心中无底。虽然自从提出通过建立电商平台来帮老百姓将压在他们手上的东西卖出去,但自己也不懂行。

高清德被圆根加工厂的事情搞得很疲倦,闷声坐在那儿不说话。

秦爱民想听听他的想法,便用鼓励的眼神望着他。

高清德慢条斯理地说:"我主要担心如果我们没有做成功,当地干部和老百姓会笑话我们。圆根加工厂已经建起了,但销路也是个问题。"

这也是秦爱民内心的担忧。是啊,工作队过来,不求有功,但至少不能有过。如果干不好,在当地干部和老百姓中落下笑柄可就不好了。

"有什么可笑话的?哪个有本事那他就来做。"阿惹显示出同龄女孩少有的果断,气呼呼地说,"如果你们怕,我就单独干,你们指导就是了。出了问题我负责。"

看着阿惹这副气势,大家都不说话,秦爱民说:

"这样,我再来说说我对这件事情的看法。刚才老郑说到发展电商会不会影响我们工作队的其他工作。我想,发展产业是我们工作队的职责之一。只有产业发展起来了，人们的腰包才能够鼓起来，这才是我们来这里的最终目的。"

秦爱民看了眼高清德，继续说："关于高工担心的怕做砸了被别人笑话，是啊，大家千里迢迢抛家舍业来这里本来就很辛苦，不犯错就是最大的功绩。谁愿意落下一个被别人笑话的笑柄呢？但是，我们反过来想，如果我们的任何工作都不敢去做，都不敢去尝试，那我们就与我们来时的初衷不一致了。因为我们来援彝本身就是一种别人没做过的事情。"

大家都默默地点头。

秦爱民继续道："我知道，大家心里最担心的是这件事情能不能成功。我想，即便我们没有做成功但至少我们是努力了的，我们也可以为后面的人、以后的工作打下基础。我们不后悔！"

说到这，秦爱民看着阿惹，又说："阿惹主任，如果这件事情真的没有成功，也不需要你来负什么责。因为县工作队和指挥部的领导在资金上已经给予了我们支持。有了他们的支持，我们没有理由不干。所以，我的建议还是要干，大家看怎么样？"

话音刚落，刘新龙就把桌子一拍，说道："秦队长，我们听你的，那我们就干。有啥不得了的，干砸了，大家一起来担，大不了就是两万块钱嘛。"

郑志说道："那我还是要把工作重心放在禁毒防艾上哟。"

秦爱民点点头，道："是，这里的禁毒防艾任务很重。老郑，平常你就忙你手上的工作，有什么事情，你吱一声，我们都来。高清德，你主要把加工厂办好。"

接下来，秦爱民将下一步的工作做了仔细的安排。阿惹负责电商服务站在街上设立门面；刘新龙负责收购核桃，包括一些必

要的工具；高清德负责核桃的品控。

"我嘛，除了总负责外，另外来负责包装盒的设计、品牌的取名、市场的推销……哦，小刘、阿惹，你们的微信公众号要做好商品的发布准备工作。"

开完会后，阿惹直接就回家了。

虽然发展电商的事情让她十分兴奋，感到自己的家乡又有了希望，心中也暂时忘却了这几天的烦恼。但是，女孩毕竟是女孩，心里有什么都会容易表露出来，更何况是自己爱情上出了问题。所以一路上都是气呼呼的，好像对身边的什么都提不起兴趣。原来满眼看着都是那么亲切而美丽的山今天却是充满了秋日的萧瑟。原来灿烂而洁净高远的天空，现在却是低矮而浑浊的，压抑得让人喘不过气来。原来山谷的风吹在身上是熨帖而舒畅的，此时此刻却是股股寒意直钻心头。

远山和近处的荞麦也已经收割完毕，只剩下一小垛一小垛的麦秆整齐地码在地里。玉米地里也早早地收割得光秃秃的，地里只剩下一个个茬子。

整整几天了，拉一没有任何消息，犹如人间蒸发。

"这到底怎么了？他那边发生了什么事情吗？"阿惹一边走一边在心里猜测。

"我这几天忙着村里的事情，你就不可以主动跟我联系吗？"阿惹虽然心里责备，但居然暗自微微一笑，不由得自言自语道："我就要看看你到底在搞什么鬼！"

然后掏出手机，犹豫着拨了出去。没人接听！再打，还是没人接听！阿惹心里一阵发慌。

拉一，你到底是什么意思？是发生了什么事还是你不喜欢我了？一种不祥的感觉像蛇般缠绕在阿惹心头,越缠越紧。

"我这就去找他。他肯定有什么事情瞒着我。"一股冲动令阿惹有点目眩。一看时间,已经是下午四点多了,今天是赶不到拉一工作的县了,"那我今天晚上住县城!"阿惹下定了决心。转身几乎是跑着下了山。天空越发阴沉,阵阵凛冽的风吹在阿惹的身上,脸和手都有些僵硬了。突然一粒粒细雨打在脸上。她一边往山下跑着一边望了望灰暗而低沉的天空,心想,无论今天下多大的雨、有多冷都要赶到县城。

在县城她本来可以找同学家住一晚上,但因为自己内心太纠结和矛盾,她不愿意让别人发现,自己毕竟是女孩子,如果让别人知道是去追男生的,那可丢死人了。于是就找了个小旅店将就住下。第二天,天刚蒙蒙亮她就搭上了赶往拉一所在县城的汽车。

等待是痛苦的,晚上住在县城的旅馆里,她本可以再给拉一打个电话,但她强迫自己忍住了,她要在他毫不知情的情况下,看看他到底在干什么。阿惹一晚上都在回想着与拉一在一起的温馨时刻,同时也在猜测着一万个他对自己冷漠的理由。纷纷扰扰的东西在脑海中使她根本没有睡好。

坐在汽车上,阿惹感到困乏至极,随着汽车摇摇晃晃地颠簸,不一会儿,她就昏昏沉沉地睡着了。到站还是客车司机叫醒的。

下车后,阿惹来到了拉一教课的学校里。这是第二次来,上一次来还是去年,她刚从成都回来的时候。

今天是星期五,学校已经放学了,空荡荡的。阿惹生怕拉一不在,于是加快步伐往拉一的寝室走去。不曾想刚一转弯,就看

见了她日思夜想的拉一。他正急急忙忙往外走,猛一看见阿惹,僵在了原地。两边高大的乔木叶子不时从树枝上掉落下来。她本能地想冲上去,但她停住了脚步,望着拉一,略带生气地问:

"为什么不接我电话?"

……

"为什么?"看着一动不动但有些慌乱的拉一,阿惹委屈地再一次问道,眼泪含在眼眶里。

过了很久,也许有一个世纪吧,甚至更长,拉一终于开口了,但语气短促,低着头不看她:

"你回去吧。"

回去?! 我跑这么远得到的就是这么一句冰冷的话吗?那个曾经那么爱我的拉一哪里去了?阿惹强忍着泪水,定定地望着拉一,问道:

"到底发生了什么事?"

拉一慢慢地抬起头,看着阿惹,柔声道:"阿惹,你走吧,我们是不可能的。"

阿惹的心中升起一股愤怒,但她还是压抑着,问:"为什么?我们怎么不可能了?拉一,我们不是说好了吗,难道你忘了?"

又是沉默,更久的沉默,然后拉一艰难地抬起头,望着阿惹,忧伤但很坚定地说:"阿惹,我已经订婚了!"

阿惹如五雷轰顶,这几天她想了一万种可能,但唯独没想到这一点。身子一晃,但她还是坚强地让自己站稳,语无伦次地说:"拉一,你……骗我,你一定是有其他什么事情。我们几年的感情不可能是这样的。我……我们是相爱的,你说是吗?"

对面的拉一只是看着她,看着头发被风吹得凌乱的阿惹,眼睛里没有一丝一毫的反应。

阿惹继续说:"拉一,我……我……正在找机会给我阿达阿嬷说我们的事情。你知道,有些事情要他们理解需要时间。拉一……你不要着急。请你相信我,我一定会处理好的。"

依然是拉一冷酷的沉默,阿惹有些不知所措,她向前迈了一步,望着拉一的眼睛,柔声道:"拉一,我们是相爱的,你说是吗?你是爱我的,是吗?"

她没有再往前迈,她在等待着拉一,哪怕他向前挪动一下,不,一丁点都行。她就会像一只受了委屈的小鸟,哦,不,不是受了委屈,而是幸福的小鸟扑进他的怀里。

可拉一却站在原地,抬头望着天空,痛苦地闭上眼睛,过了很久才回答:"阿惹,我真的订婚了。"

阿惹突然高声吼道:"不,不,不可能!"

还是这该死的沉默……

"你为什么不等着我!"两行清泪滚落下来,阿惹绝望地喊道。声音穿过寂静的校园。

一阵风过后,树叶纷纷扬扬掉落下来,满地枯黄。

拉一低下头,身子好像有些发冷地颤抖了一下,将双手插进裤兜里,长长地叹了口气,伤心地说道:"因为……我是白彝!"

阿惹还要与拉一理论,但拉一看了她一眼,丢下一句,"我下个月结婚。你保重!"转身疾步走出校门,只留下站在原地孤零零的阿惹。

阿惹恍恍惚惚像是在梦里,但她明白了一个事实——自己所爱的人真的与别人订婚了,离自己而去。因为谁也不会拿这样的事情开玩笑。

太阳照亮大凉山 / 177

他跟谁了？难道是……唉，现在想他跟谁结婚还重要吗？

几天来的担心、两日的奔波突然像几记重拳砸在阿惹的身上，不，是心上。

她踉踉跄跄艰难地走出学校，来到街边的一个僻静处，一屁股坐了下去，一直含在眼里的泪水如潮水般奔涌而出。她埋下头，尽量不让别人看见自己这副狼狈相。

也不知过了多久，雨滴打在她的身上、脸上，冰凉无比。她才猛然惊醒，该回家了，不然没有回去的车了。

坐在回程的车上，望着窗外飞驰而过的山脉、河流、森林，阿惹感觉整个世界都变了，变得冷淡、疏远、僵硬、灰暗而单调。

……

38

一切都按计划有条不紊地进行。圆根加工厂先期试着招了两个当地彝族妇女，高清德整天手把手地教她们怎样将圆根切细、怎样晾晒、怎样腌制、怎样装袋……

关于电商，秦爱民给大家提供了几个自己取的核桃品牌名称，最后大家一致同意用"木各尔老树核桃"。然后他找广告公司设计包装盒图案。

刘新龙忙着微信公众号，同时他还发动大家针对朋友圈设计了统一的宣传内容。

由于村委会没有多余的房间，圆根加工厂就设在办公室的一角。设备极其简单，两张桌子、几把菜刀、两张菜板。收购的圆根堆在墙角。招的两个中年妇女就在里面将洗净的圆根切细。

村委会坝子上铺着塑料薄膜，薄膜上晾晒着切得大小均匀的圆根丝。

"秦队长，都三天了怎么没见阿惹过来呢？"坐在办公室的刘新龙突然问道。

"几天不见美女，你就心慌了？"高清德正在将切好的圆根丝往盆里装，笑道。眼光从黑眼镜框上面射出来，看着刘新龙。因为相处的时间久了，他也没有刚开始时的拘束，所以也开起了玩笑。

秦爱民没有回答，这也是他心中的疑问。

刘新龙也微笑着"反唇相讥"："知道你现在是我们木扎瓦扎加工厂的老总，不得了哦。"

高清德端着已经装满圆根丝的盆子，一步迈出门，回头笑道："那是哦。"

刘新龙假装瞪了眼高清德，吼道："滚！"然后又看着秦爱民，解释道："我主要是说她给我们电商找的门面不知道找好了没有。没有他想的那么邪恶。"

看着刘新龙焦急的眼神，秦爱民也叹口气，自顾自地说："是啊，怎么几天都没有来了呢？"想了想，又好像在安慰自己地说："也许她在忙着找门面呢。"

"找得如何了也要告诉我们一声呀。"刘新龙脸上焦急的神情更浓了。

屋里除了两个中年妇女切圆根发出的声音便是寂静。

"要不我们给她打个电话？万一她跑出去耍，把工作耽误了

太阳照亮大凉山 / 179

那就麻烦了。"刘新龙好像在忙着自己的活，漫不经心道。

虽然口中在"抱怨"阿惹，但秦爱民懂得刘新龙的心思。他本想说什么，还没开口，门口就响起了轻快的脚步声。

"谁说我跑出去耍了？"门口站着的正是阿惹，嗔怪道，脸上却漾着欢快的笑容。两个切菜的中年妇女也抬起头看着进来的阿惹，微笑着用彝语打招呼。

刘新龙慌神地喃喃道："我不是那个意思……"但看见了阿惹，眼神却放出光芒，脸上兴奋得居然泛起红润。

"那是什么意思？"阿惹不依不饶地追问道。笑容依然灿烂。

虽然听着阿惹"责备"自己，刘新龙心里还是如喝了蜜般甜蜜。

"说，什么意思？"阿惹欺身上前，这一下可把刘新龙吓坏了，语无伦次地解释道："主要是担心你……没有完成秦队长交代的工作。"

秦爱民和高清德好像没有听见他们两个的争论，都埋头干自己的工作。屋里的两个彝族中年妇女只是看着他们笑。

阿惹没再理会刘新龙，转身来到秦爱民身边，说："秦队长，我已经找好了门面。"

秦爱民吃惊地看着阿惹。

阿惹调皮地打了个响指，大大咧咧地说："怎么，不相信？"

刘新龙在一旁连忙说："秦队长不是不相信你的意思哈。我们都相信你。"然后转身对秦爱民说："是不是，秦队？"

秦爱民一笑，连忙问："在哪里？"然后放下手里的活，对大家招呼道："走，我们去看看。"

大家雀跃着从村委会一路小跑着往街上去。

门面在街道进场口的一栋楼房的一楼。按照秦爱民的要求，租了两间，一间做商品展示厅，一间用作商品的收储和加工室。

看了后，大家都非常满意。秦爱民当即就与县里做核桃盒子的广告公司联系了做门面牌的事情，又检查了门面里的电路等。

"这地方好。秦队长，看来我们要在这里大干一场了！"刘新龙叼着烟，站在门面外，抬头望着楼房，自豪地大声道。

阿惹在一旁微笑着抱怨道："你刚才不是还说我去耍了吗？"

刘新龙马上双手抱拳，学着电影里的滑稽动作连连作揖，说道："阿惹，我错了，我错了。我悔过，我悔过。"惹得大家哄堂大笑。

"哼，认错有什么用？"阿惹噘着嘴，好像没有一点要放过刘新龙的意思。

"那你说怎么办嘛？"刘新龙不知道阿惹"葫芦里卖的什么药"，依顺地问道。

阿惹白了眼刘新龙，冷哼一声。

刘新龙立马拍着胸脯，道："你想怎样都行，我这一身肉都交给你了，任你处罚！行不？"

阿惹歪头望着天，思考着怎么小小地"处罚"一下刘新龙，但想了很久也没想出个办法来。

"那今天中午我请客，怎么样？"刘新龙提议道。

几天没有看见阿惹，他确实十分担心，还有就是他也不知道怎么回事，自己好像没有看见她心里就发慌，总是牵挂着她。

高清德笑着揶揄道："按照这里的规矩，你可要给我们杀个羊儿、小猪儿才行哟。"

刘新龙一听，面露难色，两手一摊，说："我在哪里去买羊

儿、小猪儿?"

高清德笑道:"你让阿惹帮你买嘛。"

阿惹立马笑道:"我可不帮他。我知道你们不喜欢吃坨坨肉。我们今天就让小刘同志在街上请我们吃一顿吧。"

刘新龙借坡下驴,赶忙接话道:"好好好,还是阿惹考虑得周到,理解我。"说完快乐地笑了。

前两天从西昌回来,一路上阿惹的痛苦无以复加。每想一次与拉一恋爱的点点滴滴,她内心就揪心地痛一次。坐在回家的车上,她有意坐在最后一排,时不时泪水就禁不住地流出来。

她知道,拉一告诉她的一切都是真的——他订婚了。作为彝族人,儿女的婚姻由家里父母做主,一旦订婚就必须履行,否则会惹来许多的麻烦。因为这不仅是两个人的事情,也不仅是两个家庭的事情,而是两个家支的事情了。如果反悔,反悔的一方不仅要给对方赔付两倍以上的"身价钱",处理不好,还有可能引起两个家支的纠纷甚至结成世仇。她偶尔会听到这样的事情在彝族内部发生。

想到这些,阿惹不寒而栗。

"算了吧……"阿惹望着窗外飞驰而过的延绵的群山,秋天的景色越来越浓。

回来后的第二天,她就投入到了与工作队一起建立电商的工作中。首先就是到街上寻找门面。木各尔乡的场镇虽小,但因是三县的交通枢纽,所以倒有一些商业气息,闲置的空门面并不好找。在挨个儿问了个遍后,最后终于发现了这两个门面。

看到大家对自己找的门面十分满意,阿惹内心高兴得像个孩子。

在街上吃完午饭回村委会的路上，看见阿惹掉了队，刘新龙故意放慢脚步。

"阿惹，你瘦了……"刘新龙收起了平常一贯嘻嘻哈哈的态度，低声道。

阿惹略微停顿了一下脚步，然后叹息一声，便继续爬山。

"你是不是遇到什么麻烦事了？有什么事你说一声，看我能不能帮到你。"刘新龙也跟了上来，体贴之情溢于言表。

阿惹快速地蹬了几步，看见刘新龙还跟在后面，便嘻嘻一笑，说道："我瘦了吗？"

"嗯。"刘新龙一本正经地点点头。

"那不更好吗？我正在减肥呢。"阿惹一扫刚才脸上的阴云，站在一个高处，快乐地笑看着跟在后面的刘新龙。

刘新龙虽然不相信阿惹给自己的借口，但显然被阿惹这乐观的情绪感染到了，他也嘿嘿地笑了。

"快点，别在后面磨磨蹭蹭的。"阿惹温柔地催促道。

39

接连几天的紧张忙碌，电商前期的工作准备就绪。门面因陋就简地打扫得干干净净。门楣简单装修了一下，上面喷绘的白底绿字的"木各尔乡电商服务站"却在整条街上显得尤为醒目，来来往往的老乡都露出诧异的眼神观察着这里突然冒出的新鲜事物，心里疑惑道："电商？电商是什么东西？"。

印制精美的包装盒拉到仓库门面里堆码得整整齐齐，给这简

陋的门面增添了一抹亮色。收购的电子秤、放在包装盒里的核桃夹、人工装盒的手套……一应齐备。

几天来，木各尔乡的很多彝族老百姓都知道了省里派的工作队要在街上收购核桃。所以，一碰到这些"汉呷"，他们都会用带着浓重彝腔的汉语问上一句："你们什么时候收核桃？"队员们高兴地回答："快了。你们准备好嘛。"

随着"开称"时间的临近，秦爱民考虑得越发仔细，生怕遗漏掉什么。从提出做电商到现在把事情做到这个程度用了快一个月。

这天下午。村委会。

阿惹、刘新龙、高清德、郑志都在。

"我们必须加快进度，下周开业。"秦爱民神情严肃地说。

刘新龙立马看了下手机，一脸紧张地说："秦队长，今天都星期五了。"

阿惹也附和道："是啊，时间这么急，我们怕搞不定吧？"

高清德和郑志也用怀疑的眼光看着秦爱民。他摇摇头，说道："不能再往后推了。老百姓的核桃已经快过采摘期了，很多都掉到了地上。我们这次主打的是往外卖新鲜核桃，一旦过了采摘期，品质就无法保证。同时，老百姓的核桃也只能囤积在家里了。"

一听秦爱民的分析，大家都点着头。

"所以我们必须在下周一开业。"秦爱民此时像一个临阵的将军，沉稳而淡定地吩咐道："阿惹，你在每一个村找一个年轻能干的人，帮我们收购核桃。"

阿惹爽快地回答道："好。"

刘新龙嘴上嘟囔道："找他们做什么？还要出工资。"

高清德在一旁插话道："你会说彝语吗？"

刘新龙笑道："不会。"马上又反问道："难道你会？"

高清德笑而不答。秦爱民解释道："我们收购要与老百姓打交道，与当地人之间好好沟通。同时，我们还要着手培养当地的人才……等我们以后走了，这些人可以接着干。"然后又把目光转向刘新龙，喊道："刘新龙……"

刘新龙立马站了起来，挺了下胸脯，高声回道："到！"

看刘新龙这架势，犹如临阵出征的战士。大家都会心一笑，但马上又恢复了严肃的气氛。

秦爱民让刘新龙坐下，说："你和阿惹准备的微信公众号怎么样了？"

刘新龙于是把微信公众号的情况作了说明，然后补充道："秦队长，我建议我们大家都利用自己的朋友圈来推销。"说完看了眼阿惹，"这也是我和阿惹共同商量的意见。"

秦爱民点点头，道："这是个好主意。我们没有自己的平台，就只有发挥所有人的人脉资源了。"

因为大家是第一次在彝区做这样的事情，所以既兴奋又紧张，生怕在哪一个环节出了岔子，影响工作队在老百姓心目中的形象，所以对每一个环节都考虑得很细。

……

当夕阳西沉，月挂天边的时候，村委会的灯光却显示出过去少有的辉煌。在激烈的讨论中，一个个都因为观点的不同偶尔争得面红耳赤，坚持自己的观点。当对方说服了自己后，又善意地一笑。虽然很疲惫了，但阿惹却很兴奋和快乐，因为从来没有看

太阳照亮大凉山 / 185

见村委会像今天这样热闹和充满了人气。她喜欢这样的感觉。这说明自己的家乡有了希望,而这希望就在这一个个认真而满脸泛着红光又严肃的人的脸上。

"嗨,天都黑了。"坐在那的刘新龙瞄了眼门外,突然高声喊道,这声音打破了屋内原本的气氛,显得格格不入。

大家将目光转向刘新龙,又转向门外。刘新龙站起来,伸了个懒腰,说:"肚子都在唱空城计了。"

阿惹白了一眼刘新龙,说道:"就你知道饿!"

刘新龙嘿嘿一笑,马上拿出几支烟来,挨个儿给在座的人散,并对高清德道:"高工,你说是不是嘛。"

高清德慢条斯理地接过烟,也不回答。

"人是铁饭是钢嘛。"刘新龙悻悻地低声道。

秦爱民一看时间,已经快八点了,于是站起来说:"好,我们今天就研究到这里,大家各自准备好自己的工作。"

说完把笔记本合上,道:"走,煮饭去。吃了饭我们还要送阿惹回家呢。"

大家七手八脚地帮忙下了面条。确实太饿了,除阿惹端了个小碗,其他的人都用不锈钢盆。

看着正在大口吃面的刘新龙,阿惹抿嘴笑了。

刘新龙抬头看见阿惹这个样子,一脸懵圈,以为自己哪里不对,便低头在身上到处看了看,没发现异样。

阿惹更乐了,发出咯咯咯的笑声,道:"你看你那面盆比你脑袋还大。"

刘新龙看了看手里的面盆,也笑了。

这时,郑志的手机发出一阵叮叮咚咚的视频声音。因为晚饭时刻，正是每个人与家人相互联系的最佳时刻，所以都习以为常了。只有刘新龙在一旁叹道：

"唉，还是你们安逸，每天有人牵挂。哪像我哟，没人理睬。"

郑志放下面盆走了出去。

视频是女儿发的。看见自己心爱的"小棉袄"，郑志的心被融化了。

这次来凉山援彝，妻子是坚决不同意的，女儿已经上初三了，马上面临着中考。但领导多次找到他，说整个单位就只有他以前来这里办过案子，熟悉这边的情况。而且还许诺等三年援彝结束后，在职务职级晋升上给予优先考虑。这可是一个机会啊，按照资历，自己的职级早就可以晋升了，但单位人太多，指标又少，在前面等着的人排着长队呢。看着领导那双信任而又焦渴的眼睛，最后他同意了。

每天与女儿视频让郑志对女儿的亏欠之心得到了稍许慰藉。除了问问学习的课程、吃了什么外，看见女儿那张笑脸才是最主要的。还有就是女儿正处于青春期，父母与她的沟通也是很重要的。

但是今天，郑志发觉女儿那张可爱的笑脸没有了，而是从始至终都是闷闷不乐的，话也很少。

郑志的心像被谁扯了一下。他控制着自己的担心，语调平和，甚至半开玩笑地问："莹莹，怎么了？今天看起来好像不高兴？"

女儿只是沉默着摇头。

"有什么事情要告诉爸爸，好吗？"郑志内心虽然焦急，但还是轻言细语。

……

"莹莹,有什么事难道还要瞒着爸爸?"他用上了激将法。

"我……我今天打架了……"女儿吞吞吐吐地回答,眉目低垂。

"和谁?!什么时候?!"这可是以前从来没有发生过的事情啊!女儿一向很乖顺。郑志紧张地问道。

"放学的时候。我们学校一个女同学骂我,所以我们就……"女儿十分委屈,眼泪扑簌簌地往下掉。

"她为什么骂你?!你妈妈没去接你?!"郑志很是奇怪,过去自己在家时每天都是自己去接送女儿上学和放学。在走时跟妻子商量好了的,她每天要去接送。

"……"

郑志胸中升起一股怒火,音调也高了许多:"让你妈妈接电话!"

原来妻子今天在单位加班,没有接到女儿,就发生了这样的事情。在电话里,两个人吵了一架。

挂断电话后,郑志余怒未消。回首看见屋里那欢乐的场面,为了不影响大家的情绪,他又站在外面抽了一支烟,让自己平复下心情。来的这些队员,哪一个没有牵挂?哪一个没有难处?

唉!

……

40

明天就要开业了,今天晚上是最忙的。

夜幕降临,木各尔乡的街上,电商门市里却是灯火辉煌,人头攒动。乡工作队的所有人员都在那里进进出出,忙前忙后。乡里的海来书记和部分乡干部也来帮忙。两个门市的地上凌乱地摆满了核桃包装盒。

在牛副县长的协调下,县商务局无偿送来了货架。大家都在紧张而有条不紊地安装。

周围老百姓也有不少帮忙的,包括一些放学在家的学生也跑了过来,好像过节一样欢闹着,把小小的门市挤得满满当当。

看着这样的情景,阿惹浑身充满了力量。

明天就要开张收货了,但现在还有一个重要的问题没有最后决定——收购价是多少?

看看门市里面太挤,秦爱民将工作队员们进行了分工。让阿惹、郑志和请来的四个彝族青年负责门市里面的工作。然后将海来书记和其他几个队员喊在门市外面的坝子上。

月亮很圆很大,高高地悬挂在天空,朦朦胧胧地照着延绵的山脉和街道上的人家。不远处就是流经两山之间的河流,在月光中发出淙淙流动的声音。

秦爱民说:"海来书记,明天我们的收购价定多少?"

关于定多少的收购价,其实工作队在一起已经商量过几次了,但因意见不统一,秦爱民一直没有做最后的决定。

海来书记想了想，不无忧心地说："秦队长，我们前期也到外面考察了市场，现在核桃都烂市了，不能定得太高了。"

前几次研究的时候，秦爱民一直坚持要把收购价定在三元一斤。他的理由是"好的东西就是应该卖一个好的价钱。低于三元老百姓太吃亏"。

刘新龙说："收购价定多少倒没关系，关键是我们收上来能够卖多少、会不会亏钱。我们不能因为这里的老百姓穷就亏钱啊。我们工作队又没有经费补贴。"这理由很充分。

海来书记也连连点头，笑着说："是啊，是啊。"

秦爱民耐心地解释道："我们这次也是试水。宁副县长告诉我们，只要能把这个电商前期做起来，哪怕亏一点也没关系。"说到这，他一笑，又说："宁副县长说拨给我们的两万元亏完算是帮我们缴学费。让我们一定要在电商方面摸出一条路来。而且……"

秦爱民顿了顿，道："何况我们这次在网上销售的是礼品包装，平均下来每斤应该在十元左右，除去成本，应该不会亏吧。"

"如果这样的话，应该还要赚些哟。那我们把赚的钱拿来改善政府伙食团的伙食。"海来书记笑着说。

秦爱民想了想，道："如果按照预想应该赚一点，但……"他望了望门市里招聘的四个彝族小伙子，努了努嘴，"我们必须给他们开工资，总不能让别人白干嘛。"

海来书记听了后，嘿嘿道："好嘛，那就按照你定的嘛。"

因为要回县城住，海来书记和乡干部就先走了，工作队员又回到门市里收拾。

干到十一点多，小孩子们早回去睡觉了，队员们收拾完最后的一个盒子，在月色中，一行几人才回到村委会。

在路上,秦爱民发觉高清德闷闷不乐地掉在了队伍的最后面,于是放慢脚步,等着高清德跟了上来,关心地问:"高工,又在担心你母亲的病了?"

高清德内心一暖,叹息一声,幽幽地说:"没事。"

秦爱民知道高清德的母亲刚刚又检查出了胃癌,需要动手术。

为了缓和这沉闷的气氛,秦爱民岔开话题,开玩笑道:"你还是应该回去一下,弟媳妇也想你了呀。"

高清德艰难地一笑,说:"秦队长,谢谢你的好意,但这几天能走吗?不能啊!"说完不停地摇头。

秦爱民感激地看了眼高清德,但还是劝慰道:"工作上的事有我们呢。百善孝为先啊。"

高清德叹息着固执道:"算了吧。大家都不容易。"

还能说什么呢?秦爱民也想起了自己孤零零在家的妻子,还有已经大三的儿子。鼻子一酸,生起一股没有照顾到自己队员的愧疚,更生出一丝同是天涯沦落人的怜悯。

刘新龙和阿惹走在最前面,时不时回头望一望他们,放慢脚步,好像生怕他们掉远了。

秋月如刀!

……

在一片高亢的音乐声中,随着挂在门市招牌上的大红花缓缓降落,木各尔乡电商服务站开业了。

门市的里里外外早已挤满了背着大筐小篓、穿着彝族服装、面容黝黑、露出焦急神情的彝族老百姓,他们的脸上洋溢着笑容。

工作队所有的人员都在门市上忙碌而有条不紊地收购着核桃。

"三十五斤。"刘新龙过秤后,高声叫喊道。

阿惹记录着交核桃的老百姓的村、社和姓名、数量,并且给每一位交核桃的老百姓计算着应该给的钱数并付钱。当老百姓从她手里接过红红的钞票,都会对她说一句"卡沙沙"(谢谢)。

高清德带着四个彝族小伙子,查验着农户交来的核桃的质量等级。

因为价格比本地市场价高出很多,高清德严格按照事先规定的原则:只收优质的核桃。

这可是一项责任重大的事情啊!高清德不敢有丝毫的松懈。

每当农户交来核桃,他和四个彝族小伙子都让他们将核桃倒在地上,一个个瞪大眼睛挨个儿地检查每一个核桃的大小、颜色、是不是烂的,还随意捡起几个在手上掂量掂量是否压手。

秦爱民这时却当起了"甩手掌柜",这里瞧瞧,那里走走。最多给帮忙递递东西。

隔壁一家卖兽药的衣洛大爷也来凑热闹,带着浓重的彝腔,笑着对秦爱民道:"秦总,生意好啊。"

因为这段时间忙于电商的事情,秦爱民已经与街上的"邻居们"十分熟悉了,便笑着寒暄几句。

衣洛又说:"感谢你们工作队呀,帮我们诺苏把核桃卖出去。"

虽然话语听起来好听,但怎么把这核桃卖出去却是马上要解决的大问题。秦爱民脑袋里不停地在想着下一步的路子,虽然有一些门道了,但要把核桃真正卖出去了才能松一口气。

整个门市被来卖核桃的老百姓挤得水泄不通。因为心里有事,秦爱民坐在外面与衣洛大爷聊天也是心不在焉。

门市突然吵闹了起来。刚开始秦爱民以为是里面人多的缘故,但是随着声音越来越高,与他聊天的衣洛大爷也伸长了脖子去看门市里的人。

秦爱民感觉可能里面出了什么事，便站起来走到门市卖核桃的老百姓的后面，踮起脚观察着里面的情况。

一个皮肤黝黑、小个子、精瘦的中年男子正一脸愤怒地对高清德吼道："凭什么你不收我的核桃？他们的你就要收。"

高清德板着脸，眼睛瞪着中年男子，只吐出四个字：

"不收你的。"

中年男子扬起脸，冲着高清德满脸怒气地吼道：

"谁敢不收我的！"

四周围满了老乡，都像看稀奇事儿似的看着两个人。有的人沉默不语，有的人却帮着中年男子说话。有极个别人说着彝语，高清德根本听不懂，但估摸着是帮中年男子的，于是急得本就黑的脸都有些发紫了。他弯腰从中年男子的背篓里抓起几个核桃，说："你自己看看。"

中年男子声音更大了，道："我这个有什么不好？难道不是核桃？你们必须收！"

高清德瞪眼看着中年男子，憋了很久才冒出两个字："不收！"

中年男子上前一步，道："你们不收我的，就不准收其他人的！"

阿惹、刘新龙和其他几个队员都围了过来，电商服务站请的四个彝族小伙子也都站在一旁，只是微笑着，但不说话。

阿惹上前用彝语给中年男子解释，但他还是听不进去。

看着里面闹成了僵局，秦爱民挤过人群，站在中年男子身前，询问了事情的经过，再一次给他做解释工作，但中年男子态度蛮横，仍然坚持"不收我的，你们就不准收其他人的"。而且将身体挡在门市的门口，一副"一夫当关，万夫莫开"的架势。

秦爱民内心的火一下就蹿了起来，心想，哪有这样的道理。他把请的四个彝族小伙子喊到身边，大声地对他们讲：

"你们就按照原先定的原则收购。高工，你把他们分成四个组，本村的负责本村人的收购。由高工负总责。但有一点，你们四个人收的核桃如果质量不合格，你们就自己负责赔偿，电商服务站不给钱。"

请来的四个彝族小伙子听了后，有些犹豫。秦爱民耐心地解释道：

"电商服务站是一个企业，也是为了把我们老百姓的产品卖出去。如果质量不严格把关，怎么能够生存下去？到时候可能只有关门。我知道你们跟本村的人很多都是一个家支的，不是亲戚就是朋友，怕得罪他们。但是你们想一想，你们把自己亲戚朋友的质量差的收了来，那我们电商服务站又把这些卖给谁？不都砸在我们手上了吗？这样我们这个服务站最后只有办不下去，最后害的还是我们这里的老百姓。"

听了秦爱民的解释，四个小伙子点了点头，其中一个年纪最小的高个子小伙子说：

"秦队长，你放心，我们彝族人还是讲信誉的。只是个别人素质差，而且你们工作队是为了我们好。就按你说的，我们一定严格按质量收购。"

分村收购后，原来挤得满满当当的人一下就列成了四个纵队。刚才吵闹的中年男子也一声不吭地站在了一列中。

整个收购一直持续到下午三点多。中午饭是秦爱民在街上买的盒饭，大家轮班去吃。

当最后一个卖核桃的老百姓走了后，剩下的就是装盒了。

看着满地堆放的新鲜核桃，大家都兴奋不已，这可是忙了一段时间以来的劳动成果啊！他们也忘记了疲劳，这儿弄弄，那儿瞧瞧。

秦爱民内心也十分激动，说道："大家今天休息一下，明天装盒。"

刘新龙却抑制不住地兴奋，道："秦队长，有啥休息的哟，我们现在就装盒。"

阿惹也附和道："就是，现在就装。"

秦爱民感激地看了看其他的几个人，大家都用赞许的目光回答。他欣慰地一笑，问道："你们不累呀？"

大家都道："不累。"

"那好吧。开始装盒。"秦爱民像下命令似的说道。

然后是分工合作，哪个称重、哪个装核桃、哪个封盒，各司其职。

"秦队长，我们把盒子装好了，卖给谁哟？"刘新龙一边给包装盒封口，一边忧心忡忡地问。

高清德嘿嘿一笑，道："你硬是操心重呢。"

刘新龙把脖子一扬，道："那是哟，如果卖不出去，可就砸在我们工作队的手上了，吃也吃不完呀，还让当地人笑话我们呢。"

这一下阿惹可不干了，抬头瞟了一眼刘新龙，气呼呼地说："哪个当地人笑话我们了？"

看阿惹生气的样子，刘新龙立马就软了，赔笑道："阿惹，我可不是说你啊。"

阿惹巧嘴一翘，不依不饶道："其他人也不准说。"

刘新龙刚吐出几个字"这也太……",看阿惹眼睛瞪着他,马上笑脸一堆,道:"好好好,我不说,我不说。"

听了两个人的对话,众人都笑而不语。阿惹倒有些不好意思起来,便说:"难道你对秦队长还不信任?"

刘新龙连忙接话道:"信任、信任。"

看见刘新龙在阿惹面前服服帖帖的样子,秦爱民心里一笑,他知道刘新龙心里在想什么。通过这段时间的观察,他感觉阿惹也是个不错的姑娘。但刘新龙现在有没有女朋友?阿惹有没有男朋友?这可要慎重啊,一旦出了岔子,那可要惹大麻烦的。

"这几天,找个合适的机会要问一问他们。"秦爱民暗自思忖。

"你们放心装就是了,明天我们一定会开个好头的。你们要知道,脱贫攻坚,我们不是孤军在战斗。"秦爱民胸有成竹地告诉大家。

听了这话,所有的人挺直了胸脯。阿惹微笑着看着刘新龙,骄傲地说:"怎么样?我说得对不对?"

看着阿惹的眼神,刘新龙的心如大热天喝了冰水,寒暑天遇到火炭,生怕怠慢似的点头道:"嗯嗯,你说得对。还是阿惹主任英明神勇。"阿惹埋头干活,不再理睬他。

当把门市上的核桃装完的时候,天已经黑了。

一走出门市,一股寒意袭来,大家都打了个寒战。霏霏细雨把地上打得湿漉漉的。街道上的店铺早已关了,偶尔从门缝里透出丝丝灯光。秦爱民穿了一件短袖衬衫,感到有些冷,便抱着两个膀子,笑着说:"这凉山的秋天好冷。"

阿惹在后面也笑着说:"知道凉山的厉害了吧。"

刘新龙在一旁接道:"就像凉山的女人,晴天的太阳把皮都晒脱了,一旦下雨就像过冬,冷得人发抖。"

阿惹瞪了刘新龙一眼。

雨并不大。到了村委会,阿惹还有一段山路,大家都挽留她在村委会住。工作队的几个人相互挤一挤。阿惹坚决拒绝。

秦爱民想,一个女孩住在这里也不太方便,就让刘新龙和高清德一起送阿惹回家。

洗漱后,躺在床上,秦爱民浑身像散了架似的。老毛病又犯了——每当疲劳过度的时候,右腿的腿肚子就发胀,隐隐作痛。他把右腿抬高,左手伸过去,先是轻轻按摩腿肚子,又慢慢加重。在搓揉了一会儿后,感觉稍好一点。他又坐起来,起身到外面,看着黑漆漆的山上,透过从房间里射出的光线,天空中毛毛细雨越来越密集。心想,刘新龙和高清德应该快回来了吧。

在他还在担心着的时候,远处有白色的电筒的光柱不停地晃动。听见两个年轻人快速跑动跳跃的声音,而且一路上还嘻嘻哈哈。转眼的工夫,两个人像两只箭似的有力地冲到面前。由于用力过猛,根本刹不住。只听得四掌有力地击在墙上,两股风似的呼啸而来。秦爱民心里感叹道:"年轻人真好。"

脚还未立稳,刘新龙就大声道:"嗨,这路,让我摔了一跤。"

高清德取笑起刘新龙,说他不会走山路。借助灯光,秦爱民看见刘新龙的屁股上、裤腿上全是泥巴,便笑着说:"快去换裤子吧。"

高清德也到隔壁睡觉去了。等刘新龙收拾好,躺在床上休息,翻看着刚刚在网上买的《苦难辉煌》时,秦爱民问:

"小刘,你感觉这书怎么样?"

刘新龙认真地点头道:"很感人。哎,红军真是一支了不起的队伍。"

"是吗?"秦爱民很想听听刘新龙的想法,故意问道。

刘新龙一脸认真地说:"在那样艰苦的条件下,还都愿意跟着党走!"

秦爱民感叹道:"这就是信仰的力量。"然后很随意地问道:"小刘,来了这么久,怎么没有看见你和你女朋友视频呢?"

刘新龙放下书,嘿嘿笑道:"我哪有啥子女朋友哟。"

秦爱民给刘新龙丢过去一支烟,自己也点上,微笑着说:"不会吧?大学里就没有交过一个女朋友?你们现在的年轻人可不像我们那时候。"

刘新龙古灵精怪地笑着问道:"嗨,秦队,你给我说说,你在学校交过女朋友没有?"

秦爱民笑着说:"我可先问的你呀。现在怎么倒问起我来了。"

刘新龙一下坐直了身子,一脸好奇地看着秦爱民。

秦爱民推脱道:"我们老同志了,有什么可说的?"

刘新龙可不想放过,道:"我可没问你现在,是你在读书的时候。"说完后,狡黠地一笑。

秦爱民笑道:"我们那时候管得严,哪敢找女朋友。"

刘新龙没再追问,又躺了下去,眼睛看着屋顶,叹了口气,幽幽地说道:"唉,学校里交朋友,有几个是成功的哟?"

秦爱民也跟着感叹道:"是呀,学校是学习的地方。毕业后,又要面临就业,面对的实际问题是很多的。"

刘新龙好像陷入了过去的时光,吐出一口烟雾,说道:"我们一毕业,刚开始还有联系,但到了后来,因为没在一个城市,见面时间越来越少,光靠打电话、微信怎么能够解决问题。前不久她说她爱上了别人,我们就分手了。"

通过几个月的朝夕相处,秦爱民了解到,刘新龙的父母在成都做生意,家境比较殷实。

"这次你来援彝,父母舍得你来吗?"秦爱民问道。

刘新龙开始没说话,过了很久才回答道:"父母肯定不同意嘛。但是,他们也知道我前段时间心情不好,除了不停地给我介绍对象又没有别的办法。我也是一听说省里搞什么援彝,心一横,报了名。想跑到这天远地远的地方让自己轻松轻松。"说到这,嘿嘿一笑,道:"只是没想到这里会这么艰苦。"

秦爱民问:"后悔了?"

刘新龙翻身坐了起来,将手上的烟拧熄,道:"后悔倒说不上。只是这里还真是艰苦……但是,又有什么办法呢?总不可能当逃兵,只有硬着头皮干。说实话,看见这里的老百姓生活得这样艰苦,心里也很痛!"

秦爱民问道:"你感觉阿惹这女孩怎么样?"

刘新龙沉默了,良久才喃喃说:"阿惹这女孩确实不错。"

秦爱民问:"怎么不错了?"

刘新龙一边思索一边说:"人长得漂亮,典型的彝族美女。人也勤快,能干。一个大学生,能够放弃外面的工作回来建设家乡,这是一般人都做不到的。"

看见刘新龙滔滔不绝而又严肃认真的样子,秦爱民便试探性地笑着问:"你是不是喜欢阿惹?"

刘新龙眼睛望着前方,叹道:"喜欢又能怎样?人家是彝族

姑娘，不一定会喜欢我。"

秦爱民微笑着说："不是有句话，彝汉一家亲嘛。你未娶，若她未嫁，只要彼此相爱，有何不可？"

刘新龙呵呵笑道："我可给不起他们彝族人的身价钱。"

虽然这是刘新龙的一句玩笑话，但彝族人嫁女子都要收很高的身价钱。这可是这个民族祖祖辈辈一直延续至今的风俗，一时半会儿是改不了的。

秦爱民用玩笑的口吻说道："你这个富二代，会给不起那点钱？"

"也不知道人家有没有男朋友呢。"刘新龙叹了口气。

……

41

接下来的几天时间里，秦爱民和队员们一个个都忙着收购和装盒。同时在秦爱民的事先联系下，得到了牛副县长和指挥部的大力支持，首先购买了上千件。最令秦爱民感到欣慰的是队员们的朋友圈也卖出了五百多件。每天邮政快递都从电商门市部整车整车地拉走发往全国各地。看着将山里的核桃通过绿色邮政车运出去，一个个别提有多高兴了。

这天秦爱民正在县里参加县工作队的会议，接到了一个从广东打来的电话。他走出会议室，一阵询问后，才明白是快递过去的核桃表面有部分已经发霉。于是双方加了微信，对方发过来一些表面霉变的核桃的图片。

"对不起,是我们没有做好。"在微信上秦爱民道歉解释。

"没关系,你们也是为了彝族老百姓。"

"我们立马给你调换。"

"如果有也行。"

"你感觉我们的核桃口感如何?"

"很好。"

"请你一定不要客气,以利于我们以后改进。"

"我没有客气。你们核桃的口感真的很好,特别香。"

秦爱民立刻与在电商门市的刘新龙联系,一问,说已经装盒的核桃全部都有买主了。

"难道连一件都没有多余的了?"秦爱民吃惊地问道。

"没有了。我们朋友圈现在都不敢接单了。"刘新龙解释道。

这大大出乎了秦爱民的意料。他心里既高兴又有些担心,如果不把广东这件换掉,那可是有损信誉的事呀。还有,说不定后面还有客户也有坏掉的呢。没有核桃可换,那更麻烦了。

"你们没有让几个彝族经纪人到周边乡村的农户家收购?"秦爱民还是不死心。

"去了的。而且这两天阿惹都跟着去了的。"刘新龙说。

秦爱民想了想,对刘新龙吩咐道:"你通知大家今天晚上开会,就在门市部。等县里的会一结束我马上回来。"

等秦爱民赶回电商门市部的时候天已经黑了。看见队员们都在门市里,秦爱民内心十分感动。

"秦队,回来啦!"阿惹最先看见秦爱民站在门口。其他几个人都在埋头吃着泡面。

大家纷纷抬起头,齐声问道:"吃晚饭没有?"

秦爱民一笑，说："还没有。"

阿惹立马起身帮秦爱民去泡了一桶。

会议就在门市里召开。大家端着方便面，一边吃一边商讨。

房间里方便面散发的香味让秦爱民不由得吞咽了一口口水。

"秦队，现在已经没有货可收了。我们看了你发给我们的图片，你给那个客户解释一下，表面有霉变，里面应该是好的。"大家听了广东客户的"小事件"，刘新龙建议道。

秦爱民只顾着吃方便面，肚子确实饿了。

高清德挑起一口方便面，目光从眼镜架的横梁上翻过，看着刘新龙，道："发霉了，里面核桃的味道就略微有些变化。"

刘新龙很不服气地说道："我看也不会有很大的变化。我们才寄过去几天的时间。"

阿惹也在一旁给高清德帮腔。听着几个人的争论，秦爱民几口吃完，便道："好了，我想我们还是应该给广东客户调换一件。否则会影响我们的信誉。"

刘新龙道："关键是现在没有货了呀。"

秦爱民指了下四周码得整整齐齐的核桃盒子，说道："这里不是还有很多吗？"

刘新龙无奈地说："这些都是给西电公司发的货。而且前期给西电公司的核桃，他们吃了后，又追加了几百件，光这还不够呢。而且，再给广东客户发一次货，我们的成本就高了。"

秦爱民当然知道，这次为了销售老百姓的核桃，工作队的成副书记、宁副县长，还有当地的牛副县长都帮了不少忙，跟西电公司联系先期定了一千多件。

"现在已经收不到核桃了？"秦爱民用怀疑的眼神看着几个当

地彝族经纪人,问道。

几个人都摇摇头,最年轻的小伙子说:"我们把周围几个乡都跑遍了,没有了。"

秦爱民想了想,坚持道:"按我说的办,换掉。给西电公司的,有多少发多少。有什么问题我去给领导汇报解释。"

阿惹道:"秦队,朋友圈还有很多订单呢,怎么办?好多订单的钱都打过来了。"

秦爱民坚定地说:"全部将货款退回去。再一个人一个人地做好解释工作。"又惋惜地说:"唉,今年我们动手晚了。放掉这么多的订单,太可惜了!"

高清德也感叹道:"是啊,我们今年只做的是新鲜核桃,现在树上没有了。老百姓的核桃都晒干了。"

"明年我们也要收干核桃,扩大规模。"刘新龙像个老板似的说着。

秦爱民想了想,说道:"明年要把产品多样化……但是,一定要慎重。"

通过这段时间,秦爱民也感觉到在凉山发展电商存在很多致命的软肋。产品单一,而且远离外面的大城市,运输成本很高,同时因为都是一家一户的,所以产量也跟不上。这些都制约了向外部市场的销售。还有现在电商服务站有了起步,下一步到底应该怎么走,工作队不仅仅是发展电商,还有其他的工作要做。如何把电商这篇文章继续做下去,并且做大做强,走得更远?

马上是国庆节了,为了能够在节日前把订单发出去,在接下来的几天时间里,工作队、阿惹、几个彝族经纪人没日没夜地装盒、发货。将剩下的核桃悉数发给了零零散散的客户。最后剩下

的就是目前最大的一个客户——西电公司的一千多件。

为了节约成本,在县工作队领导和县政府领导的帮忙下,西电公司自己来了一辆大货车,将已经装好的核桃拉了回去。

明天就是国庆节,来了几个月了,队员们还没回过家。

说起回家,一个个都兴奋异常,恨不得插上翅膀马上飞出凉山。

想到这一段时间大家都很辛苦,为了犒劳大家,秦爱民早早地在街上的一家饭馆订了一桌。其实最好的一个菜就是一大盆汤里面煮的有猪肉、各种蔬菜。每人面前放一个干海椒蘸碟。

"阿惹,你把这次电商服务站的整个收支情况给大家报一个数。"昨天秦爱民已经安排阿惹把账算了一下,所以在吃饭前,他对阿惹安排道。

电商的事情大家累了快两个月了,也都想知道最后的成效,所以刚才还相互间东拉西扯地聊天,一下就安静了下来。

阿惹拿出早已算好的账本,一项一项地报了出来。最后除掉各项成本,还有一万多元的盈利。

听见终于赚钱了,一个个脸上都洋溢着幸福的笑容。

秦爱民也松了口气。

"这次的盈利怎么分?"秦爱民环视大家,微笑着问。

刘新龙首先一副没心没肺的样子,笑道:"在这里几个月把人都饿瘦了,好久都没有吃过大餐了。找时间我们到西昌去,放松一下。"然后转头看着阿惹,"怎么样?"

阿惹手里拿着筷子,轻轻敲打着桌子,建议道:"我认为还是留在门市部好些。"

刘新龙不同意,问:"为什么?"

阿惹争辩道："万一有其他方面要用钱，难道你还让秦队长跑到县里领导那里去哭穷呀？"

刘新龙嘿嘿一笑，说："你说得也有道理。"

大家都点头，认为可行。

秦爱民转头问高清德："圆根榨菜的技术成熟了吗？如果成熟了，榨菜也可以通过这种方式向外推销。"

高清德叹息道："有点问题。"

秦爱民淡定地问道："什么问题？"

此言一出，大家都沉默了。

因为看见圆根加工厂已经开张了，而且请了两个当地的彝族妇女，都认为一切会很顺利，所以这段时间大家把主要精力都放在电商的事情上了。

圆根加工看起来很简单，从老百姓手上买来圆根，然后清洗，切成细丝，晾晒，再拌上调料，装袋。

而且投资也不多，也就几千元。

在电商服务站开业前，高清德负责的加工厂已经出了成品，大家每一顿饭都还在吃呢，怎么会有问题？

"主要是食品卫生安全。"高清德表情沉重。

听说是食品安全，秦爱民感到事情会很复杂。因为食品方面，自己做的自己吃倒无所谓，要推向市场，情况就不一样了。这可是大事啊，而要达到标准，从收购、加工、装袋等整个环节都有严格规定。这可是大家开始都没有想到的地方。

"我们加工、包装好以后，只在朋友圈卖就行了，又不到超市和网站上去卖。有什么关系？"刘新龙试探着说。

阿惹点点头，也赞同刘新龙的办法。

高清德解释道:"我最初也是这么想的,而且也卖了一些。但后来我的一个同学提醒我,应该去办一些相关的证件。于是我又到县里的工商、食品卫生部门去咨询了一下。"

"那我们去办证件就行了。"刘新龙说。

高清德摇了摇头,说道:"说办理相关证件,从加工场地到出厂的整个环节的要求都很严格。"

"只是麻烦一点嘛,有什么关系?我们都按照他们的要求做就是了。"刘新龙还是不相信。

高清德瞪了刘新龙一眼,说道:"我们有正规的车间吗?我们有质量检测人员吗?"

两句话一问,刘新龙一下就软了。但迟疑着说:"我们在朋友圈发就行了,不搞那么大的规模。"

阿惹说道:"没有规模,那作用也不大。而且我们也没有钱来扩大规模。"

秦爱民沉默了一会儿,果断说道:"算了。这个项目我们暂时停下来。食品安全不是儿戏,一旦出事就不得了,也不要在朋友圈里面发了,万一我们卖的产品出了问题,不仅没有帮上忙,还会惹上官司,那就得不偿失了。"

大家也都议论纷纷。

"停,必须停!"秦爱民语气坚定,又笑着对高清德说:"高工,这个加工厂不是失败,而是我最初没想到会遇到这样的问题。这个是我考虑不周。同时,我也想,随着凉山被外面的世界认识,会有更有实力的企业来做这样的事业。高工,你说是不是?"

高清德只是闷头抽烟。

秦爱民朗声道:"明天就是国庆节了,这段时间大家辛苦了。今天我们都喝点酒。"

刘新龙一拍高清德的肩膀,笑道:"就是嘛,你这段时间为了圆根加工厂操碎了心,我一会儿敬你三杯,不准耍赖哟。"

满桌子的人都笑了。高清德瞟了眼刘新龙,也只有跟着露出了可爱的笑容。

虽然桌上没有多少可口的菜,还有榨菜加工厂的停办,但电商的初步成功,让在座的人们初次尝到了成功的喜悦。秦爱民一声令下"干杯",整个桌子上充满了快乐……

42

按照县工作队的规定,队员们实行轮休假。考虑到大家思家心切,秦爱民安排其他人都回去,自己留在村里。但临了刘新龙说自己回去也没什么好耍的,也提出不休假。

第二天一早,大家都纷纷搭车回家了。

刘新龙还在赖床。秦爱民把大家送走后,站在坝子上,除了远处村委会工地上工人们挥汗如雨地忙碌着搅拌水泥砂浆和码砖,原来热闹的村委会突然静悄悄的,让他多少还有点不习惯。

几个月的相处,自然跟队员们有了一种自然而然的牵挂。他在想,他们搭上县城到西昌的车了吗?他们什么时候能够到家?路上安全吗……

他在院坝里转了一圈,看着太阳从山脊慢慢地爬向天空,把清澈的天空照得碧蓝碧蓝的。秦爱民喜欢这里的气候,哪怕是快进入初冬了,这天气一旦放晴,太阳就炽烈地照耀着大地,而且是直杠杠的,没有一丁点的转弯抹角,也如凉山的汉子,刚烈而直接。

忙碌了这么久,今天终于可以喘口气了。他坐在村委会坝子旁边的大石头上,突然想起了家里的妻子,便掏出手机给妻子打了个电话。

电话响了很久妻子才接起,电话一接通,秦爱民就迫不及待地笑着问:"怎么,国庆节没出去玩?"

妻子关心地问:"你在哪里?"

秦爱民还是笑着道:"在村里。"

"放国庆了,你也不回来?"妻子声音很低。

"我们工作队实行轮休假。我想其他的队员这段时间都很辛苦,所以让他们先休,我就……"秦爱民尽量使自己的声音让妻子听起来快乐些。

妻子沉默了一会儿。

"你在家吗?"秦爱民感觉妻子有些异样,于是问道。

"……我在医院。"妻子低声回答。

"怎么会在医院?谁病了?你吗?哪里不舒服?"秦爱民连忙问。

还是一阵沉默,然后妻子回答:"儿子病了。"

秦爱民一下就紧张起来,儿子的身体一直都很好,怎么会生病呢?"什么病?你们在哪里?"

妻子声音低沉道:"我在成都。医生说是过敏。"

过敏?这在过去是从来没有的现象。

"什么过敏?"秦爱民一听说是过敏,便放下心来,问道:

"应该不会多严重吧?"

妻子一下有些崩溃地哭了起来,哽咽道:"说他在学校吃了面条,过敏源是里面的面粉。"

秦爱民有些不相信地问道:"面粉?不会吧?我们过去怎么没有发现呢?"

"医院还在查过敏源。"妻子有气无力地说道。

"应该不会很严重吧?"秦爱民还是不相信。

"昨晚医院都下了病危通知了。"妻子哭泣的声音大了些。

病危通知?秦爱民脑袋"嗡"的一声,身子也晃了一下,手机一下掉在地上。他连忙捡起,对妻子说:"不要急,我马上回来!"

"不了。你忙你的。"妻子收住了低沉的哭声。

秦爱民生气地大声道:"那你为什么不告诉我!"

妻子委屈地说:"你那么远。我告诉了你,你要一两天才赶得回来。又有什么用?"

秦爱民有些失去理智地发怒道:"那也是我儿子!"

妻子哀叹了一声,然后说:"儿子已经脱离危险了……"

秦爱民一听,一下就心安了许多,但还是不放心地说:"那你把电话交给儿子,我跟他说几句。"

妻子迟疑了一下,道:"他正在输液,已经睡着了。我现在在医院的走廊上接的电话。"

秦爱民固执地说:"那我马上赶往成都。你给我发个位置。"

妻子犹豫了一下,解释说:"算了。而且刚才医生说再住两天院就行了。你那里太远了,等你赶过来时,儿子都已经出院了。"

秦爱民还在责备妻子,说这么大的事情,为什么不早点告

诉他。

妻子反而安慰他道："现在没事了。等儿子一会儿醒了后我让他给你打电话。你在那边也要注意身体，照顾好自己……"说完后就挂了。

秦爱民望着湛蓝如洗的天空，心里涌出一股别样的滋味。面对如此美景，秦爱民却感到内心空落落的。

是啊，来凉山这么久了，按妻子说的"你都快忘记了城里还有一个家"。上次去调查核桃市场，走到成都又折回凉山。现在又是国庆节了，一个个都回家与家人团聚，自己却还在凉山，守着这荒凉、空荡荡的地方。而且儿子现在又生病住院，自己却无能为力，甚至连一点忙都帮不上。心里生出一股酸楚，又不由自主地想起妻子问自己的那句话："你跑那么远，到底是为了什么？"

是啊，我到底是为了什么？为了升官？不可能了，自己都五十岁的人了，在科级位子上徘徊了十五六年，这个年龄，在基层干部中已没有了任何的上升空间，也许再过两年就退居二线了，怎么可能还提拔你呢？

那么是为了钱？除了一点微不足道的补助，哪还有什么钱哦。而且为了跑工作队和电商的事情，所有的费用都是自己掏的腰包。

尤其是这次儿子住院，如果真有个什么闪失，那可要后悔一辈子啊！

秦爱民的心情沮丧到了极点，颓然地掏出香烟，看着不远处已经修到一半的村委会新办公楼，泪水悄然滑下脸颊。

也不知过去了多久，地上散落着一地的烟头，他突然想去看看贫困户安全住房修建得怎么样了,还有这条贯穿全村的唯一一条公路。爬一下山也许能缓解自己郁闷的心情。

他起身走回寝室,叫醒刘新龙。

在等待刘新龙洗漱的间隙,他顺势躺下,拿起床头路遥的《平凡的世界》。这是来凉山后买的,好在平常累了时就拿来翻翻。现在读到第二部了。里面孙少平在黄源打工的艰苦经历让他看到了在苦难中小伙子的坚韧毅力。过去没有读过这本书,只是听说很不错。这次读了一些,里面作者的很多感叹深深地吸引和刺激着他的内心。他由此想到,作者也一定是经历过苦难的人,因为只有经历过,才能够如此深刻地刻画出那个时代的本来面目、人们的奋斗精神,而这种精神也时时激励着他、鼓舞着他,让他内心燃烧起阵阵激情。这种精神与激情不会因时间而褪色,只会随着时代的发展愈发闪耀其光芒。

人生啊,没有谁是一帆风顺的。只有当你面对艰难时,你才会懂得奋斗的内涵。

刚翻了几页,刘新龙已经洗漱完毕,端起洗脸盆回到了寝室。

秦爱民虽然心情很不好,但他不愿意把自己不好的情绪带给其他人,便闭上眼,稳定了下自己的心情。过了一会儿,他一边坐起来一边问:"洗完了?"

"马上。"刘新龙放好洗漱用品,又照着镜子,精心打理着自己的头发。

秦爱民知道刘新龙还要"打扮"一番,便默默地走到墙角边,从热水壶里倒出两个早已煮熟的鸡蛋,说:"你把自己的茶杯带着。鸡蛋在这里。"

虽然一双眼睛看着镜子里的自己,但刘新龙还是感激地"嗯"了一声,因为在这天远地远的地方,有一个这样的大哥哥般的人照顾着自己,真是一件幸福的事情。

他们先在新修村委会办公楼的地点转了几圈,与工人们闲聊。

由于大家都在村委会,所以很多工人与工作队的人相互间都面熟了。

"年底主体工程就完工了。明年你们就可以住新房子了。"一个戴着安全帽的胖乎乎的中年男子笑着大声说。

秦爱民笑了笑。

"现在国家政策好哟,给老百姓又修房子又修路。我们过去想都不敢想。"一位穿着蓝布衣服、裤子上沾满白色灰浆、大约六十多岁的男子,一边搅拌灰浆一边感叹道,"想起几十年前,饭都吃不饱。"

对于老工人说的那个年代,秦爱民是经历过的,所以深有感触地回应道:"是啊,赶上现在这个好时代,是我们的福气啊。"

老工人一脸幸福地微笑道:"我们呀,这辈子也满足了。"

刘新龙在一旁有些不相信地问:"秦队,你真经历过那个年代?"

秦爱民一笑,回答道:"你们现在想象不到,但是在我们小的时候真是那样。"

老工人搭话道:"现在的年轻人真是生在福窝窝里的。那些年,还有连裤子都没有穿的呢。这才多少年的光景,老百姓要吃有吃,要穿有穿。我说呀,这共产党真不简单。"

说完后又埋头搅拌灰浆去了。

待了会儿，秦爱民和刘新龙告别了工人们，又顺着正在修的公路往山上走。贫困户的安全住房修建点就在上面。

太阳已经如火如荼地照耀着这大地，山上树木的叶子从嫩绿变成了深绿，裸露的红褐色的土壤变得深沉低调，松树的叶子已经泛黄，点缀其间。天空瓦蓝瓦蓝的，只有丝丝的白云像钢丝般坚毅地点缀着这蓝天。

看见这高远的天空和绵延的群山，秦爱民感觉自己的心情好了许多。

"秦队，我感觉现在的彝族老百姓与我们刚来的时候还是有些变化的。"刘新龙四处张望了一番，说道。

"嗯？"秦爱民没有回答，但想听一听刘新龙的发现。

"我们刚来的时候，到处都看得见猪牛羊的粪便，脏衣服乱搭乱放。现在虽然时不时还是能够看到，但已经好多了。"因为爬山，刘新龙气喘吁吁的，"看来这段时间村里搞的环境卫生活动还是起作用了……但是还要坚持，不然很容易倒退。"

"是啊，一个习惯的养成不是一朝一夕的。改变更难，而且这个过程会很痛苦。更别说他们正在经历一步跨千年的历程，其痛苦程度可想而知。"秦爱民感叹道。

走得热了，刘新龙撩起衣服，露出白白的肚皮和脊背，笑道："不过现在我对他们很有信心。"

秦爱民竖起了大拇指。

"秦队，你刚才是不是遇到什么事了？"刘新龙突然问道。

秦爱民先是一愣，连忙否认道："没有呀。"

刘新龙摇了摇头，说道："刚才在村委会时，我看你脸色很难看。"

秦爱民心里"咯噔"一下，想象着躺在病床上还在输液的儿子和守候在病床边焦急的妻子，轻轻地叹息了一声，但还是回答道："真的没什么，都是些小事。"

刘新龙突然严肃道："秦队，说实话，我以前无论工作还是生活都感觉无所谓……但是，来这里后，与大家在一起，我真正地看见我们身边的人都很伟大。"

秦爱民看了眼身边的刘新龙，说："其实伟大都是寓于平凡之中。"

刘新龙默默地点了点头。

"小刘，为什么这个假期不回去？"秦爱民问。

"我呀，在这儿陪你呗。"刘新龙马上露出了乖巧的神情。

秦爱民呵呵地笑道："你这个机灵鬼，我还不知道你心里想的什么！"

刘新龙立马狡辩道："我会有什么想法？"

秦爱民哈哈一笑，道："怕是别有用心吧。"

刘新龙只是嘿嘿笑，不再接话。

来到前方的一个山包处，秦爱民回首四望。一条宽阔的公路弯弯曲曲地从山脚一直延伸到山顶，犹如一条大动脉穿过整个村庄。散布在公路上的几台推土机正"轰隆隆"地拓宽路面。

贫困户的安全住房点就在公路一旁。主体框架结构已经完成，一栋栋像小别墅般在半山坡布局得错落有致。很多工人正忙着给屋顶架椽子。

一些老百姓在现场转悠，也许在想象着住进来后的幸福生活。

紧挨着"小别墅"边还有另外一个工地，也在修房子。

"那是在修什么?"秦爱民目光看向那里,问道。

"是村幼儿园。"一个声音从背后传来。

不用回头都听出来是谁了。

"阿惹!"听见声音,刘新龙转身喊了声,好像很久没见似的兴奋,"你怎么来了?"

阿惹看着刘新龙,微笑道:"我怎么不能来?"

阿惹今天穿了件薄薄的火红色的紧身小棉袄,脚上穿了双红白相间的旅游鞋,身材更显高挑,而且干净利落。

她来到秦爱民和刘新龙身边,想着周围的泥坯房里面的贫困户马上要住上这宽敞明亮的"小别墅",指着马上要竣工的宽阔的水泥路,不禁感叹道:"真不敢相信,短短的时间里,我们村会有这样大的变化。"

刘新龙俏皮道:"想起第一次到你家去,我们还走的是泥巴路呢。"

阿惹假意瞪了眼刘新龙,道:"早晓得就不让你去。"

刘新龙摇晃着脑袋,笑道:"有钱难买早晓得。"

阿惹一笑,道:"那以后就不让你去了。"

刘新龙哈哈笑道:"你不请我去,我现在找得到路,我自己去。"

秦爱民听了两个人的调笑,说:"其实这才刚刚开始。"

阿惹和刘新龙没明白秦爱民说的什么意思,都愣愣地望着他。

秦爱民一笑,解释道:"以后这儿的老百姓可以把私家车开到家门口了。"

两个人这才恍然大悟地连连点头。

阿惹也感触道："买东西再也不用人背马驮了。"

刘新龙补充道："往山外卖东西也一样方便了。"

43

时间一晃就进入了冬天，天气冷得越来越紧。空气干燥，晴朗的天气少了，天空阴郁。到了夜晚，人们都不敢出门，一个个披上查尔瓦，挤在火塘边取暖。

电商获得了初步的成功，但如何走好下一步却是秦爱民一直在思考的问题。这天，他找到县工作队队长、县委成副书记，汇报了自己关于电商的想法。

"你们乡这个电商搞得很好，为我们全县工作队在产业发展上开了个好头。希望继续沿着这个路子发展下去。我建议你们请专业团队来做。"成副书记给秦爱民倒了一杯水，一边递给他一边说。

秦爱民接过水杯，说了声"谢谢"。

"因为工作队还有很多的工作要做。像电商这样专业的事情就要让专业的人来做才能做好，也才有生命力。"成副书记坐在秦爱民旁边的一个沙发上，进一步说道。

从成副书记办公室出来，秦爱民的思路也渐渐清晰起来。

从县委大院出来，秦爱民拐过几条小街，来到县政府大楼。到了六楼，找到门牌，往里一看，宁副县长正坐在里面，埋头在写着什么。他轻轻敲了敲门。

"请进。"宁副县长继续埋着头，声音洪亮。

秦爱民进去后，等了一会儿，宁副县长才抬起头，双眼炯炯有神地看着他，说了声"坐"，便微笑着快人快语道："秦队长，你们那个电商做得不错，是我们县第一家农村电商哦，下一步你们打算怎么办？"

秦爱民把成副书记说的观点告诉了宁副县长。宁副县长把手上的笔往桌上一放，说道："成副书记的这个意见很好。工作队只是抛砖引玉，要真正做好，还得请专业的团队来做，这样你们也可以腾出手来干其他的事情。脱贫攻坚的任务繁重啊！"

秦爱民想了想，犹豫着说出了自己的困难，道："但是我们到哪里去请专业的团队呀？凉山这边我也不熟。"

宁副县长哈哈笑道："秦队长啊，你应该把思路放开阔些。"然后端起桌上的茶杯喝了口水，看着秦爱民，继续说："这边没有，难道成都、绵阳也没有吗？"

一语点醒梦中人，秦爱民开心地笑道："哦，对，对。这几年外面的电商如火如荼……但是，宁副县长，说实话，要真正把这里的农村电商搞起来，还是有很多困难……"

还没等秦爱民说完，宁副县长瞪起炯炯有神的眼睛，爽直地道："说，有什么困难？只要我们能够办到的，一定支持你。"

秦爱民知道宁副县长要抽烟，于是掏出香烟要递给他。宁副县长摆摆手，说："你们来自基层，工作很辛苦，应该我给你发烟。"

恭敬不如从命，秦爱民也就一笑，"理所当然"地接了过来。

"宁副县长，这边有很多很好的农产品，但是多年来一直渠道不畅，这边老百姓的市场意识也很差，所以他们一直没想到这些东西能够变成钱。同时受语言和自然环境等条件的限制，外面的企业也不愿意进来。"在宁副县长面前,秦爱民要放得开得多,所以刚一坐下,就把自己这段时间办电商的感悟说了出来。

宁副县长也叹了口气,说道:"你说的这些我也知道。我来这里已经快两年了。为什么我对你们搞的电商很满意?主要是你们的这股子拼劲感动了我。去年我们指挥部专门拿出了五十万想发展这里的电商,但没有一个乡镇敢接手。"

在一阵苦笑后,他继续说:"最后我们那五十万硬是没有拨出去,唉……"然后看着秦爱民,快乐地一笑,说:"我和成副书记都没有想到,你们居然搞了起来。"

秦爱民正准备谦虚,宁副县长把手一挥,道:"这样,今年指挥部的项目已经没有了。明年把这个项目给你们,大约三十万,作为专门发展电商的资金。现在国家正在大力支持农村电商的发展,这是一个趋势。凉山这边更需要发展。"

秦爱民内心充满了激动,说:"谢谢宁副县长,我们一定搞好。"

宁副县长突然神情严肃地看着秦爱民,道:"秦队长,你一定要把这个电商发展下去,把我们大凉山的产品推销出去,为彝族老百姓致富奔小康发挥作用。"

一种感激的情怀激荡着秦爱民的胸怀,他像一个军人立下军令状般地站了起来,坚定地回答道:"宁副县长,我们一定不辱使命。"

正准备告辞,宁副县长问道:"哦,秦队长,你好像来凉山后还没有回过家吧?"

秦爱民心想,怎么这些小事都瞒不过他呀?于是笑着说:"宁副县长,大家不是都很忙吗,所以……"

宁副县长认真地说道:"这次你回成都、绵阳去考察电商,要给我们这里引进一家优秀的电商企业回来。当然,几个月了,也应该回去看看家里的人了。哦,你现在写个假条,我先签批了,你再拿到成副书记那里审批。"

秦爱民还在写请假条的时候,宁副县长接了个电话。挂断后,宁副县长哈哈笑道:"怎么样?成副书记已经打电话过来了,也是说你的事情,要求我给你放几天假,回去联系企业,同时与家人团聚团聚。"

虽然比秦爱民小,但他眼中露出了体贴,道:"组织上对我们下面每一位队员的情况都很关心。"

一股暖流传遍全身。是啊,来凉山彝区几个月了,因为各种事务缠身,还没有回过一次家,或者说好像已经忘记了还有自己的家。被宁副县长这样一说,秦爱民心里涌出强烈的思乡之情,眼泪都快出来了。同时他也感受到,在这遥远的地方,虽然语言不通、生活习惯不同、风俗不同,但他不是一个人在战斗。背后有很多人在关注着自己,关注着工作队的每一位队员。他颤抖着声音回答了一句"谢谢"就逃跑似的告辞了。

五十岁的人了,居然差点让自己的情绪失控。他一边下楼一边在心里责备着自己,也哑然失笑。

走在街上,秦爱民才发觉,两边的街道上偶尔能够看见一些卖一种苔藓植物干草的人。他知道,这是彝族人用来烧年猪用的。这时他才想起,前几天阿惹告诉他,彝族年是每年的十一月二十日左右。

彝族年快到了!

44

彝族年关将近,全村人都沉浸在迎接新年的喜悦之中。但阿惹的哥哥木加却十分痛苦。

随着时间的临近,他与表妹牛牛的婚事也一步步逼近,家里正在为他的婚事忙碌着。只有妹妹阿惹每次看见他,眼神中都流露出同情。他知道,妹妹也反对这桩婚事,而且找阿达和阿嬷说过,但父母根本听不进去。

"唉……"木加披着查尔瓦,坐在院坝边。寒风吹来,让他的身子蜷缩在一起瑟瑟发抖,但他却没有丝毫感觉。脚边倒着两个已经喝完的空啤酒瓶,手里还抓着一瓶。他目光呆滞、醉眼蒙眬地望着灰蒙蒙的天空,提起酒瓶又大大地喝了一口。

"是啊,儿女的婚事必须听父母的安排。"本来想一走了之,但看着父母为了筹齐给表妹,也就是自己未婚妻的身价钱,几乎借遍了所有的亲戚,木加内心又充满了愧疚和不忍。

他不想进屋。听见父母在一起整天盘算还差多少钱、遗漏了什么事,他就烦躁不安。

"管他们的,他们要怎样就怎样。"木加昏昏沉沉地又灌了一大口酒。他感觉只有酒才是最好的,可以任由自己摆布,可以让自己忘掉所有的烦恼和伤心事。

他举起瓶子,眯缝着布满血丝的双眼,看了看瓶里,轻轻地摇晃了几下,仰起脖子将剩下的半瓶一口灌下,然后慢悠悠地站起来,也没有看一眼在火塘边的父母,转身回到屋里,直直地倒在床上。

当阿惹忙完村里的事回到家里时已经是掌灯时分。

这段时间事情一个接着一个。全村失学儿童的摸底调查、贫困户安全住房的调查、艾滋病患者的服药监督、吸毒人员的定期尿检等等,让人精疲力竭。一回到家就想倒头大睡。

其实这些工作已经调查了无数遍,但上级为了不出现一丁点纰漏,所以一次一次地重复。幸好有工作队,让村里的工作没有落下。

唉,因为是枯水季节,这几天山上的十多户人家饮水也出现了困难。与工作队天天到山上找水源,跑遍几座山都没有找到。最后唯一想到的办法就是从全村最远的勒尔作里这一户把水引过来,但他根本不同意。

追问原因,他都是支支吾吾的。在交谈中,阿惹感到勒尔作里似有隐情。怎么办呢?没有饮用水,让老百姓怎么生活!

阿惹一路上眉毛都拧到一块儿了,脚步也无比沉重。

刚一踏进家门,阿惹就闻到一股浓烈的酒味在屋里弥漫。她皱了一下秀眉,知道是哥哥又喝醉了,这段时间,哥哥一直都是这样,自己劝过,母亲也劝过,但他就是不听。

阿惹轻轻地叹息了一声,她理解哥哥,他心里苦啊!唉,自己又何尝不是呢?

阿惹望了眼哥哥的屋,就走到厨房的火塘边,与阿达阿嬷招呼了一声,便准备回自己的房间。

"阿惹……"阿嬷停下手里纺线的活,抬起头,眼睛没有离开过她,充满了爱意地喊了声。

"来烤会儿火。"阿达咂巴着兰花烟,目光溢满慈爱,注视着

女儿。

阿惹停下脚步,回头说了声:"阿嬷阿达,我想睡了。"

看着女儿疲惫地进了房间,两个老人也都叹了口气。这个女儿让他们在村子里扬眉吐气。但现在看着自己女儿整天忙忙碌碌,又很心疼。

阿达瞄了眼木加这边,心里又不痛快起来,便使劲咂巴几口烟,股股浓烟从嘴里冒了出来。他知道木加对这桩婚事不满,但这能怪谁呢?我们不都是这样过来的吗?前几天还听说他要出去打工,现在看来好像没提这档子事情了。阿达嘴角又露出了略微满意的笑容。

阿惹躺在床上,眯着眼睛,但怎么也睡不着。翻了几次身,便索性坐了起来,靠在床头。慢慢地脑海中出现了过去与拉一在一起的情景……泪水模糊了她的双眼……

她也渐渐理解拉一了。虽然解放了几十年,过去把人按照血统划分成不同等级的传统早已被国家否定和禁止。但是,在私底下并没有杜绝,尤其是在婚姻上,民间还是按照各自的等级行事。而拉一与自己的等级相差太远!他没有这样的勇气!

算了吧,祝你一生幸福!

……

秦爱民回家的第二天就找到县委组织部的蒋部长汇报了工作。蒋部长得知秦爱民他们在发展电商中遇到了"瓶颈",立马与几个电商发展得好的园区联系。秦爱民满怀希望地去看了。但在与电商企业家们个别沟通时,他们都摇着头说,凉山那边路途遥远,运输成本太高,而且从产品到仓储到物流的发展都不成熟，电商的发展前途渺茫。

跑了几天下来，收获的却是越来越沉重的失望。市场是残酷的，怎么办？难道电商就这样昙花一现？只是搞一个应景式的吗？

不，不行！越是在困难的时候，越需咬紧牙关，只要坚持一下，说不定就会柳暗花明。

秦爱民本想再去跑几个电商园区，但突然接到凉山那边的电话，说省里要来检查工作，需要他马上赶回去。唉！只有先回去再说。

在顺利迎接了省里领导检查后的第二天，刚刚起床，阿惹就来了。说了关于山上十多户饮水困难的问题，也说了村里想从勒尔作里家引水的方案和前几天给他家做思想工作但他不同意的情况。

山上的农户已经缺水很多天了，每天都找到村两委，再不解决，老百姓就要闹事了。所以阿惹今天早早地就来到了村委会，找秦爱民商量对策。

大家围在村委会坝子中央。你一言我一语地议论着怎么来解决这件事。

一大早天上的云层都是黑压压的。凛冽的风刮着人们的脸颊、耳朵、鼻子。一个个的都穿上了冬天厚厚的衣服。来来往往的大人小孩都披上了查尔瓦。

郑志到乡里帮助搞全乡有吸毒史人员的尿检，高清德去给乡政府组织的新型农民培训班讲课。

对于山上农户的饮水问题，秦爱民还不是很清楚具体情况，所以他要到现场去看看，便和刘新龙跟着阿惹到勒尔作里家去。

翻过一个山包就到了山顶,阿惹指着一处房子,说道:"那就是勒尔作里家。"

顺着阿惹指的方向远远望去,那是一个小院落,外面的围墙用水泥涂抹了一层。屋顶盖着蓝色的瓦。房子背后的山坡上是稀疏的树木,在冬天里只剩下光秃秃的树枝坚强地指向天空。

眼看很近,但走起来却还要花费很长时间。刘新龙有些气喘吁吁,随便找了块地方一屁股就坐了下去。

秦爱民和阿惹也只有停下脚步休息。

秦爱民微笑着说:"累了吧?"

刘新龙刚说了句"太远了"。阿惹立马抢白道:"省城来的好娇惯哟,我们这些山里人就没有你娇气了。"

刘新龙"哼"了一声,道:"是远嘛。"

阿惹也不客气,说道:"远你就不来嘛。你先回去,我们去就是了。"

刘新龙露出无奈的神情,身子往后一仰,让自己更放松,眼睛望着阴沉沉的天空,嘴上说道:"唉,我说不过你。"然后狠狠地抽了口烟,向天空使劲吐出一口,但心里却甜丝丝的。

一阵沉重的脚步声从山下传来。大家循声望去,一位中年妇女赶着一匹枣红色的大马,马儿驮着满满的东西顺着正在修建的村公路迈着矫健的步子向前,鼻子里发出"吭吭"的声音,淡淡的白烟从嘴巴和鼻子里冒出。

快走来时,阿惹先是用彝语与来人打招呼,然后转身对秦爱民和刘新龙轻声说:"她就是勒尔作里的妻子。"

妇女看上去约莫五十来岁,瘦削的脸,黑黑的皮肤,头上包着一块黑色的帕子。她瞟了一眼秦爱民和刘新龙,当发觉对方也在看她时，立马收回目光，羞涩地低下头，嘴上吆喝着马匹，用手上的绳子轻轻地拍打了一下肥硕的马屁股。马儿受到了刺激，加快了步伐，小跑着往山上去，踢踢踏踏的声音在这山谷中显得是那么清脆。

三个人起身跟着来到了勒尔作里的家里。铁大门，红黑相间的颜色。院坝打了水泥地坪。正面是三间正房。右边两间，一间厨房，一间猪圈和马圈。左边靠山。

刚走进院坝，一个高个子、黑皮肤、头上还包了头巾的精干中年男子热情地与阿惹打招呼，客气地领着他们进了正房，来到火塘边。

这时在路上遇见的女主人也进来了，坐在火塘边。一阵寒暄后，阿惹有些无可奈何地看着秦爱民和刘新龙，说："他们还是不同意！"

"那你问问他们到底是什么原因。"秦爱民提醒道。

这时刘新龙立马掏出香烟给勒尔作里，并帮他点燃。

"他们不愿说。"阿惹摇了摇头，看刘新龙在发烟，便碰了下他，悄声道："他妻子也要抽烟。"

刘新龙一笑，给女主人发了一支，然后又递给阿惹一支。阿惹杏眼怒瞪。

"嘿嘿，你们这儿的女人很多都要抽烟，我以为你也要……"

还没等刘新龙说完，阿惹伸出右手作要拧他状。他也不躲不闪。阿惹反倒俏脸一红，但又不好意思收回手，就假意轻轻地挨了下。刘新龙立刻叫道："哎哟喂。秦队，她欺负我。"

秦爱民笑而不理。

正说话间，一个二十多岁、身材高挑、皮肤黑中透红、头发

染得黄黄的年轻女子从旁边屋里走了出来。

阿惹立马站了起来，吃惊地招呼道："曲哈莫，你回来啦?!"

曲哈莫也像只快乐的小鸟来到火塘边，挨着阿惹，道："我正在睡觉，一听外面说话的声音就猜到是你。怎么今天有空到我们家来？不会是专门来看我的吧?"

两个女孩坐下后叽叽喳喳地聊了几句，阿惹便将曲哈莫介绍给秦爱民和刘新龙，道："我们是高中同学。现在她在外面打工。"

看着刘新龙一副巴巴的样子，便笑着说："小刘同志，怎么样，美女吧?"

然后转过头看着曲哈莫，说道："我们的曲哈莫应该还没有男朋友呢。"

曲哈莫害羞得脸一下就红了，举起手轻轻地拍了下阿惹的肩膀。

刘新龙连忙笑道："不敢不敢。人家可看不上我哟。"

阿惹白了一眼刘新龙，脸色微微愠怒，道："看来你还是想呢。"然后转头与曲哈莫聊天去了。

勒尔作里起身从旁边屋子里拿出一个五斤装的白色塑料桶，里面装有多半桶白酒。又找出几个啤酒杯，分别给秦爱民、刘新龙和自己倒上。他端起一杯，微笑着与秦爱民他们碰杯。

看着阿惹与她的同学曲哈莫聊得十分开心，秦爱民心想，今天的事情应该有眉目。来凉山这么久了，还没有敞开地喝过。今天天气寒冷，心里也想喝点酒，驱驱寒。他知道，彝族人很豪爽，只要喝到一块儿、谈得拢，还是很好说话的。随即心也就一宽，没太顾忌地与勒尔作里的杯子一碰，一饮而尽。

刘新龙心情自然更是高兴。他也不知道为什么，每当与阿惹在一起,他就是快乐的。走再远的路,干再多的活,他都心甘情愿;哪怕阿惹瞪他,但那眼神在他看来都充满了爱意,心里是暖洋洋的熨帖;哪怕她当着众人的面让他下不了台、怼他几句,他都愿意接受,甚至从那语言中他都能够寻找到让他心悦诚服的理由。

几杯酒下肚,刘新龙与勒尔作里已经称兄道弟了。

"曲哈莫,你一定要劝你阿达阿嬷,让这十几户的水源从你们家水池接。"阿惹和曲哈莫没有喝酒,她在一旁劝道。

曲哈莫有些为难地说:"阿惹,我昨天回来就听他们说起过。不是他们不让接,而且都知道没有饮水的难处,但主要是村里还欠我们家钱。还有就是这个水源也是我们家花了很多钱才找到,又花钱引到山下的。"

"啥,村里还欠你们家钱?"阿惹吃惊道,"我怎么从来没听说过?"她望着勒尔作里,道:"叔叔,我来了这么多次,你为什么不告诉我?"

被女儿一点破,勒尔作里也就不再隐瞒,道出了事情的原委。

原来几年前他家修彝家新寨项目的房子时,子铁书记在他家拉走了一些水泥和砖,给自己家砌了猪圈。

"都两年了。"勒尔作里一脸不悦。话虽如此说,但他今天心情很愉快,这还是家里第一次来"汉呷"朋友,而且喝酒也很耿直。

对于村两委里面的经济方面的事情,秦爱民一般不愿意搭话,因为里面的具体情况工作队不便参与进去。所以他只是默默地听着。

"大约值多少钱?"阿惹认真地看着勒尔作里,问道。

勒尔作里打了个酒嗝,扳起指头算了算,道:"有两千多元。"

"作里大哥,这个应该子铁书记私人给你呀。"刘新龙愤愤不平地说。

勒尔作里把身上下滑的查尔瓦往肩上耸了耸,不屑地说:"哼,他给?!我都找过他几次了,他说由村里出……我、我能怎样?"

阿惹叹息道:"村里哪有什么钱?"

秦爱民不愿意把事情扯得太远,他脑海里想的是,子铁书记拉的砖和水泥不值多少钱,把水引下来,解决十多户农户的饮水问题才是最主要的。

"阿惹,我们去看看这个水源地。"秦爱民放下酒杯,起身说道。

45

勒尔作里想一起去,但看他喝得有些醉了,秦爱民和阿惹坚持让曲哈莫跟着就行了。

出了门往山上又爬了将近一个小时,因为喝了不少酒,脚下发软,爬起来很是吃力。

终于到了一个山坳处,一小股清冽的泉水咕咕咕地往外冒。泉水的四周用水泥围住,插进一根酒杯大的白色塑料管。

秦爱民到了泉水边,俯下身子,捧起水浇到脸上,一股凛冽的寒意刺激着整个脸部神经,他感觉清爽多了。

刘新龙也往脸上浇了几捧，对阿惹喊道："这水洗脸太舒服了，快来。"

看着刘新龙那可爱的样子，阿惹咯咯咯地笑道："舒服你就多洗洗，要不你跳下去洗个澡更舒服。"

刘新龙马上就做出要脱衣服的姿势，阿惹立刻大声阻止道："嗨嗨，你这傻瓜，我是开玩笑的。这么冷的天，感冒了怎么办？"

在一旁的曲哈莫似乎看出了端倪，笑道："我看你是心疼了吧。"

秦爱民对曲哈莫问道："这么大的水量你们家也用不完呀。"

曲哈莫迟疑了一下，说："我听阿达他们说过，其实钱是一方面，还有就是以前我们没水吃的时候，找到村里，他们理都不理。所以我们才自己找的水源。现在村里有问题了，凭什么我们要答应。"

秦爱民沉默了，阿惹也沉默了。是啊，平常老百姓有困难不帮助他们，不为他们做主，现在遇到事情了，老百姓凭什么乐意！

刘新龙将脸上的水擦拭干净，笑着打破了尴尬，道："曲哈莫，你们的阿惹主任可是天天都在给村民办实事哟。"

曲哈莫看了眼刘新龙，用调侃的神情撇了下嘴，又看着阿惹，咯咯地笑着用彝语说："阿惹，我看这个小刘同志喜欢你呢。"

被曲哈莫一说破，阿惹不好意思地去打她，脸羞得更红了。

秦爱民喝了两口泉水，清冽的泉水下肚，酒意也被驱赶跑了。他绕着泉水仔细查勘了一番，又望着山上，问："这个山上没有其他的水源吗？"

太阳照亮大凉山 / 229

阿惹停止了打闹，走过来，回答道："我们跑遍了，只有这个地方有水。"

看着被灌木密密实实覆盖的大山，秦爱民怎么也想不通这里怎么会缺水。也正因为没有水，老百姓洗衣服都很困难，更别说洗澡了。

顺着秦爱民的目光，曲哈莫却像孩子般指着山上，说："春天的时候，山上的索玛花开得可好看了。红的、白的、粉的，满山都是。"那神情充满了喜爱，也透着骄傲，好像又回到了那美丽灿烂的时光。

秦爱民还没有领略过索玛花的美，只在来凉山时，作为志愿者参加过两天的彝族人举办的选美比赛，获得冠军的叫"金索玛"，亚军叫"银索玛"。可见索玛花在彝族人心目中的地位。那一定很美！明年的春天会欣赏到的！

天渐渐地暗了下来。初冬的凉山乌蒙蒙一片，霜风如刀割般从脸颊、耳朵、手上掠过，已凋落的树林发出呼啸声。

从泉水边下来，告别了勒尔作里一家，在下山的途中，秦爱民对阿惹和刘新龙说："走，我们去找子铁书记。"

也许是之前全村开展"洁美家庭"活动工作队帮着子铁书记搞了卫生，让他没有在全村人面前丢面子的原因。当看见秦爱民他们来了后，子铁书记从未有过的客气，让他们进了屋，而且拿出了酒。

本来在曲哈莫家就喝了不少，但因为天气寒冷，加上在山上去找了一遍水源，洗了脸，秦爱民和刘新龙都清醒不少，所以也没有拒绝，礼貌性地喝了点。子铁书记也没太劝。

山上十几户人家缺水的事情子铁书记当然心知肚明，因为牵扯到自己，所以他一直不参与解决。当秦爱民委婉地把来意说出后，他有些为难地只是吧嗒吧嗒咂烟。

"现在家里哪有钱！"子铁书记的老婆是个大块头，胖胖的，从屋外抱了一捆柴，撂在火塘边，气呼呼地说道，当然也没有什么好脸色。

子铁书记看了眼他的老婆，不说话。

秦爱民看了眼阿惹，过了一阵，说道："子铁书记，你看这样行不行？你欠勒尔作里家的材料款我先给你垫上，等你有了的时候再还给我。"

子铁书记依然只是咂烟。阿惹和刘新龙都吃惊地望着秦爱民。

看子铁书记不吭声，秦爱民便继续说："还有，我打算去找一下乡里和县里，看有没有办法解决这十多户的缺水问题。"然后拿起子铁书记给他们倒的酒，与他碰了一下。

子铁书记笑笑，与秦爱民碰杯，但笑容明显有些尴尬。

在子铁书记家里没待多久，秦爱民他们就告辞下山了。

回到村委会，秦爱民首先把木扎瓦扎村十多户缺水的情况报告给乡政府，没有得到确切的答复，他又给省里下派在县农业农村局挂职的宋副局长打了电话。

"我们正在收集全县的缺水户情况，马上要集中统一解决。"宋副局长听了秦爱民的情况汇报，说："你们把具体情况以乡政府的名义打一个报告上来。"

想到等县里统一解决不知道又要多久，老百姓每天都要用水啊！秦爱民有些着急了，说："能不能快一点，我们村的这十多户已经缺水快一个月了。他们每天都是去背水吃啊！"

宋副局长沉默良久，说："看这样行不行？我给搞工程的老

板说一下，让他们先给你们村做了。"

"那不会为难你吧？"秦爱民内心窃喜，但又怕给别人添了麻烦。

"唉，我只有自己私人担保了。"宋副局长叹口气，说道。

"宋局长，你相信我。如果有什么问题，我来承担，绝对不会给你添麻烦。"秦爱民态度坚决地说。

"没事。我马上告诉他们，让老板跟你联系。"宋副局长说道。

不一会儿，秦爱民就接到了老板打来的电话，说明天过来。

饮水问题终于得到了妥善解决，当秦爱民告诉了大家，阿惹笑着说："秦队长，你可给我们解决了大难题。"

大家都在七嘴八舌地讨论着怎样来给十多户做饮水工程时，秦爱民问："阿惹，你那个叫曲哈莫的同学怎么样？"

阿惹被秦爱民这句话问得一头雾水，刘新龙哈哈地笑道："秦队，你不会看上人家了吧？这可是违反纪律的哟。"

秦爱民没理睬刘新龙，说："我在想，我们村妇联主席一直没有找到合适的人选，你们看曲哈莫如何？"

一语点醒梦中人，阿惹连说："对呀，我怎么没想到？"但随即又黯然道："只是不知道她愿不愿意干。"

秦爱民鼓励道："当初条件那么差，你不是也留下来了吗？你去试一试，说不定能行。"

阿惹欢快地点了点头。

第二天，县里的施工队就来到木札瓦扎村，将山上的饮水源进行了整治扩大，将水引进了十多户老百姓的家里。当秦爱民要垫付那两千元钱的时候，勒尔作里正准备收，女儿曲哈莫一把夺

过塞回到秦爱民手里,满脸不悦地对她爸爸说:

"阿达,政府给我们老百姓做了这么多事,我们损失点砖和水泥有什么关系!"

勒尔作里尴尬地看着女儿曲哈莫笑,手也慢慢地收回去了。

最让阿惹高兴的是,曲哈莫答应留在村里,担起妇联主席的担子。她说:"看到家乡现在一天一个样,自己心里都痒痒得想回来。"

转眼间,距离彝族年只有几天的时间,寂静的大凉山突然间欢腾热闹了起来。死气沉沉的这山、这水有了生机,连每个铺子里的人家的炊烟也密实了起来,飘荡在这高原上。

在外打工的年轻人好像一天之间从地里冒了出来,穿着时髦、染着各色头发的男男女女总是在村头村尾都能够碰见,他们三五成群,或围成堆嘻嘻哈哈地谈论着外面的世界,给这大山深处带来了欢笑与活力;或背着大包小包正匆匆忙忙地往家里赶,回来与家人团聚。

深冬的天气愈发寒冷。前段时间偶尔下点小雪,第二天就融化得无影无踪。但现在却不同了。前面的冷还带着些温柔,现在却满是硬朗和力道。雪也慢慢地堆积起来,固执地装扮着山川河流。

这时人们根本离不开火塘,整日里围坐在一起。

这天,阿惹的家里可热闹了。因为按照她家和姑姑家商定的,正是哥哥木加和表妹牛牛结婚的大喜日子。

亲戚、朋友们昨天晚上都一拨一拨地来了。每来一拨,阿惹和她的阿达、阿嬷都把他们领进屋里,敬酒,然后安排在火塘边烤火,这么冷的天气,没有火根本坐不住人。有些客人因为有

太阳照亮大凉山 / 233

事，只是来打个照面，随了礼后又匆匆忙忙地走了。阿惹和她的阿达阿嬷又连忙客气地相送。

天渐渐地黑了，夜色笼罩群山，而哥哥木加却不见了踪影。

因为客人太多，除了屋里的火塘，正屋里、院坝上都升起了堆堆篝火。燃烧得旺旺的火将整个屋子映照得通红而温暖。客人们都挤满了屋子。

大人们围坐在火塘边，相互间敬酒、聊天，满脸洋溢着快乐的笑容。小孩子在屋里屋外跑跳着、打闹着。满地横七竖八地摆放着喝光了的、半瓶的、还没开启的啤酒瓶。墙角边和屋里堆满了整件整件的啤酒箱。地上是厚厚的一层瓜子皮、糖果皮、水果皮……浓浓的酒味、烟味，欢笑声、祝福声……

有些原先互不认识的人，在火塘边一边喝酒，一边攀扯着亲缘关系，往上数着家支的辈分……一切都是那么的亲切。

火塘里面的柴火冒出的烟雾弥漫整个屋子，受不了烟味但又留恋屋里快乐的人跑到屋外透透气又立马兴高采烈地返回屋里，加入热闹的行列。

阿惹来回穿梭地给客人们敬了几圈酒，感觉有点晕晕乎乎的。她走出屋子，来到院坝的边沿躲酒。

太冷了，很多人都披上了黑色、白色、黑白相间、蓝色的查尔瓦。

还是太吵闹了，她走出大门，把那闹哄哄的声音抛在了身后，感觉清净多了。

今晚的夜色深沉。如果不知道，谁会想到在这宁静的大山深处，屋子里还有这般的热闹。

阿惹在寻找哥哥木加。这两天可是他大喜的日子啊，但自晚饭前就再没有看见他的人影了。跟客人们喝了不少酒，一阵寒风吹来，使阿惹打了个寒战。她轻轻地裹紧了身上披着的白色查尔瓦。她喜欢白色，纯洁、灵动。

"哥哥会到哪里去呢？"被寒风刺激后，阿惹清醒多了，她隐隐有些担心，"他该不会做什么傻事吧？"

又是一阵寒风吹过，她搓了搓冰冷的双手，又拿到嘴边哈着热气，不停地跺着脚。今天怎么这么冷？从早上开始天空都是阴沉沉的，风也吹个不停。下午冷得更紧了，好像在冰窟窿里一般。临近天黑，下起了零零星星的小雨，地上也湿漉漉的，更陡增了寒意。

"这是要下雪了吧？"阿惹望着夜空，想着，也担心着，"这么冷的天，哥哥会到哪里去呢？"

哥哥其实很苦，小时候读书，因为成绩差，只读了初中就外出打工去了，最后用在外辛辛苦苦挣的钱供自己读完大学，而且还修了新房子。

其实木加在天黑的时候一个人来到村里一处最僻静的地方。他在等着自己的心上人阿依。

出门的时候，他瞒过了所有的人，口袋里揣了两个荞麦馍馍，披了件双层厚的蓝色查尔瓦。这是一处被遗弃的土坯断墙和已经快要垮塌的彝族传统旧泥房。原来住有一户人家，因为这两年脱贫攻坚已经搬迁到下面住进了新房。木加先是躲在墙根下等着阿依的到来。但随着天色越来越暗，雨也渐渐由原来的零零星星变得密密实实；而寒风更像一伙打劫的强盗，一阵紧似一阵。

木加冷得实在有些受不了，他把查尔瓦裹得更紧了，露出半个脑袋望了望已经快黑透的天，心里疑惑着阿依怎么还没来。但更担心着这鬼天气让她来时的路不好走。

他瞥了一眼旁边的这间破房子里。本来想进去躲一躲,但又怕阿依来了后看不见自己,便咬牙忍着蹲在原地,将身子蜷缩在一起裹在查尔瓦里,尽量使自己暖和些。

一阵窸窸窣窣的脚步声从废墙的背后传了过来,木加机警地闪身躲到旁边的一垄灌木丛中,他从脚步声中听出来不像是阿依的。

刚刚躲好,就看见一个女人的身影。仔细一瞧,是妹妹阿惹在抖落查尔瓦上的雨水,然后目光四处搜寻着什么。她怎么会到这里来?

"哥哥。"阿惹喊了一声。

46

哦,原来阿惹在找我。一股温暖充盈了他的全身。他本能地刚想起身应答,但一个念头马上覆了上来。她找我干什么?是来找我回去吗?不,我不回去!看见家里那些进进出出的人就头晕;听见那闹哄哄的声音就心烦。我不回去。让他们去热闹吧。那里的一切与我无关!我现在出去,如果她劝我回去,我该怎么办?如果跟她一起回去,我的阿依怎么办?如果不跟她回去,她一定会伤心。算了吧,算了吧。妹妹,你看不见我,就不会惹你伤心的。

"哥哥。"阿惹一边喊一边四处张望。木加不敢发出一点声音,连自己的呼吸此时都感觉是多余的。但他透过隐隐的微弱的光看见妹妹的脸上堆满了愁云。同时从妹妹呼喊自己的声音中，他也听出了焦虑。

当阿惹围绕着土墙根搜寻了一圈，又十分不甘地站了一会儿，最后叹息了一声走了。

看见妹妹的身影渐渐消失在夜色中，他的泪水一下流了下来。他知道家里只有妹妹最理解自己。"阿惹，谢谢你。"木加在心里深情地说道。

等阿惹走远，木加刚从灌木丛中钻出来，还没来得及抖落身上被雨水打湿的树叶，他隐约感觉身边站着一个人，心里一惊，暗道："难道阿惹又回来了？"

他用余光瞟了一眼，在感激夹杂着一丝讨厌中慢慢地抬起头。当他看清楚后，泪水如破堤之江，夺眶而出。

"阿依……"木加伸出双臂，一下将扑过来的阿依揽在怀里，紧紧地，紧紧地。哦，我亲爱的阿依，我等你好久了，你为什么现在才来？你知道吗？我快支撑不住了。

阿依也将身子深深地埋在木加的怀里。她在心里轻轻地呼唤，木加，亲爱的木加，请将我抱得紧一点，再紧一点。我喜欢这身上散发出的味道，你就是我此生驻足的港湾。

阿依身子微微地颤抖，轻轻地抽泣了起来。

"怎么了？！"木加紧张地捧着阿依那秀美的脸庞，问道。

阿依将头埋得更深，在木加的怀中幸福地摇着头。

天空中飘起了雪花，大片大片的，越来越密，不一会儿便如鹅毛般滚滚而下。站在土墙根边的两个人儿紧紧地久久地深情相拥着。洁白的雪花落满了他们的头发、双肩，也将他们的双脚深深地掩埋在了雪地中……

在失望中，阿惹拖着疲惫的身体回到了家里。客人们还在陆陆续续地来到，院坝中又生起了几堆火，人们围坐在火堆旁喝着酒。纷纷扬扬的雪花覆盖在他们身上。

阿达和阿嬷虽然在客人们中间兴高采烈地谈论着，但脸上也明显带着倦意。阿惹心疼地想去喊他们早点休息，但转念一想，他们肯定会问哥哥在哪里，自己该怎么回答？万一阿达发火了，在这样的场景下怎么收场？

太累了，阿惹回到自己的房间，一看，床上已经躺着两个裹着查尔瓦、喝得醉醺醺的人了。她又折身出来，将手机的灯光打开，照着路，在雪夜中来到邻居家的一间专门安排女人们睡觉的马厩，找到一张床和衣躺下。

"哥哥肯定和阿依在一起。"阿惹躺在床上，眼睛虽然闭着，但脑海里却在担心哥哥，怕他出事。但又想，如果哥哥要出事早就出了，哪里会等到现在？一个念头突然闪现出来，他和阿依会不会逃跑了？想到这里，阿惹心情一阵悲伤，如果真是这样，那阿达、阿嬷怎么办？这场婚礼又该如何收场？那不是要阿达和阿嬷的命吗……但随即又是一阵兴奋——逃吧，逃跑吧，逃出这让你窒息的地方，去追逐你的爱情吧。

哦，我曾经最爱的人，你也一定结婚了吧？与你的妻子过上幸福的日子了吧！

雪打在屋顶上发出沙沙的响声。雪啊，你下吧，下吧，将一切肮脏、不幸、痛苦都通通埋葬，还一个洁白与纯真的新世界。

阿惹在困顿中沉沉睡去……

第二天一早，阿惹被阵阵此起彼伏的鼾声和马匹发出的吭哧吭哧的鼻声惊醒。她轻轻地坐了起来，看着屋里几架床上横七竖八裹着查尔瓦的女人们,心里暗暗笑道:"看来女人也一样要打鼾……不知道我睡着的时候有没有鼾声?"

一看时间已经过了七点,便连忙翻身下床,披上查尔瓦,推门而出。一片刺眼的白光照得她连忙用手掌遮挡眼睛。寒风不停地往屋里灌,她连忙轻声关上门走了出来。整个院坝、围墙头、四周的树枝上、屋顶……铺了厚厚的一层白雪。在白雪的映照下,天更亮了。她一边往家里走一边欣赏四周的雪景。脚踩在雪上发出咯吱咯吱的声响。近处的树枝被雪压得弯了腰,寒风一来,吱呀吱呀的像是要被压断似的,枝头上的雪也纷纷扬扬地坠落。四面延绵的群山已经是雪的天下。

刚一迈进家里,让阿惹大吃一惊,熊熊火焰边,哥哥木加正坐在那与客人们喝着酒。看见她进来了,木加只瞟了一眼又去喝酒了。父母也都起来了,喜笑颜开地陪着客人们,或者忙前忙后。看见哥哥,阿惹心里说不出是什么滋味。她知道阿达阿嬷因为哥哥终于回家了所以十分高兴。她理解哥哥心里的苦楚,他现在是强忍着的。

因为太冷,一大早,屋里、院坝里、房前屋后都燃烧起一堆一堆的火。人也越来越多,三五成群地围在火堆边,聊天、喝酒,一个个喜形于色。

小孩子们更是在雪地里嬉笑打闹。

年轻的小伙、姑娘们因为平常很少相见,此时却在暗地里欣赏着自己心仪的人。在房子外面不远处支起了几口锅,几个中年壮汉宰羊、杀猪,忙碌地煮着坨坨肉。香气弥漫着整个山寨。

快到中午时,不知是谁喊了一声"新娘来了",人们一窝蜂地跑了出去,来到一个山头,想先睹新娘的风采。

在家的不远处,早已搭好了一个专门给新娘坐的简易草棚,地上也铺上了干的松草、玉米秆等。还有很多青年男女和小孩端着一盆盆、一桶桶水,放在送亲队伍的必经之路,等他们一来,便将水泼向他们。虽然在这寒冬雪天,一个个冷得手、鼻通红,但兴致却一浪高过一浪。

阿惹没有端水,而是跟着另一拨人去看新娘了。站在山头上,在漫山遍野的白雪中,远远地望见一队人慢慢地从山下走来。而新娘和伴娘那鲜艳的衣服和头饰的颜色,在洁白的雪山中显得极为耀眼夺目。阿惹不禁感叹道:"我们彝族女孩的服装真漂亮。"

虽然寒风凛冽,但人们还是控制不住兴奋,在一片欢笑中迎接着新娘。厚厚的雪地上有些地方因为人们的踩踏已经变得厚实,还有些地方已经在融化了。人们在上面行走时都小心翼翼的,但还是有人不小心滑倒,惹得一片哄堂大笑,让这本已热闹的气氛又达到了一个新的高潮。

大约过了半个多小时,送亲队伍才艰难地从山下走了上来。新娘牛牛一身盛装,先是来到草棚里稍微吃了点东西,然后在众人的簇拥下,哥哥的一个朋友将牛牛背进家里。

大家将队伍迎进了屋里。牛牛坐在正屋一边还是用干草和查尔瓦铺的地上。

等把新娘的事情忙完后,一些青年男女到外面泼水去了……

家里人帮忙给新娘牛牛梳头发,将一束头发分成两条辫子。阿惹看见牛牛早已泪流满面。从今天开始,她不再是姑娘。

仪式结束后,阿惹将牛牛和几个伴娘领到火塘边,她们拘谨地接受着男方家客人们的敬酒祝福,也接受着人们递给的瓜子和糖果。

喧闹过后，壮汉们将已煮好的羊肉、猪肉、米饭一盆盆地端了进来，首先放在新娘、伴娘面前，然后才到里里外外双方的客人们。彝族传统的婚宴就在这雪地上热热闹闹地进行着……

吃过午饭，新娘和送亲队伍又要回娘家了。新郎木加带着"身价钱"还有十多个年轻小伙子又到新娘牛牛家去了。

站在山头，看着哥哥木加和他带领的队伍在茫茫的雪山中渐渐消失的影子，阿惹心里说不出是什么滋味……这大凉山啊，真是个苦寒之地！但她心中又生出一股力量，我一定要使木扎瓦扎村变成一块"风水宝地"，让老百姓过上幸福的日子！

……

因为放彝族年假，队员们都回家了。上次回去后没有找到合适的企业，后来市里一位主管电商的领导推荐了成都的一家电商企业，老板姓古，说最近要来看看。所以秦爱民只有在村里等。早上刚准备起床就接到古总的电话，说他在西昌，马上过来。

秦爱民一骨碌坐了起来，给古总发了个位置。

新修村委会办公楼的工人们也都走了，村委会显得异常清静。阿惹和其他的村干部都邀请他去过彝族年，但考虑到自己处理好电商的事情后也要回家，便婉拒了。阿惹几乎每天都要到村委会去看看他。

他到隔壁办公室将要上报县工作队和县委组织部的材料写完发出后，一看时间快十二点了。想到古总可能马上要到了。"今天中午吃什么呢？"原本想煮点饭，让古总就在村里简单吃点，但来到寝室一看，几天都没有到县里去买菜了，什么东西都没有。突然看见墙角还有一件方便面，心想，那就一人一盒吧。

听到一阵喇叭声，秦爱民连忙快步出来。

两人相识后，古总从车上下来，嘴上不停地喊"冷"，但笑容满面，阳光帅气。

秦爱民将古总迎进自己的寝室，倒了一杯热水递到古总的手上，道："辛苦了辛苦了。"

古总接过热水杯，先是暖了暖手，然后喝了一口，嘿嘿地笑着说："干企业的什么苦没吃过！只是到你们这里的路弯道太多，挺危险的。下雪天又不敢开快了。"

快人快语，秦爱民有种遇见朋友的感觉。他理解初到老凉山人的感受，便关心地问："你怎么不带个司机？"

古总道："我本来打算等明年开春的时候再来，但前两天公司到西昌要办个业务，办好后，我让其他人回成都了，我就一个人来了。我的驾驶技艺还是不错的吧？"说完后，抬头观察屋里的四周，惊讶道："秦队长，你们这的条件确实艰苦了点，你们住的这地方，像还处在二十世纪六七十年代。"

秦爱民呵呵笑道："古总，这只是暂时的，这次脱贫攻坚，国家正在从交通、老百姓的住房等各个方面加大投入。现在这可是一片热土啊！"然后对着门外扬了扬下巴，说："村委会也正在新修。哈哈，明年这里的一切都会大变样。"

看见秦爱民一副信心满满的样子，古总也爽朗地笑了。

聊了一会儿，秦爱民抱歉地说："古总，今天中午我只有请你吃方便面了。"

古总道："我请你到县里去吃。"

秦爱民摇摇头，道："算了，我们就不要浪费时间了。吃了方便面我带你到街上去看看我们的电商门市部。"

古总爽快地道："好。"

吃完方便面，联系上阿惹，三个人来到街上的电商门市部。

因为正是彝族年，街上的人熙熙攘攘，都穿着节日的盛装。

听说是彝族年，古总吃惊地问：“怎么彝族过年和我们的春节不是同一时间？”

秦爱民解释道：“古时候，彝族有一个太阳历法，将一年分成十个月，一个月三十六天，每年公历十一月下旬的几天时间就是彝族年。虽然每一个村子的具体时间不一样，但都在这几天……”

听了秦爱民的介绍，古总奇怪地看着他，问：“秦队长，你是彝族？”

阿惹在一旁笑道：“他呀，都快成我们诺苏了。”

"诺苏又是什么？"古总更是一脸疑惑。

阿惹咯咯咯地笑道："就是彝族呀。"

秦爱民笑道："你以后慢慢就知道了。哦，我把我们这个电商给你介绍一下……"然后将这里有利的地理位置、工作队当初做电商的原因、怎么做的、下一步有什么打算都一五一十地给古总做了介绍，"古总，大凉山本来有丰富的物产、广袤的土地，但为什么还处于贫穷落后的状态？主要是物流不畅。电商正可以弥补这一缺陷。你们企业也能够在这方面大有可为。"

古总认真地听了秦爱民的介绍，又走出门市部四处望望。

天气这时候也十分给力，太阳出来了，空气中流淌着温暖的阳光。

看着川流不息、南来北往的大小货车和客车，古总赞叹道："秦队长，你们乡的地理位置很好呀。"

阿惹在一旁带着骄傲和调皮的神情说："我们这里的地理位置当然好啦，几个县到西昌都要经过我们这里呢。"

秦爱民补充道:"是呀,这里是省道,也是我们县的交通枢纽之一……所以你来这里发展电商有广阔的前景。"

看完后,古总正准备告辞,阿惹说:"古总,我邀请你们到我家去过彝族年?怎么样?"

初次来到彝区,古总对这里的一切充满了新鲜与好奇。心想,既然来了,就好好地深入了解一下这里的风土人情,这样对以后的生意也有好处,便爽快地答应了。

传统的彝族年有三天,根据子铁书记的推算和村里有威望老年人的合计,木扎瓦扎村明天开始过年。

一走进村子,很多地方都烧起了一堆堆的火,女人和小孩围在周围,一个个笑逐颜开。男人们在忙着杀猪。因为天气过于寒冷,一些人则裹着查尔瓦蹲在不远处的墙根下躲避寒风。小孩是最耐不住寂寞的,随时都要去看看大人们面前的东西,有时还要帮帮忙。空气中弥漫着柴火与一股煳焦味。

"他们这是在干什么?"古总问道。

"这是在杀年猪。村里每年都要杀几头猪分给每家每户。"阿惹热情地解释道。

"杀年猪?怎么我看好像是在用柴火烧呢?"古总一副想不明白的神情。

秦爱民呵呵笑道:"这里不像外地去猪毛用滚水烫,而是用火烧的。"

看见陌生的客人,老乡们都热情地招呼着他们。

来到阿惹家天已擦黑,虽然天气寒冷,但院子里的气氛却非常热闹。哥哥木加和父母都在忙着杀猪。一些邻居小伙子也过来帮忙。他们一边干活一边喝酒,快乐地相互开着玩笑。其中一个中年男子开始哼唱歌曲,一会儿其他的人也跟着对唱了起来。看见秦爱民和古总站在一边欣赏,阿惹笑着介绍道:"他们唱的是过年歌。"

"唱的是什么意思?"古总好奇地追问。

秦爱民笑道:"应该是一些祝福和对来年丰收的期盼吧。"

阿惹解释道:"内容可多了。比如过年了,杀猪了,祝福来年丰收……"

阿惹的父亲拿起两个杯子来到秦爱民他们面前,微笑着给他们敬酒,说:"库石木撒!(新年祝福的意思)"

因为阿惹家来了客人,不一会儿,周围邻居都纷纷赶了过来。

院坝中间的火堆燃烧起熊熊烈火,把这寒夜照耀得明亮而温暖。

人们围在火堆边喝酒、唱歌、跳着达体舞(彝族人喜爱跳的一种舞蹈,有很多种类),相互说着祝福的话语。秦爱民和古总已经喝了不少酒,醉醺醺地也跟着人们一起唱歌跳舞。虽然听不懂彝族歌曲,但还是跟着哼唱;虽然舞步十分僵硬,但还是跟着节奏尽情地欢跳。在火光中,一个个彝族老百姓脸上挂着那甜蜜和欢乐的笑容。看见他们相互间亲密的样子,秦爱民内心充满了对这个民族的爱。他被他们在面对生活并不富裕甚至还处在贫困当中的这种乐观的精神、团结友爱互帮互助的精神、淳朴善良的精神深深地感染着。

夜越来越深,天空中升起了一轮皎洁的月亮,照耀在大地上,照耀在这寒冬的凉山,照耀在这高山上的彝家村寨,照耀在这一个个狂欢的人们的脸上,是那么美,那么亮,那么令人陶

醉。秦爱民痴痴地望着天上的月亮，也痴痴地看着眼前沉醉于迎接新年的人们，心里祝福道："我的彝族朋友们，祝愿你们在新的一年快乐安康，生活越来越好。库石木撒！"

望着天上洒下的月光，秦爱民裹紧了身上的衣服，他知道，起霜了！

47

彝族年还没结束，队员们都提前归队了。

"秦队，我跟公司的其他几个老总商量了，准备接受你们的邀请，参与你们那里的电商建设。"正在村委会与村社干部开会的秦爱民接到了古总打来的电话。

古总到木各尔乡考察电商回去后的第二周，他就组织公司的领导层——也是公司的股东们——进行了研究，将他对凉山，尤其是木各尔乡的情况做了介绍。

对于在凉山发展电商，公司的股东有不同的意见。有的人是因为凉山距离外面的大市场太远；有的人认为那里的各种软硬件设施太落后；还有的人认为那里是彝区，在那里发展电商心中没底……

古总却坚持自己的观点：正因为那里是一片待开垦的处女地，所以才有机会。而且他将党和国家正在那边如火如荼开展的脱贫攻坚事业做了详细的介绍。更重要的是那里有丰富的物产、优质的资源等。

在股东们都很犹豫的时候，最后古总坚定地说："就算你们都不同意这个投资项目，我古某私人也要投。"

在古总的坚持下，公司的股东们最终同意了他的投资提议。因为经过多年的打拼，公司能有现在的规模，能够发展到现在这样好，都是因为古总具有独到的眼光和胆识，股东们都信任他！

在电话里，还没有等秦爱民回答，古总接着说："为了表达我们的诚意，公司计划在你们那三十万元的基础上再投资三十万元。哈哈哈，我们打算把你们那个电商做成一个区域性的电商基地。辐射带动周围的乡镇甚至其他的县。要发挥规模优势。"

这太出人意料了。秦爱民被这突如其来的好消息冲击得心跳加速。他按捺住激动，只回答了一个字："好。"

"过几天我派一个团队过来做一个具体的实施和发展方案。等方案做好了后，我们公司还要与你们乡政府签订一个合作协议。"古总最后说。

接完电话，秦爱民心中暗自窃喜："真是喜事连连啊。"

今天开会，主要是村里异地搬迁的贫困户安全住房已修建完工，要给他们每家每户免费发放"五件套"——桌子、沙发、茶几、洗衣机、电视柜。县里明天就拉下来，要组织贫困户搬进自己的新房子里。

还有就是通村入社的公路已经修得差不多了，现在要给以前在原址修建的彝家新寨的贫困户修通入户的公路。公路要修到家门口，这是彝族老百姓祖祖辈辈想都不敢想的事情啊！

前期电商进展也顺利。秦爱民满足地点上一支烟。

因为件件都是大事，子铁书记破天荒地主持召开了今天的村社干部会。他感到从未有过的压力。

脱贫攻坚的这几年，尤其是工作队来了以后，事情一件接着

一件，打破了原有的平静。老百姓的期盼更多了，上级的任务每天如雪片般下来，件件都是急事、要事。他越发感到力不从心，不知道从何入手。

　　幸好有工作队和阿惹他们支撑着，自己才得以脱身。工作队，唉，原来以为都像以前来的干部，只是走马观花地住一段时间就没趣地拍屁股走人，没想到这次来的工作队根本就不是那么一回事。不仅踏踏实实住在破破烂烂的村委会，而且天天到每家每户走访，满村子跑，给老百姓做事。不仅把全村的情况摸得透透的，现在没有发现一个新增吸毒的，艾滋病人也少了很多，小孩都去上学了……尤其是那个秦爱民，总是搞出一些新花样。不过还好，上次清洁卫生，工作队的帮着做了，不然自己可要在全村人面前丢脸了。大家都在后面夸赞他们呢。

　　子铁书记看了眼坐在对面的阿惹。这女子倒没选错。虽然自打工作队来后不太听话了，甚至还顶撞自己，但是现在做事比以前更有劲头了。

　　唉，是不是我该退了，让他们年轻人干去？

　　他点燃手上的兰花烟，吐出一口烟雾，咳嗽两声，看着阿惹和几个工作队员，说："今天研究的这些事情由阿惹主任负责……当然，工作队的也要一起干。秦队长，只有麻烦你们喽。"

　　说到这儿，子铁书记有些不好意思地微笑地看着秦爱民。

　　阿惹看了眼在座的村社干部，有些犹豫，心想，这可是好几件事情啊，而且要在这么短的时间内处理完，更重要的是这些事情不仅涉及每一家的切身利益，还有大量具体细致的基础性工作。村社干部抛开能力不说，仅仅就人数来说都很少，怎么忙得过来？

想到这，阿惹重重地叹了口气，但随即看了看秦爱民和工作队其他队员以及村两委的几个人，便勉强地点了点头。

子铁书记当然知道阿惹心里还是有怨气，他迟疑了一下，笑道："年轻人要多锻炼。我老了，将来这些要靠你们年轻人了！"

对于子铁书记个人来说，阿惹没有什么。但就工作而言，通过一年多的共事，她心里多多少少还是有些意见。她感觉子铁书记的责任心太差，遇到什么事情都是拖、磨、躲。而且在工作中总是不敢面对老百姓。像上次解决山上十多户农户的饮水问题，还出现以公家的名义侵占私人物资的情况，像这样的作风，十分影响村两委在老百姓心中的形象。如此下去，村两委在老百姓心目中又怎么会有威信？木扎瓦扎村的工作又不是我阿惹一个人的事情？想到这，阿惹突然说："子铁书记，你还是要牵头负责一项工作哦。"

阿惹说出这话完全出乎子铁书记的意料，他脸一黑，看着阿惹。

秦爱民感觉气氛不对，便连忙插话道："子铁书记，阿惹主任，还有各位，我来说几句。"

子铁书记明显感觉到阿惹对自己不满，也许他也感到自己在工作上多多少少还是有些不对，马上笑着说："好好，我们听听秦队长的。"

秦爱民道："同志们，现在国家为了让我们彝区老百姓脱贫致富是花了大力气的。我们作为村社干部，本来就应该是带领老百姓发家致富的领头雁。我们干部就应该是吃苦在前、干在前的榜样。这次的几项工作，涉及老百姓的切身利益，也是为了实现党和政府提出的全面实现脱贫的宏伟目标，实现'两不愁三保障'的具体落实……当然，在具体工作中，我想，无论是村两委还是我们工作队都会全力以赴，按时按质按量完成……"

秦爱民继续深情地说道："说实话，组织上派我们工作队来这里，就是来和大家一起苦、一起干、一起奋斗！"

也许是秦爱民的一席话让子铁有所触动，他先是沉默了很久，后来说："谢谢工作队来帮我们。我也尽量抽出时间来……这样，阿惹，我们两个一人负责一项工作。修公路和修房子，你负责一项，剩下的我来负责，你看怎么样？"

阿惹回答道："你安排就是了。"

在接下来的一段时间里，工作队和村两委干部一道，先是召开党员大会，再是分组召开村民大会。在发放"五件套"时，村里像过节般热闹。村委会坝子上堆满了沙发、桌子等家具。人们按照村里的安排，一件一件地把自己分得的东西抬回家。村干部做好登记造册，并让户主按手印。

在修入户路时，家家户户都欢天喜地地跟着一起干。村里帮助做好群众工作，协助现场工程质量的监管。一听说要修路，老百姓都奔走相告，在整个发动群众的过程中几乎没有遇到什么阻力。大家都异口同声地说："干！"

日月如梭，光阴似箭。转瞬间春节快到了。凉山大地上随处都覆盖着皑皑白雪，人们的大多数时间都是围在火塘边度过的。工作队员们也只有待在村委会，围在电炉边烤火。高清德、刘新龙打打游戏，郑志和秦爱民都各自抱着一本书。大家偶尔交流几句。

这天，秦爱民正在看《平凡的世界》，读到田福军上任黄原行署专员后，大刀阔斧地改革。读得他荡气回肠，唏嘘不已。他想，一个人要干一件事情需要付出多么大的勇气，也会遇到多么大的阻力！但只要一心为公、为老百姓谋幸福，就都会得到大家的支持与爱戴。

突然，外面一阵人语声惊起了深冬中围在火炉边的几个队员。刘新龙反应最快，起身打开门，寒风立马钻进屋里。

"小刘，秦队在不在?"木子主席披着查尔瓦，后面跟着乡干部阿嘎和副乡长吉俄。

三个人裹着一阵寒风进屋，纷纷围在电炉边，伸出双手一边暖着，嘴巴连道："好冷!"

"木子主席，你们今天怎么有空来我们村视察民情啊?"秦爱民开玩笑道。

木子主席嘿嘿一笑，道："这么大的雪，我们来看看你们生活上有什么困难。"

刘新龙嘴快，笑道："我们就是没有蔬菜吃了。"

郑志假装正色道："小刘，你怎么能这么直接呢。乡领导能在风雪交加的天气来看望我们就很感激了。你还想他们带东西来呢。"

也是跟工作队的人混熟了，木子主席露出了神秘的微笑，说道："阿嘎，吉俄，你们去把车上的菜拿下来嘛。"

一听有东西，大家都兴奋起来，跟着阿嘎和吉俄副乡长一起出去了。房间里只留下了木子主席和秦爱民。

"这么冷的天气，劳烦你们还来看我们。"秦爱民很是感激。自从来木各尔乡后，还是第一位乡领导在这大雪天里来看望工作队。

木子主席叹了口气，道："你们在这里也太苦了。我估计这雪天也不好买菜，所以就顺便带了点。"

说话间，几个人已经大包小包地把车上的东西搬了进来。

"秦队，我在办公室坐不住啊。上级要求让老百姓春节前就要搬进新房。虽然修好了，但还要简单装修和粉刷。时间太紧了，我不放心，出来到各村走走看看还有什么是我们没有想到的。"木子主席皱着眉头道。

秦爱民点了点头，说："那我们去看看我们村修房子的点和公路的线？"

刚出门，木子主席想了想，说："把阿惹主任喊上。"然后吩咐阿嘎和吉俄留在村里，"今天就在村里吃饭。"

凉山的冬天冷得出奇。一路上，秦爱民虽然穿了厚厚的棉衣，但还是抵不住这如刀般的寒风钻遍全身，浑身犹如没穿衣服似的。

站在山头，迎着寒风，望着漫山遍野覆盖的白雪和白雪中低矮的老百姓的泥坯房，秦爱民内心涌现出一股悲凉和无限感怀，眼眶也渐渐地湿润了。这时木子主席在一旁感慨道："我们彝族老百姓太穷了！"

阿惹望着绵延的群山，微笑着接话道："过去我们这里的人确实太贫穷，但是现在好了，上面给了我们彝区那么多的好政策，在各个方面都大力地投入，还给我们派来了帮扶工作队呢。现在我们这里可是希望之地啊。"然后用调侃的语气说道："主席啊，你可不要太悲观喽。"

秦爱民呵呵笑道："是啊。春节前他们就要搬进新房子了。我们可是见证者啊！"

木子主席轻松地哈哈笑道："你们工作队更是建设者。"

来到房子修建点，看着工人们在大雪天挥汗如雨地粉刷墙壁、安装窗子，一栋栋漂亮整齐如别墅般的房子在大山中格外醒目。

秦爱民遥望着前方，想象着老百姓从破旧的土房里搬出来，住上宽敞明亮的新房；想象着每一个组每一户都通上了水泥路，囤积在山区的核桃、荞麦、花椒被拉往外面市场的景象，他笑了。

木子主席感叹道："我们彝族老百姓现在很幸福哟。"

下山的路上，偶尔碰见一些村民蹲在路边烤火，看见乡村干部和工作队的人，都热情地打招呼，打探着他们要多久搬进新房子、什么时候公路能够完工。

秦爱民、木子主席、阿惹都异口同声地回答："快了，快了。"

老百姓脸上个个都洋溢着温暖的笑容。

因为有了国家的支持，所有人都像打了强心剂似的，一路看一路畅谈着变化后的彝区。

回到村委会，大家在雪地上走过，弄得一身的稀泥、浑身的汗水。

饭菜已经准备就绪，大家坐下就吃。

三杯两盏下肚，木子主席打开了话匣子，红着脸拍了下秦爱民的肩，说："唉，为什么穷？还是我们的个别干部出了问题。不作为、懒政。"

秦爱民笑笑不语。

"在脱贫攻坚之前，很多乡镇干部一个月难得在乡里待几天。尤其是一些领导，只是上级来检查工作了，他才提前一天到乡里准备接待工作。杀牛、杀羊。领导一走，他也走了。怎么能不穷？"

这倒勾起了刘新龙的表达欲望，他笑着道："那还安逸呢。"

木子主席悻悻道："有啥安逸的？混日子而已。"

高清德将了刘新龙一军，道："那脱贫攻坚结束后，你就留在这里嘛。上面可是有这方面的政策，鼓励大家留下来。"

"那还是算喽。要真那样混吃等死，不把我憋死才怪呢。"刘新龙脑袋摇得拨浪鼓似的。

木子主席立马声明道："不过我说的是以前的现象啊，现在可不一样了。"

秦爱民笑道："你也怕呀。"

木子主席先是一愣，继而把脖子一扬，道："怕什么，不好就不好嘛。事实摆在那里，还怕人家说！"

秦爱民端起酒杯，道："木子主席，来，我敬你。"

木子主席吃惊道："敬我干吗？"

"感谢你平时对我们工作队的关照，为我们说了很多好话。"秦爱民眼中饱含着感激，但脸上却透着忧伤。

阿惹在一旁插话道："我也听到一些人说风凉话。"

刘新龙急吼吼地问道："说什么？"

自从圆根加工厂失败后，高清德心里最难受，也最敏感，一听有人说闲话，便叹道："对不起，我给工作队丢脸了！"说完后，自顾自地端起酒杯。

秦爱民拍了他一下，道："没事，有我们。又不是哪个故意的，有些事情我们也没办法。"然后与高清德和木子主席碰了下酒杯，一口干了。

阿惹皱眉道："我还听说，有些人说我们电商是花架子呢！"

刘新龙脖子一梗，道："这些人胡乱说嘛。电商可是实实在在把老百姓的东西卖出去了呀，花架子？那他咋不也搞个花架子出来让大家看看！"

阿惹秀眉一瞪，道："看你急赤白脸的，又不是我说的。还不是有个别人听了老百姓夸我们，心里不舒服，所以在背地里乱说。"

刘新龙气呼呼地冒了句粗话，又说："还不是自己无能又不准别人干实事。"

木子主席用极其不屑的口气道："管那些一个个的。他们做不到还嫉妒别人。喝酒！"

天已慢慢暗沉了下来，尤其冬天的天黑得更早。木扎瓦扎村的天空又飘起了淅淅沥沥的小雨，夹杂着小颗的雪粒。

……

也许是酒力的原因，秦爱民躺在床上辗转反侧，于是坐起来点燃一支烟。看着另一张床上的刘新龙睡得十分香甜，感叹道，年轻真好，可以无忧无虑。哎！想起经历的一切心里就发痛。工作真难啊！房子快修好了，路也快修通了，但谁能保证他们将来不返贫？如果思想观念、工作作风没有根本性改变或者革命，重蹈覆辙不是不可能的。而干部是最关键的，没有贫穷的百姓，只有无能的干部。

48

冬天的大凉山是真冷啊！好像冷到骨头缝里去了。

秦爱民躺在床上看书，感觉浑身不舒服。翻身躺下，把被子裹得紧紧的，但还是感到冷。他又将旁边的棉衣盖在被子上面。睡了一会儿，却越发的冷，浑身发抖，头也剧烈地疼痛，他知道自己感冒了，于是披衣起身，在随身背的口袋里找出感冒冲剂，冲了两袋，喝下后又躺下，将头蒙在被窝里，想通过这种方法让自己出汗。因为过去感冒了，他都是这样对付的。

……

"秦队……"不知什么时候，秦爱民隐约听见有人喊他。在迷迷糊糊中，他睁开双眼。刘新龙站在床前，伸手摸了摸他的额头，吃惊道："好烫。"

秦爱民虚弱地问道："几点了？"

刘新龙一边给他倒水，一边回答道："已经早上九点了……昨天晚上你一直在翻身、说梦话。"

"对不起，影响到你了。"秦爱民艰难地说。他想起身，但刚一动弹浑身都痛，于是又躺下了。

刘新龙刚想过来帮忙，但秦爱民软弱无力地说："不了。我再躺一会儿。"

刘新龙先是呵呵笑道："我这人头一挨枕头就睡着了，怎么可能影响到我呢。"但看见秦爱民这个样子，便担心地说："你今天还是要到乡卫生院去看一看哟。或者我给你把药买回来。"

秦爱民咳嗽两声，虚弱地说："你们忙你们的，我一会儿自己去卫生院。唉，这人一病了就麻烦。"

刘新龙体贴地说："平常看你就像小伙子一样，生龙活虎的，这一生病就蔫了。而且在家里还有嫂子照顾你，多好。"然后又一笑，道："不过有我们呢。"

秦爱民微笑道："谢谢你了。"

天气放晴，简单地吃了点早饭，刘新龙、郑志和高清德他们便进村入户去了，秦爱民拖着虚弱的身子去乡卫生院。虽然路程不远，但他走走停停。刚开始还有太阳，不一会儿天又阴了，寒风刮得人直打战。在出门的时候已经穿得够厚的了，但这时在寒风中行走却如在冰中穿行。在卫生院拿了药，走在回村的路上，秦爱民似乎明白了彝族人喜欢火塘、崇尚火与太阳的道理，因为这里的冬天太冷了，尤其是在高寒地方，一年四季，一到晚上，气温低得让人受不了，只有太阳与火塘能带给他们温暖。

这次感冒一直到春节放假前才稍微好点。这也是秦爱民多年来第一次感冒得这么严重。

……

春节一过，队员们都陆陆续续地回到了村里。也许春节吃得好、耍得好的缘故，一见面，一个个长得白白胖胖的。原先长时间在农村艰苦环境下的疲倦，现在消失得无影无踪。在刚来援彝的时候，想起要在这里待两三年，有时不免有些失落，秦爱民便安慰道："两年就是一个春天再加一个春天。"

是的，这是他们来这里经过的第一个春天。

几个人一见面如久别重逢的战友，纷纷将各自带的土特产、腊肉、腊肠等一应拿了出来。

"我看你们恨不得把家都搬来。"看着房间里堆得像小山似的东西，秦爱民微笑着说。

"我走的时候，我父母也这么说我，嘿嘿嘿。"刘新龙笑道。"嗨，你别说，虽然在家里待着舒服，但几天过后就又想这里了。"

高清德用手扶了一下眼镜，开玩笑地说道："你就是个贱皮子。"

刘新龙一瘪嘴，回道："难道你不是？那你怎么比我来得还早？"

"我看啊，我们都是贱皮子。"郑志也进来了，高高的身材堵在门口，将屋外的寒风都挡在了外面。

不一会儿，阿惹和曲哈莫也来了。

"嗨，你们终于回来了。"曲哈莫感叹道。

"怎么了？"大家齐刷刷地将目光转向她。

曲哈莫笑道："自从你们走后，阿惹就像丢了魂似的，每天都在唠叨着你们什么时候回来。"

阿惹脸一下红到了耳根，去追打曲哈莫。曲哈莫咯咯咯地笑着躲到刘新龙身后，把他向阿惹一推，说："刘新龙，你还不把你的阿惹管住。"

刘新龙嘿嘿地笑着，心里比蜜还甜。他伸手去接已冲过来的阿惹，阿惹抬手"啪"的一下打在他的手上，他也不把手往回缩。

当天稍晚些，大家一起动手，煮了一桌子丰盛的腊菜，都喝了一点酒。在天快擦黑的时候，阿惹和曲哈莫要走，刘新龙主动去送她们。

虽然季节进入了春天，地处大凉山深处的木各尔乡却依然是一派冬天的景象。但只要你细心观察，你会发现，那枯草的深处已经泛出了一抹淡淡的绿意；树皮湿漉漉的软和多了，在树枝的末端上能够寻找到米粒大的芽孢。

刘新龙跟在阿惹和曲哈莫的后面，手上还提着这次回家后专门带给阿惹的东西。但他说是给阿惹和曲哈莫"两个人"带的。

"你不需要带这么多东西。"阿惹看着刘新龙两只手提着大袋小袋的东西,累得气喘吁吁,又不让她们俩帮忙,便用责备的口吻说。

刘新龙一边大口喘气一边愉快地说:"也没什么,主要是我想让你们尝尝我妈妈做的腊肉、香肠,还有超市里面买的零食。"

"刘新龙同志,不要说'你们'好不好。"曲哈莫假装不高兴地强调道。

阿惹只是笑,曲哈莫憋不住也笑了,说:"不过呢,我也可以沾点光。嗨,刘新龙,你还没女朋友?"

阿惹放慢了脚步,静静地听着。

刘新龙连忙道:"哪有女朋友哟。"

曲哈莫瘪着嘴,道:"我才不相信呢。你们外面的人那么开放,你没交过?"

刘新龙沉默了一下,道:"吹了。"然后笑着道:"曲哈莫,不会你看上我了吧?我可是个穷光蛋哟。"

被刘新龙将了一军,曲哈莫羞得脸绯红,道:"谁说我看上你了?我是帮阿惹审问你……"

还没等曲哈莫说完,阿惹慌忙阻止道:"曲哈莫,别乱说,谁让你帮我审问了?"

曲哈莫咯咯笑道:"好好,你不追,那我可下手了。我看刘新龙同志就很不错。"

"啊?我可不是商品。"刘新龙不乐意了,在一旁抗争道。

两个女孩咯咯咯笑得更快乐了,就像春天里的百灵鸟……

春天说来就来,天气渐热,大凉山显示出勃勃生机。潺潺的河水悄无声息地涨了起来。散落在山上彝族老百姓房前屋后的桃树开出了粉嫩的花朵。洁白的梨花在温暖阳光的刺激下,一夜间竞相怒放。在冬天里衰败的枯草和树木焕发出生机与活力。大地上万事万物都蕴藏着一股向上的力量,挡都挡不住。

而木扎瓦扎村的脱贫攻坚也如这春天般,好一派繁忙景象。

春天来了,这可是置家兴业的好时机啊。春节期间,木扎瓦扎村的贫困户都搬进了新房。在大好政策的支持下,人们赶着把新房子按照自己的设想进行装修,或者添置东西。

入户路也修好了,只是每家每户还在精心地整治着旁边的沟沟渠渠,或者栽种着树木。每一个人的脸上都洋溢着欢乐的笑容。

队员们一来到这里就投入到繁忙而紧张的帮扶工作当中。

但是在这期间的木扎瓦扎村却发生了一件重大的"政治事件"。

村党支部书记子铁尔合辞职了!

秦爱民在村委会办公室。如果不是亲耳听见这话从坐在对面的子铁书记口中说出,他打死都不会相信。秦爱民没有说什么,只是吃惊而怀疑地看着披着查尔瓦的子铁书记。

子铁书记悠然地咂巴着烟,说:"阿惹这娃儿不错。"

秦爱民点点头。

子铁书记看着秦爱民,目光中露出温和,说:"有你们在这里,她会干得更好。"

秦爱民不知道说什么,但是他感觉子铁书记说得没错。现在的阿惹已经越来越成熟了,而且那股子不服输的干劲是难能可贵的。但是他没有直接回答,只是掏出烟来递给子铁书记,自己点燃一支。

子铁书记咂巴了一口烟,有些伤悲地说:"秦队长,我也出去过,看见外面的发展,说实话,我们这里太落后了,老百姓也太穷了。"然后叹息一声,继续道:"但是我们又有什么办法呢?我们工作确实干得不好。"

秦爱民马上说:"子铁书记,你也不能这么说,你们也很辛苦。"

子铁书记看着秦爱民,点了点头,没有再说什么,起身拿起放在墙角的斗笠,默默地走出了办公室。

秦爱民坐了一会儿,出门看见子铁书记已经远远地到了下坡的转角处,转眼就消失了。那里有一株桃树,孤零零的,但粉红色的桃花开得十分繁茂。

这天下午六点多,大家都回到了村委会,秦爱民回得最晚。因为参加了县里的一个紧急会议。会议内容很沉痛,说高山上的一个乡的综合帮扶工作队员在下村时开车,由于路面积雪湿滑,山高坡陡,不幸坠下悬崖,牺牲了!

当宣布这条不幸的消息时,县工作队成队长数度哽咽,不断自责,说没有关心好大家……

从村口下车步行回村委会的五百米路途,秦爱民感到好累,脚如灌铅般沉重。几次坐下来休息时,周围的老百姓都请他去做客,在他婉拒后又陪他聊了几句。一些邻家的狗儿也跑到他面前东闻闻西闻闻,与他亲热。

原来在新闻报道中看到的牺牲在扶贫战线上的事情就真真切切发生在眼前了。

秦爱民认得那位战友,年轻,充满了活力。他们一起参加过全州的帮扶干部培训班。记得在那次培训中的一天晚饭后,大家一起在邛海边散步。他靠在海边的栏杆上,满脸笑容地说:"秦队,你们电商做得好。我们可以合作,把我们村的农特产品拿到你们平台上去卖。"然后还与大家探讨扶贫的方法,甚至还讲了一些笑话。现在转眼间人就走了。

扶贫啊,你是多少人用年华、智慧、汗水甚至生命来捍卫的啊!而这又是一个民族、一个国家走向强大的必由之路。

回到村委会,郑志系着围裙在忙着煮饭,高清德在电脑前查询着什么,刘新龙和阿惹好像也在讨论着什么。看着一个个生龙活虎的同伴,泪水模糊了秦爱民的双眼。什么叫幸福?这才是真正的幸福——一个队像一家人一样。"家人平安",这就是最大的幸福!

他把在县城买的几样凉菜、卤菜放在桌上,与大家打了个招呼便回寝室。

刚一躺下,阿惹就跟了进来。他立马坐了起来。

"秦队,我想跟你商量一件事情。"阿惹有些迟疑地站在原地。

"什么事?"看见阿惹犹豫的样子,秦爱民估计她一定又遇到了什么棘手的事情,便指了指刘新龙的床让她坐着。

"乡里让我当支部书记。"阿惹心事重重地说。

"好事呀。"

"我不想干……"阿惹顺势坐在了刘新龙的床上。

"为什么?……怕累?"

阿惹摇摇头。

"待遇低,还是想出去?"

阿惹还是摇头。

"那?"

"怕干不好。"阿惹忧心忡忡地道。

"还没干,怎么知道干不好?"秦爱民点燃一支烟,鼓励道。

"与老百姓打交道太难了。"阿惹说出了自己的担心。

秦爱民道:"只要你办事公道,老百姓会拥护你的。"

"我们都支持你。你一定能干好。"刘新龙和高清德都站在了门口齐声说道,曲哈莫也在。

阿惹的眼中含着感激的泪水。

49

按照乡、村两级的分工,队员们与当地干部有些负责修路,有些负责村民的安全住房,有些负责村委会办公楼。

阿惹接替了子铁尔合成为木扎瓦扎村的支部书记,各项工作在村社干部和工作队的大力支持下快速推进。

劳累了一整天,刚刚躺下,刘新龙突然坐了起来,发给秦爱民一支烟,说:"秦队,我想请你帮个忙……"

秦爱民拒绝道:"我在床上不抽烟。"于是把烟放在两人之间的小桌子上。

刘新龙跳下床来,将烟又递到秦爱民面前,并点燃火,笑着道:"没事,抽嘛。"

秦爱民斜睨一眼刘新龙,笑着道:"无事献殷勤,一定有什么不可告人的目的吧。说,帮什么忙?"

刘新龙回到床上,吞吞吐吐地说:"我……我想……"

秦爱民调侃道:"不会是让我给你当媒人吧?我可告诉你,这些事我不会做。"

还没等秦爱民说完，刘新龙立马打断道："不是不是。"

秦爱民一脸疑惑地看着刘新龙，问道："那是什么事？"

刘新龙摸了摸脑袋，说道："我想请你给我……哎，还是算了……"

秦爱民吐出一口烟雾，用责备的口吻道："你怎么这么啰唆。不说算了，省得我操心。"

说完后，就脱衣服上床准备睡觉。这段时间累得够呛，尾椎骨也有点痛，躺下就舒服多了。他拿出在医院买的酒精，在疼痛处揉了揉。

"我来给你揉。"刘新龙又打算起身帮忙，秦爱民摆摆手，道："不了，我已经揉了。"

刘新龙哈哈笑道："我知道，你不好意思让我看见你的光屁股。那有啥嘛，相互帮助嘛。"

秦爱民白了刘新龙一眼，道："有什么事就说，别在这里一副求人帮忙还不落下人情的样子。"

刘新龙一下就来了精神，坐到秦爱民的床上，笑道："我想请你当我的介绍人。"

秦爱民一下就笑了，道："我说你看上哪个姑娘了，还不承认。虽然我从来没有当过媒人，但为了你一辈子的幸福，这次就破回例。"然后关心地询问道："是哪个？我认识吗？"

刘新龙这回镇定道："秦队，我真不是让你介绍女朋友。现在都啥年代了，还需要介绍？我们可不像你们那个年代。"

"那就说正经的，什么事？"秦爱民催促道。虽然擦了酒精，但尾椎骨还是隐隐有点痛，他把身子平躺下，让自己好受些。

刘新龙一脸严肃，说道："我想请你给我当入党介绍人。"

秦爱民立马回答道:"可以呀,这个是我应该做的,而且这是你对我的信任。"接着他沉默了一会儿,问:"小刘,你想好了没有?入党可是一件严肃的事情,对你一生都会有重大影响。党是一个组织,有纪律,更是一种信仰!"

刘新龙眼望前方,悠悠地说:"秦队,说实话,在来凉山搞脱贫攻坚之前,我从来就没有想过加入中国共产党,当然也没有人跟我谈起过。而且看到现实中的一些党员的觉悟还没有一个普通老百姓高,所以就更加对这些东西在某种程度来说还有些抵触情绪。"

刘新龙缓了一口气,转头看着秦爱民。

秦爱民坐直了身子,说:"是啊,我们党近几十年来带领全国人民从贫穷到富裕,现在又走上了伟大的复兴之路。这是我们这个民族从来没有过的。个别党员存在这样那样的问题是极少数,我们不能把存在的问题无限夸大而忽视我们党取得的伟大成绩。能够成为这样一个伟大的党的成员应该是一件无上光荣的事情。

而且,近几年我们党不断地加大了反腐力度,让党更加纯洁。我也更加坚信,我们党会变得越来越好。可以说,与世界上其他任何的执政党相比,没有哪个党像我们党一样,把人民、国家、民族的利益看得高于一切。"

刘新龙说道:"秦队,我这次来凉山,与你们在一起,我看到了不一样的党员。"说到这里,他话锋突转,笑道:"秦队,你这次来凉山援彝,回去后,组织上会不会给你'加官晋爵'?"

秦爱民哈哈笑道:"小刘同志,我是志愿报名来的好不好,而且你不是不清楚,上面的文件根本就没说过要给援彝的人解决

什么政治待遇。况且我这个年龄，在基层，已经是天花板的年龄了，所以根本就没有往那方面想。"

刘新龙好像根本不放过秦爱民似的笑道："我才不相信呢。你们公务员回去后肯定会升官的。像你，已经科级了，肯定会给你解决个处级吧。到那时候，你可不要不认我们兄弟哟，更要请客喽。"

秦爱民哈哈笑道："我看你呀，你这个入党是想捞政治资本哟。"

刘新龙立马争辩道："秦队，你知道我是搞业务的，我不需要什么政治资本。"

秦爱民进一步地刺激他说："那是什么突然让你有了这样的想法？"

其实这就是秦爱民一直想要的结果。在相处的快一年的时间里，秦爱民发觉刘新龙人品不错，而且有做事的激情，也没有什么不良嗜好，心底干净，算是一个可塑之才。但是，他还需要进一步地看透他内心深处的东西。

刘新龙神情严肃地道："说实话，我看见我们身边的这些党员为了国家的脱贫攻坚事业牺牲了一切，我是由衷地钦佩，所以也想成为你们当中的一员。秦队，这些话听起来有些高尚，但这就是我的心里话。"

秦爱民露出笑意，道："怎么，有些佩服我们了？"

本来纯粹是句玩笑话，没想到刘新龙点着头，很认真地回答道："嗯。"又说："秦队，你给我推荐的几本书，我认认真真地看了，自己又买了一些。当初我的内心是不愿意到这里来的，所有人都知道这里艰苦，但是我现在感觉我没有来错。在这里，除了跟着大家一道帮助彝族老百姓摆脱贫困,还可以思考一下自己的人生。"

这倒出乎秦爱民的意料,他望着刘新龙,问:"是吗?会有这么大的收获?"

刘新龙点点头,道:"过去整个人生活得就像蚂蚁,浑浑噩噩,没有目标,没有动力,有的只是眼前的苟且。"

"那现在有了动力,找到了目标?"秦爱民问。对于眼前这个小伙子,秦爱民是很喜欢的。虽然看起来不是那么成熟,有时甚至还有些小孩子脾气。但谁不是从小孩成长起来的呢?而且他还希望眼前的这个小伙子能够保持他内心的童真。童真就是净土啊!

刘新龙先是点了点头,继而又摇了摇头,说道:"大道理倒没有想出来什么,但我想,我虽然是一个小人物,但生活还是要有正能量,这样活得才充实,若能帮助哪怕一个弱者,给他带去微不足道的帮助,这些都是人生的意义。"

秦爱民慎重地说道:"小刘,我愿意当你的入党介绍人。"又突然问道:"入党介绍人需要两个,另一个是谁?"

这时刘新龙挠了挠头,笑着说:"我想请阿惹,你看行不行?"

秦爱民一笑,道:"只要她愿意,有什么不可以的。"

……

木扎瓦扎村比以前任何时候都热闹。公路上人声鼎沸,轰隆隆的机器声从早到晚响个不停。虽然老百姓在春节期间搬进了新房子,但还有很多地方需要规整。村委会新建的办公楼一天一个样。天公也作美,连续一段时间都是艳阳高照。

阿惹每天早早地都到几个通村的工地上看看。其他几个村社

干部也在她的安排下分别到不同的工地现场进行监督。而秦爱民带着工作队的人大力配合。

这天，秦爱民戴顶草帽正在公路工地上，突然接到了成都电商古总的电话，说他们已经来到了木各尔乡，正在电商门市部。

"那你们到村里来。我这里还忙着呢。"秦爱民在电话里说。

不一会儿，古总带着两个小伙子就来到木扎瓦扎村。秦爱民已经在村委会等着他们了。

阿惹刚当上支部书记，虽然很忙，但秦爱民想，电商是件大事，便通知她也参加。

刘新龙就像阿惹的助手，整天跟在阿惹的屁股后面出谋划策。虽然村民都用异样的目光看着他俩，但阿惹却很愿意有这么一个"参谋"，整日里笑容满面。

古总兴奋地看着村子四周热火朝天的景象，激动地说道："几天没见，你们这里怎么发生了这么大的变化？"

秦爱民指了指新修的村委会，又指着村委会前面正在修建的通村入户公路，满怀激情地说："现在我们凉山可是一片热土啊。怎么样，心动了吧！再过几个月，我们村的变化会让你更吃惊。"

看着满脸已经黝黑、浑身是泥、裤子都褪了色的秦爱民，古总对身边的两位年轻人说："这就是我给你们说起的秦队长。你们看现在高原强烈的紫外线把他晒得像不像我们的彝族同胞啊？"然后又感慨道："是啊，国家对大凉山可是下了大力气啊。怎么不心动？我这次来，就是要与你们一起，为凉山的脱贫致富贡献力量哦。"

说到这儿，回头指着身边的两个年轻小伙子，道："秦队长，这是我的两位助手。你就叫他们小刘、小陈好了。他们专门来负责发展电商的。"

秦爱民看着两个年轻人，用充满羡慕的口吻夸赞道："真年轻啊。好，有你们来，我们的电商就有希望了。我们老百姓致富奔小康就有希望了。"

说完后，几个人快乐地哈哈大笑起来，这笑声在山谷中回荡，在阳光的照耀下穿透了春天的暖风，掠过森林和山坡上长出嫩绿的叶子的玉米地、荞麦地。

"怎么门市部是关着的呢？"一旁的小刘问道。

秦爱民一笑，回答道："就等着你们来呀。"

小刘个子比小陈高些，也清秀得多，但说话句句见血，道："秦队长，农村电商可不好做呀。连我们国家很多大的电商平台对农村电商都没有找到一条好的路子。更何况大凉山这里，受地理位置、交通条件等因素的制约。所以……"

还没等小刘说完，秦爱民微笑着说："我虽然不懂电商，但这几个月的实际操作，让我也有了一些肤浅的了解。小刘可是个行家里手啊。"然后话锋一转，神色坚定地说："正因为有这些制约，所以我们这里还是一片有待开垦的处女地，商机也就在这里面。你应该听说过关于在非洲卖鞋子的故事吧？"

小刘嘿嘿一笑，说道："你说的是不是一个公司派了两个销售员到非洲去卖鞋子，他们到非洲考察了一番，回来后，得出了两个截然不同的结果。一个回来后垂头丧气地说，那里的人都不穿鞋子，所以没有市场；而另一个人回来后却兴高采烈地说，那里的人都不穿鞋子，所以具有广阔的市场前景？"

在一旁认真听着的阿惹也笑了，说："这个故事我在外面上班时也听到过。"并不断地点头，"有道理，有道理。"

太阳照亮大凉山 / 269

秦爱民微笑道："同理，这里是不是有无限商机？"

古总赞同地点了点头。

秦爱民继续说："我们电商门市部这段时间没有开门，是因为我们工作队还忙于整个脱贫攻坚的其他事情。电商只是我们工作的一部分。你们今天看见的是我们这里忙碌的景象，但你们知道吗？在这热闹的景象下面，我们还要配合乡党委政府、村两委开展禁毒防艾、控辍保学、计划生育、移风易俗，还要宣传党的方针政策，而这些是让我们的老百姓脱穷根的关键。"他指了指自己的脑袋，"这里的穷才是最难治的。"

秦爱民感觉自己说的话题太沉重了，便一笑，说道："而且电商也是一项十分专业的事情，按照县里领导的指示，我们就是要请你们这些专业团队来做专业的事情。"

古总竖起大拇指，道："秦队长，你们这样做是对的，如果让你们自己搞，很多专业的东西是很难的。当然并不是因为你们请了我们公司我就这样说。你知道，电商要做好，真不是那么容易的。"

接下来的两天，秦爱民带着古总一行与乡党委海来书记等领导进行了协商，也拜访了县委副书记、县工作队成队长、宁副县长、牛副县长。在他们的大力支持下，提出了电商下一步的实施方案。

临告别时的那天早晨，站在村口，古总道："秦队长，你放心，我们公司一定把你们这里的电商做好。通过两次考察，我们不仅要在你们乡发展电商，也准备将公司的很多精力转移到大凉山来。"然后紧紧地握着秦爱民的手，道："谢谢你，谢谢你给我们打开了重新认识大凉山的大门，让我们看到了大凉山广阔的前景。"

在一旁的小刘提醒道:"秦队长,你们指挥部配套给乡政府发展电商的三十万的协议什么时候能够签下来?我们公司的三十万随时都可以到账。"

秦爱民心里清楚,小刘问的都是实际问题,便胸有成竹地说:"很快。宁副县长已经答应最近这几天就拨给乡政府,到时你们再与乡政府签合同。我给乡里领导汇报一下,应该没问题,到时候我通知你们。"

朝阳爬上了山头,将整个木扎瓦扎村照得温暖而清新。看着古总的越野车渐渐消失在弯弯曲曲的山道中,阿惹担心地说:"秦队长,人家小刘问得有道理。"

在一旁的刘新龙不服气地说:"有什么道理?"

阿惹说:"我感觉要让乡政府签这个合同还有点难。"

秦爱民沉默了很久,说:"我们只要一心为民,我相信乡里的领导也一定会大力支持的。"

一进入春天,本来气温应该一日比一日高,但还有个倒春寒。而凉山的倒春寒可不是用"春寒料峭"能形容的。前几天还是艳阳高照、蓝天如洗,忙碌着修房码屋、筑路砌坎的人们恨不得脱光上衣,但没过两天,这天气就变了脸。

这天上午,太阳还高悬在半空,把群山照得亮亮的,但到了下午,天边乌云骤起,不多会儿便遮盖了太阳,群山被阴沉沉的雾包裹,冷风也袭了过来,一阵紧似一阵。在工地上原先还光着膀子的几个年轻人都忙着穿上衣服。随即,天上飘起淅淅沥沥的毛毛小雨。雨助冷势,风跟雨脚。看这阵势,年老的人说:"今天晚上要下雪了。"

这几天秦爱民只是偶尔到工地上看看,其余时间便是去落实宁副县长安排给木各尔乡电商的三十万项目资金。一切都很顺利,没过三天,资金就到了乡政府的账上。在经过了一系列法律程序后,最后一个环节就是乡政府与古总的公司签订电商合同。

因为天气突然转冷,工作队的人也都从工地上撤了回来。秦爱民也是迎着这"倒春寒"的冷风回到了村委会。

"秦队,你听到乡里的一些人的闲话没有?"已经钻进被窝的刘新龙看着秦爱民哆嗦着进了屋,问道。

秦爱民吃惊地问:"什么闲话?"

刘新龙气愤地说:"我听说,有个别乡干部说你在电商里面肯定得了好处。"

秦爱民当然懂得所谓"好处"指的是什么。

他沉默着先是"哼"了一声,接着摇了摇头,说:"好处?!到现在,所有跑电商事情的路费、差旅费都是我私人掏腰包的呢。当然,要说我得了什么'好处'也不是没道理。"

此话一出口,刘新龙用吃惊的眼神望着秦爱民,道:"秦队,不可能吧?!"那眼神也变得异样起来。

秦爱民呵呵一笑,说道:"帮助老百姓把核桃卖出去了,难道不算好处吗?不仅仅是我,你们也一样得了这样的'好处'。这些老百姓也得了这样的'好处'。我倒是希望这样的'好处'越来越多,是不是?"

听了这样的解释,刘新龙松了口气,哈哈地笑了。

但是刘新龙还是说:"秦队,听着这些话,很伤人心的。唉,还不如算了。反正我们过来组织上又没有什么硬性规定要干好什么,尤其是产业方面。"

秦爱民想了想，道："其实这些情况我都想到过。但是，如果我们因为怕这些闲话就退缩不前，那什么事情也干不了，有人在的地方就会有闲言碎语，很正常。他们要说就让他们说去吧。你总不能把别人的嘴缝上。"

一脚迈了进来的高清德一反以前那种不太言语的状态，激动地说："秦队长，不要听那些闲话，我们都支持你。"

秦爱民微微一笑，道："身正不怕影子歪。谢谢大家。也请你们放心，我作为一名有着近三十年党龄的共产党员，什么该做，什么不该做，心里有数。我秦爱民不是那种不守规矩、没有纪律意识的人。"

刘新龙道："秦队，我们都相信你。"

秦爱民感激地看着面前的两位战友，继而又叹了口气，语重心长地说："你们还年轻，每干一件事都不是那么容易的，所以自己一定要有定力。本着一点，只要是为了老百姓的利益，你就咬紧牙关，总会成功的。"

三个人坐在屋里，因为讨论事情，所以抽了不少烟。秦爱民将窗户打开，开玩笑道："一个个都是烟枪，把屋子弄得烟雾缭绕。"

一股冷风立马钻进屋内。

"秦队，我听其他乡工作队说，前不久他们跟乡里发生了冲突。好像这里有些干部并不喜欢我们。"刘新龙忧心忡忡地说。

"不会吧？"高清德疑惑道。

"你整天就知道抬头望着天上的云，低头看地上的土壤，书呆子一个，知道什么。"被刘新龙抢白了一句，高清德讷讷地不说话。

这些情况秦爱民何尝不知，只是他不想关注这些事情罢了。

"阿惹当书记后会好的。"刘新龙立马笑着道。

天气冷得够呛，屋外的小雨已经变成了雪粒，把屋顶打得噼噼啪啪响。春天里下雪，对于从外地来的工作队员们还是第一次经历。一个个刚开始还带着兴奋和稀奇跑到外面去看，但没过多久，都冻得瑟瑟发抖，红着鼻子、耳朵返回房间，钻进了暖暖的被窝。

50

春雪并不比冬天的雪小。第二天，秦爱民早早就起床了，他今天要到乡政府去。昨天就跟海来书记说好了，今天要召开党委会，专门研究与电商公司签订合作的合同事宜。会议已经推迟了很多天，党委成员很难召齐。昨天下午，在秦爱民的一再催促下，海来书记才一个个打了电话决定了下来。

吃了自备的简单早餐后，秦爱民一个人背着背包下山去乡政府。会议定在九点半，他想，无论如何不能迟到。这也关乎工作队形象的问题。昨晚一夜的大雪让漫山遍野白茫茫一片。寒风刮得手和脸都僵硬了。道路上雪堆积得很厚，走在上面发出"咯吱"的声音。到达乡政府时还不到九点。古总公司的小刘已经等在门口了。两个人打了招呼，正在闲聊，看见一个人往乡政府走来。

"秦队，你们真早啊。"海来书记走近了招呼道。

秦爱民笑着说："不是九点半开会吗？怕路不好走，所以提前来了。"

寒暄了一阵儿,跟着海来书记来到他的办公室兼会议室。不多会儿,领导班子成员也陆陆续续到齐了。

会上,秦爱民给大家解读了发展电商的意义,同时将古总他们公司招商过来的情况做了详细汇报。小刘又对整个项目的方案作了报告。

"我们凭什么把三十万元的钱让外面的公司来赚?为什么我们乡政府不可以拿来做生意?这样也可以改善职工的福利。"海来书记提出了自己的观点。

秦爱民微笑着解释道:"乡政府是不能做生意的。这不符合国家的规定。"

"那你们工作队来做嘛。"海来书记看着秦爱民,建议道。

"海来书记,我们工作队也不能做生意。"秦爱民露出为难的神情,耐心地说,"省委给我们工作队规定了五项职责。"

其他的几个领导有的偏向海来书记的意见,主张将赚得的利润拿来改善政府职工的生活;有的建议请当地的公司来做。

秦爱民一一做好解释工作。小刘最后提出了公司打算在指挥部投入的三十万元的基础上再投入三十万元。

"投那么多干什么?"海来书记不屑一顾地说。

会议陷入了尴尬境地。

"我来说几句。"坐在那里一直没说话的木子主席说道。

由于在平常工作中木子主席本就看不惯海来书记的做派,所以一般情况下,他都用沉默来表达自己的观点。

海来书记用无所谓的眼神看了眼木子主席。

"不要一看到钱就想着自己应该在里面得到多少好处,这些都是专款。政府来做生意？不仅违规，而且谁来做？你们让工作队来做，他们是来扶贫的，不是来给我们乡政府做生意赚钱的。你们说请我们本地的公司来做这个电商。电商外面早就有了，为什么之前你们不请我们本地的公司来做？我们这里有这样的公司吗？不要外面的企业一来，你们就认为人家把我们这里的钱赚走了。如果企业不赚钱，人家凭什么来？如果企业不来，我们凭什么能够发展起来？说实话，外面的政府想尽千方百计地招商引资，我们却将工作队引进的企业拒之门外。简直是愚蠢至极！"

海来书记的脸青一阵红一阵，突然把桌子一拍，大声呵斥道："你说谁愚蠢？！"

木子主席也不示弱地一拍桌子，大声道："自己清楚！"

秦爱民将木子主席往会议室外拉，劝慰道："主席，不要冲动。"

木子主席突然满含眼泪悲伤地喊道："我们不要成为装睡的人！"说完后转身而去，背影显得那么孤独！

也许是木子主席最后那一声呐喊让会议室内鸦雀无声，所有的人好像都在思索着什么。

海来书记提起笔气呼呼地就在合同书上签上了自己的名字。

春天的雪来得快去得也快。早晨整个山脉还是白雪覆盖，到了中午，天空中那炽烈的太阳很快就把雪赶到了山顶。雪后的天空更加干净、湛蓝、辽阔。只是道路因为雪的融化而变得泥泞不堪。秦爱民踩着泥泞回到了村委会，因为还有很多事情等着他去做。虽然今天在乡党委会上的一幕让他心情沉重，但想着电商终于要走上一条正规而快速的道路，他又轻松许多。走在半道，已是大汗淋漓。他选择了山路边的一块大石头坐下来休息。不远处的山坡上，一位中年妇女正在放牧着一群羊。虽然爬坡的时候很热，但刚坐下不久，这空气中又透着丝丝寒意。望着山坡下川流不息的车子、阳光下一户户正在紧锣密鼓修葺房子的人们，还有面前一簇不知名的开满淡红色花朵的灌木，秦爱民陡然发现，凉山的春天真的来了。

休息了一会儿，秦爱民又收拾好心情，精力充沛地起身往山上走去。

……

在工地上跑了一天，阿惹拖着疲倦的步子回到家里，阿达、阿嬷和哥哥都还没回来。她知道，他们在山坡上种玉米和荞麦。自己一直忙于村里的事情，根本没有时间帮家里干活。阿惹心里十分愧疚，本想到山上去帮忙，但天快黑了，她估摸着他们也快回家了，便立马动手在火塘上煮晚饭。

火塘散发出温暖的火光。她一边往里添柴一边烤着手。看着跳跃的火苗，阿惹陷入了沉思：对于彝族人来说，火塘太重要了，它是一家人在一起温馨时刻的陪伴，更是一家人度过那漫漫寒夜必不可少的地方。火塘，承载了诺苏人太多的民族记忆。从降生的那一刻起，每一个彝族人的生活都离不开火塘，哪怕死的时候，都是用火来照亮"回家"的路。

饭菜刚刚弄好，阿达和阿嬷就回来了。她立马将饭菜端上桌子，招呼他们吃饭。

"哥哥呢？"她没看见哥哥，问道。

被这一问，阿嬷露出惊奇的神情，看着阿惹，道："他不是早回来了吗？"

阿达还是不习惯在桌子上吃饭，端了一碗饭，拿起一个马勺

子就到火塘边,放在地上一勺一勺地舀着吃。根本就没把儿子没在家当回事。

"都结婚了,还一整天地乱跑。"阿嬷也端起饭到火塘边去了。

但是阿惹却感觉不对劲,因为她这两天发觉哥哥一直在悄悄地收拾东西,而且把出去打工用的大旅行包装得满满的。为了不引起阿达阿嬷的怀疑,阿惹到外面去给哥哥打了个电话。

"我走了,出来打工了。你照顾好阿达阿嬷。"在电话里,哥哥只说了这句话就挂了。

一听说儿子走了,阿嬷眼泪一下掉了出来。阿达早已吃完饭,坐在火塘边抽烟。

一晚上的抱怨、一晚上的不放心、一晚上阿惹对阿达阿嬷的劝慰,让阿惹也一晚上都没有休息好。

第二天一早,阿惹还没起床曲哈莫就火急火燎地从山上下来。因为今天村里组织一部分妇女帮着寡妇马阿娘修房子。

阿嬷给开的大门。一进屋,看见阿惹还赖在床上,曲哈莫把手伸进被窝"调戏"阿惹,笑着说:"太阳晒到屁股上了!"

阿惹闭着眼睛,头埋在被子里,懒洋洋地回答:"才七点多,这么早……昨晚没睡好。"

曲哈莫咯咯咯地笑道:"想刘新龙了?"

阿惹掀开被子的一角露出秀美的脸蛋,长发如瀑布般凌乱地铺展在枕头上,轻轻地"呸"了一声。

曲哈莫清楚,与拉一的分手对阿惹打击很大,她整日里郁郁寡欢。这段时间发觉工作队的刘新龙好像对她有那个意思,她也开心了许多。

"好了好了，我们要早点到马阿娘家去，不然晚了。"曲哈莫说。

阿惹起来简单洗漱了一下就准备出门，曲哈莫笑着提醒道："你还是认真收拾下，工作队的都要来。"

阿惹先是一笑，随即假装收敛笑容，道："我就这样，管他们喜不喜欢。"但还是抬手拢了拢头发。

自从曲哈莫留下来当了村妇联主席，阿惹有了左膀右臂，工作上轻松了许多。曲哈莫确实能干，短短的几个月就把村里的妇女工作理得顺顺当当，做得有声有色。前不久在工作队的帮助下，还专门请来了县妇联的曾主席，在县妇联的指导下成立了三支队伍——互助队、文化体育服务队、健康文明引导队。将全村几百号老老少少的妇女都编到三支队伍里面。还别说，原来一盘散沙的妇女们好像一个个换了个人似的，都积极参加村里的各种活动。

当阿惹和曲哈莫一路上急匆匆地来到马阿娘家，秦爱民、刘新龙和高清德正站在已经打好基脚的房子前比比画画。

打了招呼，几个人一边商量今天具体怎么干一边等村里其他的妇女。一顿饭工夫，陆陆续续来了二十多个，还有两辆车，分别拉的砖和水泥。

阿惹将大家聚集在一起，曲哈莫清点了人数，你一言我一语地分了组。哪几个下车，哪几个码垛，分配完后，妇女们嘻嘻哈哈地动起手来。

主人家马阿娘乐呵呵地忙前忙后。

……

这天，阿惹正在乡里汇报工作，就接到了刘新龙打来的电话，说昨天在修入户路时吉尔社的体克家不配合，今天想请她去看看，一起做做思想工作。她听后便急忙赶回村里。当到体克家时,远远地看见刘新龙坐在距离体克家不远处的一块石头上。

"其他家都是自己做路基。但体克他们说让村里给他们弄。"等阿惹走近后,刘新龙说道。

"他们家不是有人吗?怎么还要让村里帮忙?"阿惹有些奇怪,然后直接带着刘新龙往体克家去。

"这些事情你们村里就应该给我们做好。"体克坐在火塘边,一边啃着土豆,一边理直气壮地说。他的妻子给站在面前的一个小孩喂土豆。火塘里并没有燃火。

"体克大哥,我们村里只给家里没有劳动力的人家帮忙打路基。自己有能力的家庭都是自己弄。"阿惹耐心地解释道。

"那我不管。上面的政策是要求你们把每个贫困户的入户路都要打起。"体克表情冷漠地说。

刘新龙在一旁很憋屈,说:"国家的政策是这么说的,但没有说你连一根指头都不伸一下。这样的话,你也太……"他本要说"你也太懒了",但话到嘴边又咽了回去。

体克三十多岁,过去曾经出去打过工,但嫌太累便回来了。所以现在一直就在家里待着。他好像没听见刘新龙的话,只对阿惹说:"如果你们不给我做好,上面的领导来检查时,我就不说好话。"

刘新龙一听急了,道:"体克,你怎么能这样呢?我们又不是没有做工作,你凭什么这样?"

体克轻描淡写地说:"那你们为什么不给我把入户路弄好?"

刘新龙叹口气,道:"随便你。"

阿惹看刘新龙急的,对他一笑,意思让他不要着急。但刘新龙并没有理会她的意思,反而用责怪的眼神看了她一眼,轻声道:"还笑!"

阿惹也不理他,转头还是劝慰体克要自己动手,但体克一直不答应。最后两个人失败而归。当来到村委会时,想等秦爱民从县里办完事回来商量对策,也通知了村里的文书吉米和妇联主席曲哈莫。

秦爱民让村干部他们先发表他们的想法。文书吉米说,如果可以,村里还是帮体克家修了算了。

"不能帮这家人,太没道理了。"阿惹表明自己的态度。"如果他们自己有能力,凭什么要等着国家帮他?不自己动手,这是在养懒人。"

"我也不赞同帮懒人。我们这有些人就是太懒,所以到现在都还这么穷。"曲哈莫气愤地说。

"那体克他就是不做呢?我们脱贫攻坚的检查验收就通不过。到时候乡里也会找我们的。"文书吉米担心道。

秦爱民严肃地说:"你们说的这种情况在各地都有,但我认为我们不能够助长这样的不良风气。至于你们说乡里领导的态度,我想,他们也应该痛恨这些,也会支持我们的。如果有什么责任我来承担。"

"不,秦队,谢谢你的好意。我是支部书记,如果有什么责任,由我来担。"阿惹态度坚决地说道。

商量完后,秦爱民和阿惹立马赶往乡政府。

刚一走到海来书记的办公室门口,就看见牛副县长也在里面。两个人正在讨论着什么,为了不打扰他们,秦爱民正准备退出去,被牛副县长一眼看见,喊道:"秦队长,你们请进来。"

秦爱民和阿惹也就走了进去。对牛副县长，秦爱民心存感激，如果不是他的大力支持，电商工作开展得不会那么顺利。

"我们乡准备发动老百姓种植金银花。"牛副县长快人快语，但十分客气地说，"你们工作队的人见多识广，能人很多，帮我们参谋一下。还有就是这次我们乡里准备派几个人到山东去考察，你们工作队的也派一个人去。"

这可是好事呀。要真正脱贫，关键还是要让老百姓的钱包鼓起来，而产业发展是最有效的途径。

"一千亩，压力还是有点大哦。"海来书记不无担心地说。

牛副县长把在木各尔乡发展金银花的规划简单地给秦爱民做了介绍。来了一年了，对凉山的情况也有些了解。在询问了气候、土壤、降雨量等指标都符合金银花生长的情况下，现在最关键的就是人的因素和市场前景。

"一千亩也不大。产业发展还是要讲究规模效益。"秦爱民说。

牛副县长像是受到了鼓舞，脸上露出了孩子般的笑容，说："那我们计划下周就派一批干部出去考察，你们工作队派谁去？"

秦爱民想了想，道："让高清德去，他是农业专家。"

等把金银花的事情商量完，牛副县长看了眼一直默默坐在一旁的阿惹，问："这就是木扎瓦扎村年轻的支部书记阿惹吧？"

阿惹点点头。

牛副县长鼓励道："好好干。听说你们村现在变化很大。不错！有工作队他们给帮扶，相信会更好。"

阿惹却突然问道："牛县长，你们刚才说要在全乡种金银花？我们村可不可以种？"

牛副县长认真地看着阿惹，问："你们能行吗？"

阿惹看了眼秦爱民,秦爱民点了点头。阿惹表情坚定地回答道:"行!"

牛副县长没有立刻回答,然后转头问秦爱民:"秦队长,你刚才跟海来书记报告的事情他也告诉我了。我建议你们工作队和村干部再做一下这户人的思想工作。"

秦爱民看了眼海来书记,说:"工作队帮也没什么,但这对其他的老百姓来说不公平,而且这样也助长了衣来伸手、饭来张口的不良风气。我不赞同。"

海来书记阴沉着脸,皱眉道:"秦队长,工作队还是在当地党委政府的领导下开展工作。老百姓不愿意做,你们就去给做了嘛,有什么不可以的。而且我们这里是少数民族地区,与你们外面不一样。"

看见海来书记一副理所当然的样子,秦爱民心里升起一股莫名的无奈,"工作队在当地党委政府的领导下",是啊,这也是工作队来凉山时,组织上交代的原则。但是,一年来自己看到的现状却让他深深地感到忧心。这样下去,将来一旦工作队撤出,以后的工作怎么做?

"海来书记,工作队是来帮扶的,不是来替代党委政府的,更不是来大包大揽的。当然这里的情况特殊,但我们不能因为特殊就不改掉不好的做法。"

坐在一旁的牛副县长看着阿惹,问:"阿惹书记,你怎么看?"

阿惹理直气壮地说:"我也不赞成养懒人。"

"海来书记、秦队长,你们也不要争论了。我说一点……"牛副县长看着海来书记,道:"我认为秦队长和阿惹书记说得有道理,我们的脱贫攻坚不能养懒人。凡是贫困户能够做的,我们不能越俎代庖，而是要带领他们自己动手。不能让贫困户躺在床上等着国家来给他们脱贫。这样的风气不可长。"

海来书记有些急了，道："那这家人就是不自己动手呢？他们这一家就影响了我们整个乡脱贫攻坚工作的进程。牛副县长，我们这是彝区，有些情况你是清楚的。"

牛副县长马上接话道："正因为这是彝区，所以我们党和国家才花了这么大的人力物力，让我们彝族老百姓跟上全国的发展步伐，但不能因为我们是少数民族就放任自己。至于你说到的会影响我们整个乡的脱贫攻坚问题，我想，这样一户人，也不会影响我们整体的工作。"

秦爱民虽然很感激牛副县长持有这样的观点，但他也知道，接下来还是要尽量做通体克家的工作，让他们自己动手。

从乡政府出来，秦爱民看见一台大型挖掘机已开进了坝子。说是来拆乡政府旧楼的。

51

经过几个月的奋战，木扎瓦扎村的公路修好了，贫困户的房子也一栋栋地矗立在村里，村委会的新房子也在原址上矗立了起来。原先到处脏乱差的村子，整洁干净了许多。以前总是穿得脏兮兮的人们，现在脸也干净了，手也干净了。脸上总是洋溢着笑容。

秦爱民站在村委会新建的办公楼前，想起刚来时的情景，内心洋溢着幸福与快乐。

季节到了夏天。早晨的阳光普照着延绵的群山，天空湛蓝如海。蓝天下，彝族老百姓白墙、深蓝色瓦的新房子掩映在绿树丛中，在阳光照耀下发出新亮的光芒。山坡上的玉米秆郁郁葱葱，荞麦在地里开满了米粒大的淡黄色的小花，核桃树结出的大坨大坨的果子隐藏在繁密的树叶中，在微风中偶尔掀起绿叶，露出调皮可爱的笑脸。秦爱民欣赏着眼前的美景，心里感慨道：凉山，好一片美丽的地方。

秦爱民坐在村委会前的那块石头上，点燃一支烟，悠闲地吸了一口。来这一年多了，眼见着老百姓的日子一天天变好。真没白来一趟啊！"但是……"秦爱民眉头随即皱了起来。如何让他们的日子过得红火，这可是接下来要思考的问题呀！如何让这美丽的地方保持美丽？正在他"胡思乱想"的时候，高清德戴着草帽从寝室快步出来。

"我到山上去看看金银花。"高清德一边走一边对秦爱民说。

"金银花又怎么了？"秦爱民问。因为还是第一次在这里栽种，所以到底能不能成功，大家都捏把汗。秦爱民以为金银花出什么问题了。

高清德稍事停下脚步，道："我只是去看看花开出来了没有。"

秦爱民吃了一惊，定定地看着晒得越发黝黑的高清德，连忙问："都开花了？！"

高清德咧开嘴一笑，道："应该是。"然后用询问的眼神看着秦爱民，道："想不想去看看？"

"好！"秦爱民兴奋地一下站起来，跟着高清德就往山上去。由于前段时间忙于村里的道路和老百姓的房子，而指派了高清德去配合乡政府和村里栽种金银花，所以平常很少过问这件事情。

今天突然听高清德说"开花没有",让秦爱民喜出望外。

这次全乡栽种了一千亩金银花,每个村都栽了一些,木扎瓦扎村栽得最多,有五百多亩。

走到半山腰,阵阵花香淡淡地飘来,秦爱民嗅了嗅,微笑着问:"要到了?"

"嗯。"高清德走在前面,回答道,更加快了步子登上了前面的一个山包,秦爱民紧紧跟了上去。

好一片整整齐齐的金银花,长得不高,但很健壮,绿油油的一排排站在那里。无数的细条的花朵从绿叶中伸出来,一簇、两簇、三簇……无数簇,像无数颗星星,整个山坡上都铺满了金银花的花朵。

秦爱民突然看见地头的不远处有一个人在弯腰锄草,问:"那是谁?"

高清德不假思索地答:"马海日古。"

也许听见了响动,马海日古抬起头,招呼道:"秦队长,高工,你们来了?"

秦爱民答应着,吃惊地看着高清德。

高清德道:"今年他家种得最多,每天来得最早。"

高清德又往地里深处走去,一边像对待婴儿般小心翼翼地抚摸着小花朵一边大声说:"秦队,我们成功了!"

秦爱民被眼前满坡的金银花的景色迷醉了,贪婪地呼吸着满谷的花香。

"秦队长,你看这像不像是一个花园?"不知道什么时候阿惹和刘新龙也来到了金银花地。曲哈莫也跟在后面。

秦爱民回头看着他俩,满意地点点头,兴奋道:"嗯。"

大凉山，你是多么的可爱啊。

"如果我们村都是这样美丽该多好呀！"刘新龙来到秦爱民身边，递给他一支烟感叹道。

被刘新龙一提醒，秦爱民脑海中突然闪过一个念头，对呀，如果把我们村建设成一个花园式的村庄该多好！他转身又全方位地审视了整个村庄——虽然看不全——一个美丽的村庄的面貌在秦爱民的脑海中渐渐浮现。对啊，如果我们的彝族老百姓都住在这如画的村庄里，那该多好呀！脱贫攻坚，不仅仅是让老百姓有一口饭吃，还要让他们过上幸福、有品质的生活。

"阿惹书记，你说我们有没有可能把我们村打造成花园式村庄？"秦爱民对着四周画了一个圈，兴奋地问道。

阿惹一时没有听明白，面带疑惑不知道怎么回答。

高清德也站了过来。秦爱民上前一步站在三个人面前，兴奋地一边比画一边继续解释道："我们村去年已经整村脱贫了，现在就是巩固提高。巩固提高就要做锦上添花的事。那么我想，我们应该将我们村做一个整体的规划，让全村的面貌，包括党的建设、产业发展、环境治理、移风易俗等方面上一个新的台阶。你们看怎么样？"

阿惹明白了秦爱民的想法，微笑道："如果真能够实现，那我们村社干部就不需要天天为动员老百姓而烦恼，党员的作用也能够充分发挥出来，一些陈规陋习也能够丢弃……"

秦爱民兴奋地接话道："我想，今年我们将每家每户的房前屋后都种上金银花，同时在公路沿线的堡坎上绘制上我们的彝族文化，比如各种神话传说、经典故事等。老百姓的房子外观统一设计，户户都不同样，发展民居，吸引外面的游客来休闲娱乐。通过

第三产业带动第一、二产业的发展，最后实现人美、家和、业兴。"

高清德连连摇头道："这太难了吧？而且我们工作队能够起什么作用？"

刘新龙看了阿惹一眼，兴奋地说："什么作用？一个字，'干'！"

秦爱民走进一片金银花中，神情严肃地说："世上无难事，只怕有心人。只要我们做有心人，只要有村、乡、县党委政府坚强支持，这绝对不只是梦想。"说到这里，秦爱民停顿着思考道："至于我们工作队能够起什么作用，引导他们，与他们一起干，这就是我们的作用……虽然我们在这里的时间不会很长，但只要我们把这个头开好，只要能够给老百姓带来实实在在的好处，后面的同志会接着干，我们要相信我们的彝族老百姓的能力和智慧。"

高清德笑着对刘新龙说："小刘同志，下一步马上要搞乡村振兴了，你年轻，就留在这儿？"

刘新龙看着阿惹，微笑道："这个我说了不算……"然后伸出手去牵阿惹。阿惹脸色绯红，说："你还请我当入党介绍人，如果不好好表现，我可不愿意呢。"但手却顺从地递给了刘新龙。